미스터리
책      장

# 마치 박사의 네 아들

LES QUATRE FILS

브리지트 오베르 지음 — 양영란 옮김

이유는 잘 모르겠지만, 지니가 우리를 경계하는 것 같다.

DU DOCTEUR MARCH

열린책들

**일러두기**

· 기본적으로 작중 등장하는 인명 및 지명은 외래어표기법에 따라 표기했다. 단, 표기법에는 맞지 않지
  만 작가의 의도를 살리는 방향으로 표기한 것도 있다.
· 주는 모두 옮긴이주다.

## 살인자의 일기

처음으로 내가······ 아니다, 우선 모두에게 인사부터 하고 싶다. 안녕, 친구들. 친애하는 나의 새 친구들. 안녕, 나의 비밀 일기장. 안녕, 오늘 나와 내 가족들의 삶을 들려주기로 결심한 친애하는 비밀투성이 나.

그런데 내가 다른 무엇보다도 이야기하고 싶은 건 바로 '그거'에 대해서다.

처음으로 내가······ 정확한 나이까지 밝힐 필요는 없겠지. 그냥 아직 어렸다고 해두자. 천진한 어린아이. 그 여자애도 아직 어린아이였다. 그애는 원피스를 입고 있었다. 아크릴섬유로 된 빨간 원피스, 아주 새빨간 원피스 말이다. 난 그 아크릴섬유란 게 불에 무지 잘 탄다는 것, 햇불처럼 활활 타오른다는 사실 정도는 진작부터 알고 있었다.

내가 원피스에 불을 붙이자 그 여자애는 소리를 질렀다. 그리고 그애에게도 불이 옮겨붙었다. 난 그애가 불에 타는 걸 끝까지 지켜보았다. 완전히 부풀어오른 그애의 얼굴에서 두 눈이 툭 불거져 나왔다. 지금도 또렷하게 기억이 난다. 그때 난 아주 어린애였는데도 말이다. 아무튼 기억력 하나는 늘 좋았으니까.

나는 그애가 불타는 모습을 지켜보는 게 좋았다. 그 아이가 죽을 거라는 사실도 알았다. 난 그게 마음에 들었다. 지금도 그걸 좋아한다. 죽음, 죽음을 선사하는 일 말이다.

그때가 처음이었다. 뒤이어 엄마가 다가오더니 나를 품에 끌어안았다. 엄마는 우리 모두를 아주 많이 사랑한다. 굉장히 상냥하고, 굉장히 부드럽지. 엄마는 울었다. 나는 혹시 엄마가 다 알고 있어서 우는 건지 궁금했다.

엄마 마음을 아프게 하고 싶진 않았으니까.

엄마의 품에서 빠져나올 때, 엄마의 양팔은 땀 때문에 끈적끈적했다. 나는 엄마가 우는 동안 거기서 조금 멀리 떨어져 있었다. 그다음 다른 형제들과 함께 다시 엄마에게 다가갔다. 엄마는 계속 울기만 했다. 맨바닥에 주저앉아 아무 말도 하지 않았다. 그리고 내가 다시 같은 일을 저질렀을 때도 역시 아무 말 하지 않았다.

난 말하고 싶었다. 늘 말하고 싶었다. 같은 일을 여러 번 저질렀고, 언제나 그때만큼 쾌감을 느낀다고. 내 비밀 일기장아, 너도 알겠지만 누군가를 죽이는 일은 언제나 내게 엄청난 쾌감을 줘. 사람들은 그게 나쁘다고 말해. 남을 해치는 건 나쁜 일이라고 말이야. 그런데 그들이 뭘 안다고 그런 말을 하지?

남을 해치는 건 좋은 거야. 아주 좋은 거라고. 난 그게 좋아.

어쨌거나, 그걸 안 하고는 못 배긴다. 내가 미쳤기 때문은 아니다. 그보다는 내 안에서 그런 욕구가 솟아나기 때문이다. 참으면 너무 불행해진다. 그러니 난 그래야만 한다.

하지만 물론 주의해야 한다. 이제는 어른이니 말이다. 그 자들이 나를 데려갈 테니까. 그렇게 되면 엄마도 그들을 막지 못할 것이다. 무엇보다도 이젠 엄마도 나이 들고 멍청해졌다.

누군가가 내 글을 읽을 거라고 상상하니 괜히 웃음이 나온다. 이 글을 잘 감춰두고는 있지만, 항상 여기저기 뒤지고 다니는 사람들이 있는 법이니까. 그래보라지, 다 잡아버릴 거야. 어이, 뒤지기 좋아하는 사람들, 조심하는 게 좋을걸, 당신의 적이 당신들을 노리고 있으니까.

난 그렇게 멍청하지 않다. 일기는 혼자 있을 때만 쓰고, 나 자신을 특정하는 일도 없을 것이다. 내 이름을 말한다거나 뭐 그런 거 말이다. 그렇고말고, 절대 내 정체를 드러내는 단서 같은 건 안 남겨. 나는 벽장 깊숙이 감춰놓은 시체 같은 거다.

모든 걸 기록하는 일은 위험하다는 걸 나도 알고 있다. 그래도 그러고 싶은걸. 더이상 이 모든 걸 나 혼자만 알고 있을 순 없다. 게다가…… 난 우리에 대해서, 우리 가족에 대해서 이야기하고 싶거든.

내 정체를 알아낸다, 라…… 그자들은 절대 그렇게 못할걸.

나는 누구에게도 말할 수가 없다. 뭐, 당연하지. 난 어차피 그 누구도 아니니까. 누구도 아닌 사람의 기록이라, 그거 참 제목치고는 웃기는 제목이다.

우리 형제는 넷이다. 아들 넷. 아빠는 의사다. 우리의 이름은 각각 클라크, 재크, 마크, 스타크. 엄마는 우리에게 그런 이름을 지어주고는 재미있어하셨다고 한다. 우리는 서로 굉장히 많이 닮았다. 하긴, 쌍둥이니 닮는 게 당연하지. 그렇다, 우리는 모두 같은 날 태어났다. 당시 우리 얘기가 신문 1면에 실렸다고 한다. 네쌍둥이 사내아이들. 우리는 튼튼하고 갈색 곱슬머리이며 손은 큼지막하다. 아빠로부터 물려받았을 것이다, 엄마는 체구가 작으니까. 엄마는 분홍빛 피부에 머리카락은 보기 흉한 적갈색인데, 글쎄 그걸 금발로 물들였고, 눈동자는 파란색이다. 아빠처럼. 우리는 모두 눈이 파랗다. 잘 단합된 가족이다.

대상을 너무 까다롭게 따지면 결국 발각되고 말 거라는 사실을 잘 알고 있다. 나는 아무나 다 죽인다. 아무거나 손에 잡히는 대로 쥐고서 말이다. 난 편집증 환자는 아니니까. 중요한 건, 여자들이 죽는 것이다. 여자들이 죽을 때면 나는 너무 기뻐서 낄낄거리지 않도록, 기쁨의 환호성을 지르지 않도록 꾹 참아야 한다. 그럴 때마다 몸이 부르르 떨린다. 아, 생각만 해도, 봐, 내 열 손가락이 부들부들 떨리잖아.

클라크는 의사가 되고 싶어한다. 재크는 음악학교에 다닌다. 마크는 변호사 사무실에서 인턴으로 일한다. 스타크는 전자공학 관련 학위를 준비중이고.

그리고 나는 그들 가운데 한 사람이다.

내 양손은 피투성이고.

그게 재미있다. 그게 나를 재미있게 해준단 말이다. 마치 놀이 같다. 뭐가 잘못되었는지 알아맞혀보라고. 나는 아주 아주 잘 흉내내고 있으니까.

클라크는 의과대학 축구팀에서 뛰는 선수다. 힘이 세고, 거칠고, 체격도 다부진 게 꼭 황소 같다. 피아노만 좋아하는 재크는 수줍음을 많이 타는 몽상가고. 그와 반대로 마크는 침착하고 진지하다. 그리고 늘 깔끔하다. 법률가가 되고 싶어하는데, 그래서 그런가 농담은 별로 좋아하지 않는 편이다. 마지막으로 스타크는 한마디로 괴상하다. 욱하는 성질에다 사고뭉치고, 늘 정신이 딴 데 가 있다. 말하자면 별종이라는 얘기다. 맨날 전자회로나 컴퓨터 관련 부품 같은 것들을 붙잡고 씨름한다.

우리에겐 각자 방이 있다. 또 저마다 습관도 있고. 괴벽이라고 해야 하나. 그래도 엄마가 우리를 바라볼 때면, 우리 모두를 똑같이 사랑하는 것 같다. 나는 엄마를 좋아한다. 그러니까, 그렇다고 믿는다. 사실 사랑한다는 건 그다지 중요하지 않다.

시간이 뭐 이리 빨리 가지. 얼른 정리해야겠다. 숨겨놔야지. 어디 보자…… 아, 그렇지! 아빠가 돌아오실 시간이다. 지금은 저녁 7시 42분이니까. 이봐, 일기장아, 너하고 이렇게 수다를 떨고 나니 기분좋네. 마음이 훨씬 평온해진 것 같아.

## 지니의 일기

이건 말도 안 된다, 도저히 믿을 수가 없다. 지금 그 글을 곱씹는 중이다. 너무 혼란스럽다.

지금 혼자 내 방에 있다. 다른 사람들은 모두 잠자리에 들었다. 그 여자 방을 정리하다가 이 사달이 난 거다. 부인은 아래층에서 텔레비전을 보는 중이었고, 나는 그녀의 코트를 한 번 입어보고 싶었다. 멍청한 짓인 거 안다. 하지만 외출하지도 않으면서 모피 코트를 갖고 있는 것도 그에 못지않게 멍청하지. 안 그런가? 부인은 지난번에 발작을 일으킨 이후 절대 밖에 나가지 않는다. 이 집에 가정부가 필요하게 된 것도 다 그때문이다. 부인이 피곤하면 안 되니까. 코트는 내게 잘 어울렸다. 사이즈가 약간 작고 길이도 조금 짧았지만. 나는 코트를 벗고서 혹시 길이를 조금 늘릴 수 있을지 살펴보았다. 내 옷도 아닌데 그런 짓을 하다니 바보 같다는 거 나도 잘 안다. 왠지는 잘 모르겠지만, 그냥 절로 그렇게 되었다. 그런데 코트

단 속에 뭔가가 있었던 것이다. 그래서 꺼내보았다. 바로 그거였다. 그 끔찍한 거. 난 전부 원래대로 정리했다. 누군가가 그걸 건드렸다는 걸 놈이 알게 된다면……

아래층으로 내려오니 모두들 거기 있었다. 새뮤얼 씨가 브랜디를 가져오라고 했다. 새뮤얼 씨는 브랜디를 어찌나 많이 마셔대는지! 부인은 뜨개질을 하면서 혼자 웃었다. 내가 보기에 부인은 아무래도 약간 정신이 나간 것 같다. 그리고 그 네 사람은 텔레비전을 보고 있었다. 그걸 알고 나서, 아무 일도 없는 듯 평온하게 텔레비전 앞에 앉아 있는 그들을 보고 있자니 정말이지 참담했다. 그렇지만 내가 뭘 어쩌겠는가?

난 곧 잘릴 테지. 그래, 그게 나한테 닥칠 일이다. 내 일도 아닌 일에 나서는 건 신경이 쓰이지만…… 그래도 뭔가 해야 한다. 하지만 누군가를 경찰에 넘기는 건…… 난 못한다. 감방에서 이 년씩이나 보낸 사람으로서 그런 일은 차마 할 수 없다.

개자식, 나쁜 놈, 더러운 놈! 무서워서 죽을 지경이다. 놈이 내가 자신의 비밀을 찾아낸 걸 알게 될 테고 나를 죽일 거다. 나를 산 채로 태워버릴 거다. 아니, 믹서기에 넣고 갈아버릴지도. 나는 방문을 열쇠로 잠갔다. 다행히 그자들은 나한테는 별로 관심이 없다. 발소리가 들린다. 괜히 놀랐다. 생각이란 걸 해야 한다. 우선 누구 짓인지 알아내야 한다. 아냐, 아냐. 눈을 질끈 감자, 더는 신경쓰지 말자. 될 대로 되라지. 난 아무것도 못 봤고, 아무것도 안 건드린 거야.

하지만 누군지도 모른 채 이렇게 지낼 순 없다. 아, 난 왜 이런 빌어먹을 집에 온 거지? 그야 더이상 거기 있을 수 없어서였지. 거기서 그런 일이 있었으니 다른 뾰족한 수가 없었다. 참 운이 지지리도 없다. 그 '일기'를 의사 선생한테 보여주기만 한다면…… 그러면 의사 선생이 결정할 거다. 나를 쫓아내겠지. 자기들의 더러운 밑구멍을 들여다보면 어떻게 되는지 본때를 보여주려고 말이다. 잠이나 자야겠다.

## 살인자의 일기

오늘은 재크에 대해서 말해보겠다. 재크는 성품이 온화한 편이다. 눈은 멍한데다 말수도 적고, 노상 얼굴이 새빨개지곤 한다. 여자애들 생각을 많이 하지만 실제로는 가서 말도 못 붙인다. 재크는 친구도 없다. 비밀이 많고, 폐쇄적이고, 콤플렉스도 있다. 살인자에 딱 어울리는 성격인가. 판단은 여러분에게 맡기겠다. 재크는 작곡을 하는데, 죄 슬픈 곡들뿐이다. 엄마한테는 아주 상냥한 아들이지만. 그리고 우리집 가정부 지니에게도. 지니는 착한 여자인 것 같다. 술을 좀 많이 마시긴 하지만, 그래도 일은 잘한다.

내가 이렇게 잠잠하게 지낸 지도 꽤 됐다. 그런데 요즘 슬

슬 마음이 동하는 것 같단 말이지. 그게 점점 다가오는 게 느껴져. 누군가 대상을 찾아야 한다. 사실 지니를 후보로 생각했다. 그렇지만 지니는 너무 가까이에 있잖아. 괜한 경계심을 불러일으키고 싶진 않다. 그렇게까지 아둔하진 않다고. 그러니 누구든 물색해야 한다. 아주 신속하게. 그런데 도대체 누구로 하지?

재크는 키가 195센티미터다. 늘씬하고 머리는 제법 길다. 선명한 색 머플러를 두르고, 언제나 겨드랑이에 책을 한 권씩 끼고 다닌다. 어릴 땐 그애를 '계집애'라고 불렀지만 실은 굉장히 다부진 편이다. 우린 모두 체격이 좋다. 자, 재크 얘긴 그 정도로 해둘까.

사실 좀더 신경 쓰이는 건 클라크다. 그도 키가 엄청 크다. 게다가 완전히 근육질이라, 한마디로 거의 같다. 큰 소리로 말하고, 활동량이 많고 쉽게 주먹을 휘두른다. 녀석은 절대 마음에 꾹꾹 담아두는 성격이 아니다. 암, 아니고말고! 그치만 녀석이 무엇에 화를 낼지는 아무도 모른다. 언젠가 웬 호기심 많은 작자가 내 일기를 읽게 되면 열심히 머리를 굴려보겠지. 그래도 절대 알아내지 못하겠지만.

'나는 살인자지 바보가 아니야.' 이 문장이 퍽 마음에 든다.

요즘 엄마는 했던 말을 하고 또 한다. 약 때문에 완전히 바보가 됐다. 아빠는 언제나 정신이 딴 데 가 있고. 스타크처럼. 척척박사 스타크. 난 우리에 대해 이야기할 때가 좋다. 우리에 대해서 생각할 때도. 우리 가운데 어느 한 명에 대해서 생각하는 것도 좋아한다. 아주 영리하게 숨어서, 빙긋 미소 짓고 있는 놈. 예의 바른 척. 살인자. 난 이 말이 마음에 든다. 살인자.

엄마는 우리가 루스 고모를 찾아뵈었으면 하신다. 여기서 꽤 멀리 떨어진 곳에 계시는데, 어쩌면 가는 길에 재밌거리를 찾을 수 있을지도 모른다.

**지니의 일기**

그들은 오늘 아침 아주 일찍 출발했다. 고모 댁에서 식사를 할 예정이다.

이 댁 노부인의 침실로 올라가서 코트 속을 살핀 끝에, 나는 놈이 고모 댁을 오가는 길에 그걸 시도할 작정임을 알게 됐다. 부인은 욕실에서 콧노래를 흥얼거리고 있었다.

아무 일도 없는지 귀를 기울였다. 사람 일이란 알 수 없는 법이니까. 가엾은 여자 같으니······ 부인은 픽스 여편네하고는 다르다. 그 여자는 완전 쓰레기였으니까! 돈도 오만 곳에 그렇게 많이 숨겨두었으면서. 그 많은 돈이 바로 내 눈앞에 있었는데······ 견물생심이라잖아!

그들이 더는 못 가게 해야 할 텐데. 의사 선생은 오늘 저녁에 집에 들어오지 않는다. 시 낭송회에 간다고 했다. 세상에, 시 낭송회라니! 하기야 뭐, 그건 의사 선생하고나 상관있는 거고. 아들들은 전화로 내일이나 되어야 돌아올 거라고, 비가 억수같이 쏟아지는 통에 잠시 멈췄다가 출발할 거라고 했다. 지금쯤 그들은 뎀버리를 향해 이동하는 중일 것이다. 분명 거기 들러서 요기를 하겠지.

오, 세상에! 이건 정말 말도 안 된다. 어떻게든 해야 하는데! 이게 사실이라고 아무리 되뇌어봐도 믿을 수가 없다. 재크는 절대 아닐 것이다. 그 사람은 무척 상냥하니까. 덩치 큰 클라크는 너무 거칠고, 너무 단순하다. 하긴, 이런 건 다 아무 의미 없는 말이다. 미셸이란 여자 좀 보라지. 그토록 단순하고 소박한 여자였는데, 셋이나 되는 자식들 목을 땄다지 않나……

확실한 건, 그놈은 정신이상자인 게 틀림없다.

그렇다면 놈이 겉으로는 친절하게 보이는 것도…… 당연한 일일 수 있다. 그나저나 눈 말인데, 그놈이 쳐다볼 때 눈에서 티가 나지는 않을까? 도저히 이 집 아들놈들의 눈을 똑바로 바라볼 수가 없다. 그 미친놈이 내 눈을 보고, 내가 뭔가를 알고 있다는 걸 짐작이라도 할까봐 무서워 죽을 지경이다. 그렇긴 해도. 그렇지만. 이런, 이러다가 내 머리가 돌아버릴 것만 같다. 나도 괜찮은 남자, 착한 남자를 만나 여기서 수천 킬로미터 떨어진 곳에서 알콩달콩 살 수도 있을 텐데. 아직 젊은데다, 이만하면 예쁜 편이니까. 그런데 뭐 때문에 살인자들 틈에서 아까운 인생을 허비하는 거지? 이젠 심지어 농담도 안 나온다. 아, 짜증난다. 더는 생각하지 말아야겠다. 그래, 그러면 된다.

## 살인자의 일기

됐어. 좋았어. 해냈다.

전부 다 또렷하게 기억한다. 처음부터 끝까지. 어제저녁에 우리는 뎀버리에서 잠시 멈췄다. 비가 억수같이 쏟아졌고, 모두들 완전히 기진맥진이었다. 우리는 자동차 좌석을 뒤로 젖히고 눈을 좀 붙였다. 그리고 저녁을 먹으러 갔는데 여자가 하나 있었다. 예쁜데다 혼자였다. 테이블에 혼자 앉아 있더란 말이지. 우린 농담을 주고받았다. 클라크가 합석하자고 청했다가 거절당했다. 그 여자, 내 마음에 딱 들더군. 아주 매력적이었다. 스타크가 비가 그쳤다고 말했다. 우리는 자리를 떠나 자동차로 돌아와 누웠다. 조금 뒤에 보니 모두들 잠들어 있었고, 우리 가운데 한 사람이 살금살금 일어났다. 아주 살금살금.

나는 공중전화박스로 들어갔다. 교환수에게 그 드러그스

토어로 연결해달라고 했다. 전화박스 유리 너머로 그 여자가 보였다.

여자는 핫도그를 먹고 있었는데, 그때 상점 주인이 그녀를 불렀다. 나는 전화로 여자에게 같이 한잔하자고 청했다. 여자가 누구냐고 물었다. 그래서 말해주었다. 여자는 다시 어디에서 전화하는 거냐고 물었다. 그래서 또 대답해줬다. 여자는 가게 유리창 너머를 바라보더니 깔깔 웃었다. 성공이었다.

여자가 돈을 내고 가게 밖으로 나왔을 때, 난 길모퉁이에서 기다리고 있었다. 비가 다시 내리기 시작했다. 아주 거세게. 우리는 마구 달려서 어느 집 현관 앞에서 비를 피했다. 주위는 어두컴컴했다. 소도시는 원래 저녁이면 조용하니까. 길에 인적이라고는 없고.

나는 점퍼 주머니에 들어 있는 드라이버를 움켜쥐었다. 그리고 여자에게 입을 맞추었다. 서로의 몸을 조금 만졌던가, 아무튼 피부가 온통 곤두섰다. 여자는 비에 젖은 손으로 나의…… 나를 만졌고, 나는 여자의 배에 드라이버를 푹 찔러넣었다. 손잡이까지 깊숙이. 내 어깨로 여자의 입을 누르자 치아가 느껴졌고, 여자의 몸은 뻣뻣하게 굳어갔다. 난 그 몸을 단단히 받쳤다. 여자가 굳어진 손으로 나를 꽉 움켜쥐자 기분이 아주 좋았다. 난 여자의 손에 쥐인 채 절정을 느꼈다. 그리고 여자는 죽었다. 난 여자를 놔버렸다.

여자는 바닥에 쓰러졌다. 나는 옷깃을 세우고, 여자의 스커트에 드라이버를 문질러 닦은 뒤 자리를 떠나 차로 돌아왔다. 형제 중 한 명이 "무슨 일이야?" 하고 묻기에 "소변보러 다녀왔어"라고 대답했다. 아궁이 속만큼이나 깜깜했다. 아침이 되어 우리는 다시 출발했고, 방금 집에 돌아왔다.

기분이 아주 좋다.

수사 진행 상황을 알고 싶어서 서둘러 신문을 읽었다! 그렇게까지 어리석지는 않더군. 하지만 아무것도 찾아내지 못할 거다. 드라이버도 버렸고. 난 아주 깨끗하다. 새로 태어난 것처럼. 그야말로 성가대 소년 같다고 할까.

엄마는 뭔가 낌새를 챈 것 같다. 나를 물끄러미 바라보면서 한숨을 쉬셨다. 가엾은 엄마. 난 엄마가 좋은데. 많이는 말고, 조금.

지니도 좀 이상했다. 술에 취한 것 같기도 했다. 지니는 감옥에 갔다 온 적이 있다. 그 여자는 그 사실을 아무도 모른다고 믿는 것 같지만, 난 알고 있다. 그리고 지니에 관한 또 다른 사실도 알고 있다. 지니가 집안에 혼자인 줄 알고(아빠는 엄마를 심장 전문의에게 데려가고 난 여기, 엄마 침실에서 엄마의 원피스들을 들여다보고 있었다) 누군가와 통화하는 소리를 들었으니까. 그때 지니는 몸을 숨겨야 한다고 말했다. 경찰이 무섭다면서 말이다. 픽스 부인이라던가, 하여간 "돈이 엄청 많은 나쁜 년" 이야기도 했다. 전화기 너머에 있는 사람에게 절대로 자기한테 편지도 하지 말고, 아무 짓도 하지 말라고 했지. 지니가 술을 마셨던 게 분명한 것 같다. 그래도 다시 한번 곰곰이 생각해봤다. 내가 보기에 지니는 도둑 같다. 아무튼 아무 내색도 안 하면서 지니를 감시하는 중이다. 우리집에서 도둑은 환영받지 못하거든.

하지만 오늘은 기분이 정말 좋으니까 별거 아닌 일로 괜히 심각해지고 싶지 않다. 여기다 저녁에 감자튀김을 먹을 수만 있다면, 완벽하게 내 생애 가장 아름다운 날이 될 것이다. 아, 여러분 모두에게, 그리고 내 글을 절대 읽지 못할 멍청이들에게 키스를.

## 지니의 일기

놈이 저질렀다. 그자가 그 짓을 저질렀다.

그들은 모두 왕성한 식욕을 보이며 먹어댔다. 내가 저녁 식탁에 닭고기와 감자튀김을 올린 터였다. 그 메뉴를 준비시킨 건 부인이었다. 부인이…… 그 인간 때문이다. 그놈을 위해서, 그 괴물을 위해서! 부인은 놈이 누군지 알고 있고, 놈을 사랑한다. 놈의 응석을 다 받아주는 것이다. 놈은 가엾은 여자들의 배를 가르고 다니는데, 부인은 놈에게 감자튀김을 주다니! 

오, 하느님, 오늘 특별히 계획한 일이 없으시다면 그자들이 죽게 하소서! 네 놈 모두, 불이라도 내서요. 그렇지 않으면 내가 이 집에 불을 질러버릴 거다. 그 미친놈의 종잇장에서 내 이름을 보았을 때만큼 겁에 질려본 적이 없다. 내가 도둑이라 감시한다는 그 미친놈. 그러는 저는…… 아니, 이건 정말 말도 안 돼!

아무래도 경찰을 찾아가야겠다. 가서 다 말할 것이다. 살인 사건에 대해서. 그러면 경찰이 수사에 나서겠지. 놈들에 대해서도, 나에 대해서도. 그런 다음 경찰은 날 감방에 가둘 거야. 이삼 년 정도일까. 어쩌면 더 길 수도 있고. 재범은 봐주지 않으니까. 그러면 조용해지는 거지. 난 이러지도 저러지도 못한다. 그래서 짜증이 난다. 이러지도 저러지도 못하니까. 이제 놈은 어쩔 셈일까? 앞으로 몇 명이나 더 해치울까?

위층으로 올라갈 때마다 심장이 마구 쿵쾅거린다. 놈이 내 뒤를 밟다가, 내가 돌아보면 그 순간 양팔을 치켜들고서 내 가슴에 칼을 찔러넣을 것만 같다. 그때 그 미친놈의 두 눈을 보겠지. 클라크나 마크, 또는 스타크, 아니면 재크의 두 눈을. 감자튀김 애호가의 두 눈. 감자튀김 애호가라, 이건 수사의 실마리가 될 수 있으려나……

놈들이 서로 너무도 닮은 게 유감천만이다. 그런 생각이 든다.

클라크는 감자튀김을 좋아한다. 그 점은 확실하다. 부엌까지 와서 집어먹으니까. 놈들은 내가 등을 돌리자마자 너나없이 죄 냉장고를 거덜낸다. 식탁에서 양껏 못 먹은 사람들처럼 말이다! 장을 봐오기가 무섭게 또 장을 보러 가야 한다. 아침이면 이미 비어버린 우유통과 시리얼 상자가 버려져 있다. 그건 누가 한 짓일까요? 그래요, 정답입니다.

무슨 얘기를 하던 중이더라? 맞아, 감자튀김. 재크는 감자튀김을 두 접시나 먹었다. 아니, 세 접시다. 케첩을 잔뜩 뿌려서 한입 가득 먹는다. 그러고 나면 삼십이분음표가 새카맣게 들어찬 협주곡을 떠올리는 사람 같은 표정을 짓는다. 아무튼 그전까지는 우적우적 먹어댄다! 스타크는 이렇게 말했다. "와아, 감자튀김이다!" 그러더니 손가락을 뚝뚝 꺾는 소리를 내고는 자기 엄마를 와락 껴안았다. 고맙다는 표현이었을까? 그에 비해서 마크는 훨씬 점잖았다. 하지만 그도 감자튀김은 한 접시 더 먹었다. 게다가 마크는 와인도 마셨다. 평소엔 술을 안 마시는데. 혹시 자기 취향이니 뭐니, 그런 것들을 다 숨기고 있어서였을까? 어쩌면 만일에 대비해서 늘 연기를 하고 있는지도 모른다…… 아무튼 그는 와인을 마셨다. 뭘 축하하려고? 의사 선생은 모처럼 흡족해하는 눈치였다. 심지어 소리내서 웃기도 했다. 어제의 시 낭송회가 꽤 좋았던 모양이다!

이런 썩을 놈들. 뭔가 아주 독한 걸 마시고 싶다. 그렇지만 내려가기 무섭다. 놈이 밤이면 온 집안을 돌아다닐 게 분명하다. 머릿속으로는 끔찍한 생각을 하면서 말이다. 양손 가득 끔찍한 짓거리를 움켜쥐고서. 상상만 해도 소름이 끼친다. 아아, 진 몇 모금만 마시면 얼마나 좋을까!

## 살인자의 일기

따분해 죽겠다. 신문에는 이제 더이상 그 여자 소식이 실리지 않는다. 방학이라 모두 집에서만 뭉그적거리고 있고. 우린 늘 방학을 다 같이 보낸다. 잘 단합된 가족답게 말이다. 엄마는 기분이 좋은지 콧노래를 흥얼거리면서 뜨개질을 하신다. 엄마가 나에게 서글픈 미소를 보내시는군.

아빠는 도통 집에 안 계신다. 클라크 말로는 아빠에게 애인이 있다던데. 그 말에 마크는 거북한 기색이었다. 마크 녀석은 샌님이다. 재크는 피아노를 치면서 작곡을 하는 중이다. 스타크는 맨날 자기 방에 처박혀서 뚝딱뚝딱 뭔가를 만든다. 우리는 다 얌전한 편이다. 텔레비전을 보고 있는데 지니가 텔레비전은 사람을 바보로 만든다고 종알거렸다. 다른 사람은 몰라도 지니가 그런 걱정을 할 필요는 없을 텐데.

살인 사건이 일어나던 날 저녁 뎀버리에 있었다고 재크가 아빠에게 말했다. 클라크는 맞다고, 우리는 운이 좋았다고, 하마터면 그 미친놈과 맞닥뜨릴 뻔했다고 맞장구쳤다. 스타크가 바에서 그 여자를 봤다고 말하자 마크는 여자가 매력적이었다고 덧붙였다. 우린 모두 비탄에 잠겼다. 나는 속으로 한껏 웃어젖혔다. 녀석들을 보니 모두들 상황에 맞는 표정을 짓고 있었다. 그래서 나는 또 웃었다.

그런데 도대체 나는 누굴까? 내가 누구인 것 같으냐고?

어디 열심히 찾아들 보시지, 남의 뒤꽁무니 캐기 좋아하는 더러운 양반들! 하지만 그리 녹록지 않을걸. 당신들은 절대 알아낼 수 없을 거야.

## 지니의 일기

그냥 그 글들을 챙겨서 경찰서로 직행하면 되련만. 아주 간단하잖아. 오, 지니, 지니, 넌 그냥 겁쟁이, 쓸모없는 인간, 범죄자일 뿐이야!

요즘 술을 너무 많이 마신다. 이러면 안 되는데. 게다가 할인가로 산 이 진은 구역질나게 맛이 없다.

이 집 형제들은 전부 집에서 배를 깔고 엎드려서 텔레비전만 들여다본다! 이건 뭐, 그냥 네쌍둥이가 아니라 샴쌍둥이라고 해야 할 판이다! 맨날 붙어다니는 저 녀석들이 곧 열여덟 살이 된다니! 언제나 내 뒤를 졸졸 따라다니다가 전혀 예상 못한 곳에서 불쑥불쑥 나타나는 녀석들. 방금 오른쪽에서 봤나 하면 왼쪽에서 나타나는 통에 깜짝깜짝 놀라곤 한다. 부인은 뜨개질을 한다. 의사 선생은 일이 많다. 집에 돌아오면 투덜대며 식사를 차려달라고 아우성이다. 난 요즘 할일이 끔찍하게 많다. 이 집 형제들은 언제나 뭔가를 해달라고 조르고, 의사 선생은 자기 브랜디가 빨리 줄어든다고 의심한다. 아무래도 잠시 술을 끊어야 할까보다.

놈이 한 얘기가 내내 머릿속을 맴돈다. 돌아버릴 것 같다. 경찰은 대체 무얼 하는 거지? 무능하기 짝이 없는 작자들 같으니! 하는 일이라고는 그저 불쌍한 여자들이나 감방에 처넣는 거지! 아무래도 내가 나서야겠다. 드라이버 바짝 조여야겠다, 이 말이지! 놈들을 모조리 처치하고 놈들의 돈을 가로채는 거야. 너무 아무 말이나 막 했네.

이 공책은 감춰야겠다. 사람 일은 모르지, 혹시 놈이 여기까지 와서 뒤져볼지도. 아니, 아예 아무것도 쓰지 않는 게 더 깔끔하지. 그렇지만 이 모든 걸 마음에 꽁꽁 담아두고만 있을 순 없다. 글로 쓰면 무슨 일이건 훨씬 또렷해지거든. 감옥에서 마사와 지낼 때도 우리에게 생긴 일 전부를, 시간이 어떻게 흘러가고 상황이 어찌되었는지 몽땅 적어두곤 했다. 주변에서 일어나는 일들을 확실하게 정리하는 차원에서. 내가 할 일은, 생각이란 걸 하는 거다. 써놓은 글을 다시 읽어보고, 결론을 끄집어내야 한다. 써놓은 걸 다시 읽어보자.

우선, 놈은 여자들만 공격하는 것으로 보인다. 이것만으로도 벌써 중요한 단서라고. 그러니까 놈이 언급한 두 번의 살인

사건에서 피해자는 전부 여자였다. 어린 여자아이와 매력적인 젊은 여자. 그의 마음에 든 여자……

그럼 나는, 그놈 마음에 들었을까? 분명 아닐 것이다. 난 섹시하지도 않고, 잘 꾸미고 다니지도 않으니. 난 뭐랄까, 별로 매력 없는 시골 촌뜨기고, 뇌쇄적인 스타일과는 거리가 멀지…… 더구나…… 아니, 그만. 그건 다 지나간 일이다. 그러니까 내 말은, 사실상 내가 놈이 좋아하는 시체 스타일은 아니라는 거다. 그게 어디야.

내가 해야 할 일은 미친놈들에 관한 책을 읽는 거다. 아래층 서재에 책도 많겠다, 그래, 좋은 생각이다. 놈이 왜 그런 짓을 하는지 알아보기. 무슨 짓을 저지를지 예측하기. 그렇게 해서 놈이 그런 짓을 못하게 막을 수만 있다면야, 이 일에 굳이 경찰을 끌어들일 필요도 없어진다.

맙소사, 내가 돌았나봐! 얼른 보따리 챙겨서 내빼는 게 아니라 그런 놈을 살펴보겠다고? 지니, 너 제정신이 아니구나. 가엾은 지니! 정말 어찌해야 좋을지 모르겠다. 혼란스러워. 연속극 속 여주인공은 언제나 이렇게 말한다. "정말 혼란스러워, 내 사랑 앤디." 근데, 나도 딱 그렇다!

구름과자라도 하나 태워야 할까봐. 아니, 실례…… 숙녀분, 담배 한 대 피우겠습니다.

**살인자의 일기**

방학은 영원히 끝나지 않으려는 모양이다. 오늘 간만에 욕구가 일었다. 혹시 재미있는 게 있을까 해서 밖으로 나갔다.

옆집에 여자애가 하나 살고 있기는 한데, 그 아인 썩 마음에 들지 않는다. 양 갈래로 땋은머리를 한 착한 애라서. 나한텐 너무 어리기도 하고. 이제 나도 어른이니까 어린애들이나 죽이는 건 마음이 동하지 않는다.

난 또래 여자들이 더 좋다. 그쯤 되면 자기들이 원하는 게 뭔지 잘 안다. 그러고 보니 그 여자, 뎀버리에서 만난 여자가 생각나는군.

욕구가 세게 치밀면 난 칼을 쥐고서 그걸 내 몸에 가져다 댄다. 기분이 나아질 때까지. 언젠가 그렇게 한 명을 죽일 것이다. 칼을 쥐고, 있는 힘껏 몸에 찔러넣어서. 그러면 입에서 피가 다 쏟아지겠지. 혼자서 이런 이야기를 하는 게 좋다.

엄마는 서글퍼 보인다. 아무도 엄마를 제대로 챙겨주지 않아서 그런가.

마크는 논문을 쓰는 중이다. 클라크는 시험공부를 하고, 재크는 협주곡을 작곡하고 있다. 스타크는 컴퓨터를 조립하는 중이다. 아빠는 자주 집을 비우고 향수냄새를 풍긴다. 하지만 나라고 평생 엄마나 위로하면서 살 수는 없다.

내일은 우리 생일이다. 선물이 왕창 들어올 테지. 난 선물이 무엇일지 알고 있다. 좋은 선물, 아주 좋은 선물이겠지. 아빠가 해변에서 여자들을 보면서 말하듯이 "절세미인"처럼 좋은 것.

지니와는 완전히 다른 여자들이다. 지니는 그다지 매력이 없는데다 맨날 술에 절어 있다. 왜 지니를 계속 붙잡아두는지 도무지 이해를 못하겠다. 난 가정을 꾸리게 되면 예쁜 가정부들만 식탁을 차리게 할 거다. 몸매도 좋고, 방긋방긋 웃는 여자들. 감방에서 기어나온 도둑년 말고.

생일을 기념하기 위해서 뭔가 재미난 일을 생각해내야 한다. 모두들 식탁에 둘러앉아 케이크를 먹으며 엄마의 솜씨를 칭찬하는 동안 웃을 수 있도록 말이다. 아, 좋은 생각이 떠올랐다.

아주 맛깔스럽고 깜찍한 아이디어다. 안녕, 사랑하는 나의 일기야, 난 지금 할일이 있어.


## 지니의 일기

도대체 이건 또 무슨 흉측한 꿍꿍일까?

모두들 영화관에 갔다. 나는 부인과 단둘이 집에 남았다. 머리를 땋은 여자애라면 캐런을 말하는 것이다. 블린트 가족의 딸. 그 집에 전화해서 말해줘야 할 텐데. 그 사람들에게 "죄송해요, 번호를 잘못 눌렀어요" 하고 헛소리를 주절거리면 그 사람들이 정신병원에 연락하겠지만.

놈이 말한 "아이디어"가 혹시 나를 가리키는 걸까? 아니, 천만다행으로 놈은 내가 마음에 들지 않는다고 했다. 추잡한 변태 자식. 다행스럽게도 내가 너무 못생겼다네…… 그러는 네놈은? 제 꼬라지는 어떤지 놈이 알기는 할까? 네 놈 모두, 이건 뭐 꼭 들으라고 하는 소린 아니지만, 근육 빼면 글쎄…… 쓰레기 같은 아비나 마찬가지로, 떡대 좋은 네 마리 짐승이나 다를 바 없다.

나도 놈들하고 같이 갔어야 했다. 같이 기차에 올라서 놈이 그 짓을 못하게 했어야 했다. 아, 나도 공범이다. 그래, 그게 내 모습이다. 텔레비전 미니시리즈 〈홀로코스트〉에서 일을 주고 치료도 해주는 곳으로 가는 척하면서 강제수용소로 데려가는 그 남자처럼. 그래, 난 그 남자와 다를 게 없어! 어휴, 진이 코끝으로 올라오네, 구역질나. 지니, 넌 비겁해. 겁쟁이에 술주정뱅이. 미친놈이 손에 잡히는 여자들마다 닥치는 대로 죽이려 하는데, 그걸 막기엔 글러버렸지…… 정말이지 지니 너한테 실망했어. 정말 실망이야. 완전 실망이라고.

**살인자의 일기**

안녕! 엄마는 지금 케이크를 만들고 있다. 아빠는 저녁식사 시간에 좀 늦을 것 같다고 전화했다. 분명 우리에게 줄 선물을 사러 다니느라 그러실 테지.

옆집 꼬맹이 여자애가 오늘 아침 나한테 "안녕" 하면서 인사를 건넸다. 입꼬리에 싱긋 미소를 짓는 모습이 음탕하고 불건전해 보이더군. 아빠 표현대로라면 "남자들을 가지고 노는" 맹랑한 계집애 같은 부류다. 이제껏 그 아이한테 관심을 가질 여유가 없었는데, 앞으로는 진지하게 생각해봐야 할 것 같다. 내 아이디어는 물건너갔다. 그들이 아기를 데리고 시골로 떠나버렸거든. 유감스럽게도.

기분이 아주 저조하다. 뚱보 지니가 더러운 스파이 같은 태도로 내 신경을 자극하기 때문이다. 손을 써서 아빠가 지니를 내보내게 해야겠다. 어제만 해도, 식탁에서 시중들 때 지니한테서 술냄새가 났다. 벌겋게 충혈된 두 눈을 보기만 해도 우울해진다. 나는 명랑한 사람들이 좋은데. 아, 지금 가봐야겠다.

금방 올게, 내 비밀 일기야, 넌 종이로 된 작은 나야.

## 지니의 일기

쓰레기 같은 놈. 나를 내보내고 싶으면 어디 한번 그렇게 해보시지! 아기라, 아기라면…… 분명 베어리 부부의 아기 얘기인가 보다.

그 썩을 놈들은 근사한 생일을 보냈다. 선물을 잔뜩 받고 버릇만 더 나빠지고. 나한테서 뭔가 받기를 기대했다면……
개자식들…… 아빠란 작자는 늦게야 집에 돌아왔다. 의사 선
생이 옆에 끼고 다닌다는 갈보의 낯짝을 보고 싶네. 돼지 아
비가 창녀들을 따라다니는 동안 괴물 같은 아들 녀석들은 온
동네 사람들을 죽이고 다닌다니. 이놈의 펜은 종이를 자꾸만
긁어대고, 정말 짜증나 죽겠다.

정신을 차려야 한다. 나는 단어들을 적어내려가는 내 손
을 바라보면서 잘 쓰려고, 그리고 머릿속도 잘 정리하려고 애
쓴다.

이제 괜찮아, 지니. 넌 이제 어떻게 행동할지 계획을 세워
야 해. 첫째, 옆집에 사는 캐런(그 아이가 안 좋은 부류인 건 사실
이긴 하다). 문제: 어떻게 그 아이를 구할 것인가? 답: 궁리해봐
야지. 브라보, 참 훌륭한 계획이야. 지니, 정말 놀라워.

오늘 놈의 일기를 읽고 있는데 누군가가 계단을 올라왔다.
나는 급히 욕실로 뛰어들어가서 욕실을 청소했다. 모처럼 욕
실은 깨끗해졌다…… 그런데 아무도 들어오지 않으니까 그
게 더 무서웠다. 굉장히 무서웠다.

나는 이 일기가 증언이 되어야 한다고 생각한다. 여기서 벌
어지는 모든 일을 기록할 작정이다. 그 개새…… 아니, 욕은
안 되지, 오로지 점잖은 말만 쓸 것. 그놈을 꼼짝 못하게 엮을
수 있을 때까지. 와, 지니, 넌 이제 셜록 홈스로 신분상승한 거

야. 그러니 우선 화생방 훈련장처럼 줄줄이 피워대는 담배는 끊자.

자, 그럼 캐런을 지켜볼 필요가 있다. 내가 그 아이 근처를 맴돌면 놈도 감히 어쩌지는 못할 것이다. 기껏해야 나한테 불을 지르려나. 드라이버로 어떻게 하기엔 내가 너무 못생겼다니 말이야. 어쨌거나, 누가 그 아이 주변을 어슬렁거리는지 봐야겠다.

그런데 좀 의심스럽다. 혹시 이 모든 게 농담이라면? 아니다. 뎀버리에서 살인이 벌어지고 다음날 놈들이 집에 돌아온 후에야 관련 기사가 신문에 실렸잖아. 난 이미 놈이 그 일에 대해서 쓴 글을 읽은 상태였는데. 총을 한 자루 사고 싶다. 정원에서 무슨 소리가 난다. 보러 가야겠다.

그림자 하나가 저 아래로 지나갔다. 아마 개겠지만. 자정이니 이제 잠을 좀 자야겠다. 아무 소리도 들리지 않는다. 분명개였을 거다.

캐런이 죽었다.

오늘 아침 경찰이 왔다. 경찰은 그 아이를 정원에서 발견했다. 쓰레기통에서. 시신은 너무 끔찍해서 차마 눈 뜨고 볼 수 없을 정도라고 했다. 시신 위에는 모포를 덮어두었는데, 아이 엄마가 계속 울부짖었다. 그런 울부짖는 소리는 지금껏 들어본 적이 없다. 아이 아빠는 소식을 듣자마자 정신을 잃었다. 그 아이를 처음 발견한 사람은 환경미화원 밥이었다. 그는 속을 있는 대로 다 게우고 나서 도와달라고 외쳤다. 그도 따끔하게 주사를 한 방 맞았다.

비가 온다. 아이 한 명이 방금 죽었는데 기껏 비 타령이나 하고 있다니 어리석기 짝이 없다. 그래도 비는 온다. 춥다. 여기서 도망가고 싶다. 그런데 어쩐지 여기 남아 있어야 할 것 같은 기분이 든다.

왜 놈은 이 일에 대해서 한 마디도 적지 않았을까? 왜, 왜, 왜냐고! 근사한 생일…… 끔찍하기도 하지. 놈은 근사한 생일을 보냈는데.

난 지금 두 시간째 여기 앉아서 담배를 태우며 내리는 비만 바라보고 있다. 집안은 쥐죽은 듯이 조용하다. 놈들은 각각 자기 방에 처박혀 있다. 어제저녁에 난 술에 취한 상태였다. 그리고 오늘 아침, 캐런이 죽었다.

이 댁 노부인은 꼼짝도 하지 않았다. 뭐라고 중얼거리면서 고개만 끄덕거린다. 그녀는 거실 소파용 덮개를 뜨는 중이다. 사실 별로 나이가 많지도 않다. 나보다 고작 열다섯 살 위일 뿐이다. 제발 십오 년 후에 나는 저런 꼴이 아니어야 할 텐데!

뭘 해야 할지 모르겠다. 누군가에게 말해야 할 것 같다. 신부님에게? 난 신부는 신뢰하지 않는다. 교도소 담임 신부만

봐도, 그렇게 추잡한 자식이 또 있으려고!

형사들이 찾아왔을 때 나는 덜컥 겁을 집어먹었다. 그들은 나를 찬찬히 쳐다봤다.

"증언을 해주셔야 합니다, 뭔가 보신 게 있다면요." 키 큰 경찰이 말했다.

"아무것도 못 봤어요."

"그렇다면 할 수 없죠."

정말이지 나한테는 불리한 상황이다. 경찰이 내 신원을 확인한다면, 난 끝장이다.

**살인자의 일기**

누군가가 내 글을 읽고 있는 것 같다. 만일 지금 내 글을 읽고 있다면, 네가 누구든 조심해. 조심하라고, 반드시 널 잡고 말 테니까.

내 소중한 일기야, 너는 사람들이 내 허락도 없이 너를 들여다보며 종이와 잉크 위에 손가락을 대고, 더러운 손으로 내 흔적을, 내가 네 위에 남겨둔 자취를 더듬는 걸 좋아할 리 없지. 내 소중한 일기야, 내 품에 꼭 끌어안아줄게. 나의 거기 가까이로. 아무도 너를 건드릴 수 없어.

오늘은 기분이 좋다. 아주아주 좋다. 도끼는 차고에 잘 넣어두었다. 도끼는 번쩍번쩍 빛이 날 정도로 아주 깨끗하다.

동네 사람들은 모두들 울고불고 난리다. 그들은 가학성 변태성욕자가 저지른 범죄일 거라고 떠들었다. 여자애가 죽은 다음, 난 도낏자루를 그 아이 속에 힘껏 밀어넣었다. 내가 할 수 있는 한 최대한 깊숙이.

지금 내 글을 읽고 있는 너, 누군가가

어깨 너머에서 널 지켜보고 있을 거야. 어쩌면 내가 거기 있다가 네 목을 따버릴지도 모르고. 하하하!

간밤에 정원을 지나가면서 창가에 서 있는 지니를 봤다. 언제나 봐서는 안 될 곳을 보고 있단 말이지, 지니……

그 여자애는 내가 방 창문을 살살 긁어대자 자리에서 일어나 다가왔다. 두 눈을 반짝이면서. 얇은 잠옷 바람으로 가까이 다가오더니 내 눈앞에서 가슴을 흔들어댔다……

엄마는 우리에게 금단추가 달린 멋진 감청색 블레이저 재킷을 선물해줬다. 재크가 피아노를 연주해서 우리는 박수를 쳤다.

우리는 "생일 축하합니다" 하고 축하 노래를 불렀고, 그러는 동안 나는 캐런을 생각했다. 초를 다 불어 껐을 때 난 결심했다.

정말이지, 누군가가 내 글을 읽는다고 생각하니 아주 기분이 나쁘다.

## 지니의 일기

경찰이 다시 찾아왔다. 나를 포함해 한 사람도 빠짐없이 다시 심문했다. 수사에 진척이 없어 허우적대는 모양이다. 캐런의 엄마는 하염없이 울고 있다. 처리해야 할 일들은 이웃에 사는 여자가 와서 대신 해준다. 나는 울지 않는다. 눈물은 한 방울도 나지 않는다. 눈물을 흘리지 않은 지 적어도 십 년은 된 것 같다.

오늘 아침, 감자 껍질을 벗기면서 나는 열심히 머리를 굴렸다. 아무리 생각해봐도, 그놈이 '일기'라고 부르는 그 끔찍한 것을 누군가가 읽고 있다는 사실을 어떻게 눈치챘는지 이해가 되지 않는다. 아, 상상만 해도 놈이…… 옆에 같이 있는 것 같다. 이제 어쩐다, 그걸 계속 읽어야 하나? 놈이 무슨 계획을 꾸미는지도 모르는 채 더이상 여기 머물 수는 없다. 하지만 다른 한편으로는 이런 생각이 든다. 내가 그의 계획을 알아채든 아니든 어차피 할 수 있는 건 없잖아.

오늘은 술을 한 방울도 입에 대지 않았다. 그런데도 두 손이 떨린다. 내 공책을 다시 읽어본다. 돌아버릴 것 같다. 놈이 쓴 글들을 들고 가서 복사만 할 수 있다면…… 이런, 멍청이! 놈들 물건을 뒤져서 필체가 같은 놈을 찾아내기만 하면 되잖아. 지니, 넌 마음만 먹으면 천재가 될 수 있다니까! 하지만 놈이 내가 자기 물건을 뒤지는 걸 보기라도 한다면…… 그러면, 또, 그다음엔 어떻게 되는 거지?

그놈의 글과 필체 표본('표본'이라니. 폼 좀 난다, 지니……)을 들고 경찰서로 가는 거야. 문제는 그러면 이 년 동안 징역 생활은 맡아둔 거나 마찬가지인데, 아아, 그건 싫다, 거기로 돌아가고 싶지 않아. 죄 없는 여자애들이 죽어나가건 말건 여기 있는 게 나아.

어찌해야 할지 통 모르겠다. 놈이 나를 감시하고 있을 테니 방에 가보기도 무섭다. 최소 징역 이 년이다. 망할 픽스 할망구는 무슨 수를 써서라도 내 형기를 늘리려 할 거고 난 전과 기록까지 있으니까…… 어쩌면 몽땅 우편으로 보낼 수도 있으려나……

방문 너머에 누군가 있다. 확실하다. 숨소리가 들린다. 문 뒤에 선 누군가의 숨소리가. 문은 열쇠로 잠갔으니 위험하진 않다. 이제 아무 소리도 들리지 않는다. 내가 꿈을 꿨는지도 모른다. 이 공책은 어디에 감춰둔담? 감출 곳을 찾아야 한다.

캐런의 장례식은 내일로 예정되어 있다.

## 살인자의 일기

오늘 우리는 장례식에 참석했다. 엄마도 참석했다. 엄마가 유일하게 외출할 때는 묘지에 갈 때인데, 엄마는 늘 잊지 않고 꽃을 챙긴다. 사람이 엄청 많았는데 모두들 훌쩍거리며 눈물을 훔쳤다. 우리는 새 재킷을 입고 넥타이도 맸다. 하지만 우리 중 어느 누구도 울지 않았다. 우리는 남자니까. 엄마는 마크에게 기댔다. 클라크는 인두염 때문에 계속 기침을 하더니, 급기야 일행으로부터 잠시 멀리 떨어져 있어야 했다. 스타크는 진흙이 잔뜩 묻은 구두만 쳐다보고 있었고, 재크는 애꿎은 손톱만 물어뜯었다. 아빠는 아주 위엄 있고 근사한 모습으로 유가족들과 악수를 나누었다. 조문객들은 관 위에 흙을 뿌렸다. 물론 나도 뿌렸다. 난 그 안에 무엇이, 어떤 상태로 들어 있을지 아주 잘 알고 있었다…… 이봐, 이 글을 읽고 있는 너. 이제 만족해? 돈 들인 만큼은 얻어냈어?

내가 모든 걸 아주 상세하게 묘사하기를 바랄 테지. 음, 예를 들어 그 아이가 비명을 질렀는지, 뭐 그런 거. 내가 팔을 먼저 잘랐는지, 다리를 먼저 잘랐는지라든가. 안 그래? 이봐, 독자 양반, 당신은 너무 호기심이 많아. 그렇게 궁금하면 직접 가서 보라고. 별로 멀지도 않으니 말이야. 가서 흙을 조금 파보면 되잖아. 그애가 거기서 너를 기다리고 있을 테니까. 그 아인 이제 꼼짝도 안 해. 더이상 그 누구도 흥분시키지 않는다고.

어찌되었든, 그 아이의 시선만큼은 절대 잊지 못할 거다. 돌이켜보니 손꼽히게 좋았던 여자였다. 엄마가 저녁 먹자고 부르는군. 손 씻으러 가야지.

**지니의 일기**

나는 식탁에서 시중을 들었다. 여기서 지니, 저기서 지니…… 의사 선생은 레드 와인 한 병을 다 비우더니, 큰 소리로 공산주의자들에 대한 불만을 고래고래 늘어놓았다. 그게 캐런과 무슨 상관인지 도무지 알 수가 없다.

부인은 오늘따라 유난히 상냥했다. 구운 고기가 맛있다고 칭찬했다. 장례식 때 전혀 도와주지도 못했다면서. 상냥하다고? 부인은 그저 괴물 아들을 감싸려고 애쓸 뿐이다. 글쎄, 내 말이 맞다니까! 오늘은 아직까지 술을 한 모금도 마시지 않았다. 그런데 지금 너무 목이 탄다. 브랜디 한 모금쯤은 마셔도 되지 않을까. 죽은 사람들, 그들이 내 속을 갉아댄다. 기운을 차리려면 당 충전이 필요하다.

술을 마셨더니 훨씬 낫다. 놈의 일기장을 몰래 가져다가 경찰서로 보내야겠다. 그다음 정오 기차에 타자. 남쪽으로 가는 거다. 안녕, 지니. 놈들은 나를 증인석에 세우려고 찾아다닐 거야, 그리고…… 그러다 웬 술 취한 시골 농부가 내 머리에 총알을 한 방 박아넣겠지. 아니, 지니, 헛소리하지 마. 그들은 증언을 시킬 뿐이야, 그냥 그게 다야. 어쩌면 날 찾아내지 못할 수도 있고. 아무튼 그러는 동안 수많은 여자들이 내 덕분에 목숨을 구하게 될 거다. 내가 국민의 구세주가 되는 거라고. 원더우먼 지니, 아메리카의 사랑을 받는 여인 지니! 이 브랜디 정말 굉장하네.

더워서 숨이 막힌다. 창문을 전부 연다. 그래도 너무 덥다. 이 변덕스러운 바람은 또 어떻고. 아, 짜증난다.

## 살인자의 일기

안녕! 바람이 멎고 비가 온다. 묘지에 비가 내린다. 이 묘지엔 내 사람들도 꽤 있다. 적어도 넷은 될 거다. 거기에 하나 더. 지상에 어린 잡년 넷이 줄어든 거다. 형사들은 진창 속을 돌아다니고 있다. 형사 따위 전혀 겁나지 않는다. 어차피 아무것도 찾아내지 못할 테니까. 그자들은 의사 선생의 선량한 아들들을 절대 의심하지 않는다. 언제나 건달이나 부랑자, 얼간이들 중에서 뭔가 찾아내려 하지. 얼간이들은 머리에 빨간 등불이라도 달고 다닌다고 믿는 모양이다. '주의하시오, 얼간이니까.' 뭐, 이런 식으로 말이다. 훌륭한 형사님들, 똑똑한 개들, 제대로 된 단서를 좀 찾아내시죠. 열심히 찾고 또 찾아보시라고요. 그래 봐야 좋은 집안에서 잘 자라서, 누굴 해쳐보기는커녕 파리 한 마리 죽여본 적 없는 선량한 젊은이만 나올 테니까. 엄마는 그런 걸 아주 싫어하신다. 이유 없이 남을 해치는 거라면 질색하신다고. 비루먹은 개들아, 살인자가 싸지른 똥냄새며 길모퉁이에 버려진 처참한 시체들의 냄새를 잘 맡아보렴. 어차피 아무것도 못 찾겠지만 말이야. 아무것도 찾아내지 못할 거라고! 내 노래가 정말 마음에 든다.

얼마 전부터, 그러니까 이 일기를 쓰기 시작하고부터 이런 생각만 한다. 그동안 오랫동안 잊고 지냈는데, 왜 그런지는 나도 잘 모르겠지만, 요즘 들어 노상 그 생각만 한다. 그래서 신경질이 난다. 그 일을 돌이켜보니 또 하고 싶어지니까. 방학이 너무 길다. 다행히 우리는 곧 다시 자기 생활로 돌아갈 거다. 벌써 점심때로군. 지니가 냄비를 덜그럭거리는 소리가 들린다.

오늘 아침에 여기 올라와서 청소를 하는 지니를 봤다. 상당히 오래 머무르는 것 같던데.

생각해보니, 잘 다듬어놓으면 지니도 괜찮은 여자가 되지 않을까.

이유는 잘 모르겠지만, 지니가 우리를 경계하는 것 같다.

혹시 지니, 네가 그 더러운 스파이인가? 너 자신을 위해 그런 일은 없길 바라지. 안녕!

## 지니의 일기

그래, 이제 긴급조치 단계로 넘어가야 할 때가 됐나보다. 도주. 여길 뜨자. 안녕, 더러운 자식들아. '그러고 보면 지니도 나쁘지 않았어. 더러운 년, 그년의 목을 따고 싶은데……' 하지만 난 그렇게 될 생각 전혀 없거든요. 영원히 안녕, 지킬 박사님, 잘 지내세요. 나보다 섹시한, 토막내고 싶을 여자들은 쌔고 쌨을 테니까요. 초인종이 울린다. 문을 열어주러 가야겠다.

형사들이었다. 아주 예의바른 자들이었다. 이 집은 명문가다.

선수들 원위치

안주인의 상태가 나쁘니까 차를 대접하는 건 내 일이다. 나는 형사들에게 비스킷이나 가져다주는 여자일 뿐이다…… 그래, 맘껏 웃어, 지니, 그럴 수 있는 동안 실컷. 형사들은 내게 살인이 일어난 날 저녁에 대해 질문했다. 빌어먹을 놈들의 생일날. 형사들은 별일 아닌 척하면서 이 집 아들들이 어디 있었는지, 그들이 캐런과 알고 지냈는지 등을 알고 싶어했다.

이 제복 입은 얼간이들이 수사 방향을 제대로 잡도록 제발 신께서 도와주소서. 하지만 네 아들이 모두 각자 자기 방에 있어서 나는 아무 말도 할 수 없었다. 어쩌면 '그놈'이 내 말을 다 듣고 있을지도 모르니까.

나는 그저 "네, 모두들 캐런과 알고 지냈죠" 하고 대답했다. 정원에서 그림자 하나를 봤는데, 확실하진 않다고도 말했다. 어쩌면 그냥 개였을 수도 있다고. 그렇지만 시간만큼은 정확하게 덧붙였다. 그다음이야 형사들이 알아서 자기들 할일을 할 테니까. 그 미친놈이 나를 엿보고 있고, 나를 경계한다는 걸 안다. 무기를 하나 장만해야만 할 것 같다.


밤 11시다. 특별한 기미는 전혀 없다. 오늘은 새로운 글도 없었다. 괴물이 조는 모양이다.

마크는 일을 시작했다. 스타크는 새 장난감 만드는 데 필요한 부품을 사러 마을에 갔다. 재크는 피아노 레슨이 있었다.

클라크는 일요일에 있을 시합을 위해서 훈련중이다. 의사 선생은 기분이 좋아 보인다. 살인 사건 때문에 동네가 떠들썩한 틈에 집밖으로 마음대로 드나들었는데, 내 짐작에 아마 애인을 만나러 다녔을 것이다. 의사 선생은 나에게 "좋아요, 지니, 아주 만족스러워요" 하고 말했는데, 그건 마치 주님께서 내 어깨에 손을 얹어준 듯했다.

어쩌면 이 모든 건 다 잠잠해질지도 모른다. 어쩌면 놈도 곧 배가 불러서 더는 아무 짓도 안 할 수도 있다. 하지만 이 고요함이 내게는 전혀 좋은 징조로 보이지 않는다. 지난번에도 그랬듯이……

오늘 아침, 여름옷들을 옷장 제일 위쪽에 올려놓다가 종이 상자 하나를 발견했다. 상자를 열어보니 안에는 얇은 종이에 싸인 어린아이 옷이 들어 있었다. 남색 벨벳으로 된 정장한 벌 위엔 바짝 마른 제비꽃 한 다발이 놓여 있었다. 슬픈 광경이었다. 그 작은 옷은 흡사 조그만 시신 같았다. 가슴 주머니엔 'M' 자와 'Z' 자가 수놓여 있었다. 우리 할머니도 겨우 열두 살 때 죽은 삼촌이 첫영성체 때 입었던 옷을 고이 간직해두셨다. 얼른 상자를 닫아 원래 자리에 올려두었다.

한심한 소리라는 건 아는데, 그래도 어쩐지 감시당하는 느낌이 든다. 가끔씩 꼭 누가 내 뒤에 있는 것만 같아 깜짝 놀라 뒤를 돌아볼 때가 있다. 담배나 한 대 피우고 자야겠다. 요새

잠을 제대로 못 잔다. 악몽에 시달린다. 온몸이 땀범벅이 된
채 소스라치게 놀라 잠에서 깨기도 하고. 술을 마시면 적어도
세상모르고 잠드는데.

권총에 관해선 잘 모르겠다. 마을에 아는 사람이 있긴 한
데, 어쩌면 그자가 뭔가 해줄 수 있으려나. 하지만 그러려면 내
가 거기까지 가야 한다. 두고 봐야겠다.

## 살인자의 일기

비가 그치지 않고 내린다. 오늘 우리는 지니를 시내에 데려다줬
다. 사야 할 게 있다는데, 마침 우리도 가는 길이라 같이 갔다.

아빠 사무실이 있는 건물 앞을 지나가다가 초인종을 눌러
봤는데, 아무 대답이 없었다. 아마 외부에서 약속이 있으신 모
양이었다.

우리는 모두 분수 앞에서 다시 만났다. 마크는 일터에서,
클라크는 훈련을 끝내고, 스타크는 수업을 마치고, 재크는 음
악원에서 그리로 왔다. 우리는 다 같이 몰려다니기를 좋아하
니까. 우리가 모이면 근사한 팀이 된다. 단합이 아주 잘되는 팀.

여자애들은 자주 우리를 쳐다본다. 마크와 재크는 그럴 때
마다 약간 거북해하지만 클라크와 스타크는 은근히 시선을
즐기는 편이다. 클라크는 벌거벗은 여자들이 나오는 잡지를
읽고, 스타크는 이미 여자친구를 사귄 적이 있다. 마크는 가

끔 자기 사장의 비서랑 술을 마시기도 한다. 재크는 자기 교수님을 사랑한다. 우리끼리는 여자 얘기를 자주 한다.

우린 집에서는 정숙한 편이다. 신문에서는 경찰이 단서를 잡았다고 떠들어대고 있다. "가학성 변태성욕자 쪽으로……" 가학성 변태성욕자는 덕분에 잘 지내고 있습니다, 고맙네요.

지니가 마을에서 뭘 했는지 궁금하다. 갈색 종이봉투를 품에 꽉 끌어안고 돌아왔는데, 아마 술을 샀을 것이다. 그런 여자들은 종종 술을 엄청 많이 마셔대니까. 그러고 나면 멍청한 소리들을 지껄여대고. 말이 너무 많아진다. 그렇지만 지니가 그럴 것 같지는 않다. 그녀가 정말로 자기 방 창문에서 뭔가를 봤을 거라고 생각하지도 않는다. 그러기엔 그 여자는 너무 영악하다. 너무 영악하지, 교활한 도둑이니까. 도둑에 스파이, 이 두 가지가 바로 겁쟁이 지니의 약점이다. 그 정도면 이미 많은 거지.

## 지니의 일기

아들들은 집에 없다. 나는 놈들의 방에 가서 종잇장들을 뒤졌다. 무엇도 그 글의 필체와 일치하지 않았다. 이해가 안 된다. 분명 아주 꼼꼼하게 들여다보았는데, 어느 누구의 필체도 들어맞지 않다니. 놈은 글을 쓸 때 자기 필체를 숨기는 게 틀림없다.

조에게서 총을 구입했더니 훨씬 마음이 놓인다. 내 월급 3분의 2를 써야 했지만. 아무튼 지금 총은 장전된 채 내 베개 밑에 있다. 또 심리학 책도 한 권 샀는데 어려워서 진도가 나 가질 않는다. 아는 게 많은 사람들이나 읽을 만한 책이다. 어 쨌거나 적어도 한두 챕터는 더 읽어봐야겠다. 도움이 될 테니 까. 이제 그 더러운 놈과 맞닥뜨릴 준비가 되었다.

책 내용은 흥미진진하다. 미친놈들은 때때로 두 개의 인격을 가지고 있다는 사실을 방금 알게 되었다. 즉, 그런 놈들의 머 릿속에는 각기 다른 두 사람이 있는데, 그 둘은 상대의 존재 를 알지 못한다. 그런데 그놈의 경우는 다르다. 놈은 스스로 살인마임을 자각하면서 동시에 의사 선생의 아들이라는 사 실도 알고 있으니까. 또 제정신이 아닌 사람들은 때때로 정상 적인 삶을 살 때의 필체와 정신 나갔을 때의 필체, 그러니까 일종의 '발작중의 필체'가 다를 수 있다는 사실도 알게 됐다. 나는 자축하기 위해 진을 한 잔 가득 꺾었다. 그래서인지 몸 이 나른하다. 잠이 쏟아진다.

머리가 약간 빙빙 돈다.

더이상 이러니저러니 할 게 없네, 교육이란 좋은 거야, 안 그래, 지니? 게다가 네가 만약 대학에 갔다면, 남의 더러운 빨래나 해주면서 코딱지만한 월급을 받는 일은 없었을 거야. 신문에서는 수사관들이 무슨 단서를 찾았다고들 한다. '가학성 변태성욕자'라나! 이놈의 비 때문에 신경이 곤두선다. 아들놈들이 없으니 집이 조용하다. 누군가가 내 등 뒤에서 총구를 들이대고 있다는 느낌이 훨씬 덜하다. 놈들은 모두 콘서트에 갔다. 교외에서 열리는 록 공연이라던가 뭐라던가.

모처럼 의사 선생이 집에 있다. 그는 의사들이 보는 뭔가를 읽고 있다. 부인은 클라크에게 줄 거라면서 끔찍한 겨자색 실로 무언가를 뜨는 중이다.

아무래도 모든 걸 처음부터 다시 정리해봐야겠다. 분명 놈이 뭔가 실수를 했을 것이다. 그러니 놈을 잘 관찰해야 한다. 그리고 조심해야 한다.

## 살인자의 일기

클라크가 시합에서 이겼다. 축하의 의미로 아빠가 우리에게 콘서트 표를 선물했다. 어제저녁에 그 공연을 보러 다녀왔다. 나쁘지 않았다. 우리 모두 즐거웠다. 괜찮은 여자애들한테 작업도 걸었다. 그런데 클라크가 피곤하고 공부할 거리가 있다고 해서 진도를 더 나가지는 못했다. 심지어 재크도 아침 일찍 수업이 있다고 했다. 난 여자애들 따위는 전혀 관심 없었다. 솔직히 별로 재미있는지 모르겠더라고. 그 물렁한 살덩어리를 만지는 게 뭐 그리 좋다고 야단인지 도무지 이해할 수가 없다. 그보다는 내 소중한 일기, 네가 훨씬 좋다. 적어도 너는 순하고 부드럽고 풋풋하거든.

네게는 내가 말하고 싶은 모든 것을 다 말할 수 있어. 너를 품에 안고 쓰다듬을 수도 있고, 찢어버릴 수도 있지. 손으로 확 구겨버릴 수도 있고, 혀로 너를 핥을 수도 있어. 너를 내 거기에 문지를 수도 있고 말야. 그게 그렇게 될 때까지. 넌 여자애들처럼 축축하지도 않고, 나한테 더러운 걸 묻히려고 기를 쓰지도 않지. 넌 아주 착한 남동생 같아. 넌 내 거야.

누군가 복도를 걸어다닌다. 엄마 발소리다. 엄마는 클라크의 스웨터를 뜨고 있다. 우리는 저녁식사를 기다리면서 각자 방에 있다. 지니는 또 꾸물거릴 테지. 그러다 우리는 말도 안 되는 시간이 되어서야 밥을 얻어먹게 될 거고.

간밤에 캐런의 꿈을 꿨다. 꿈속에서 내 방은 피투성이가 되었다. 방안은 춥고, 바닥은 얼음으로 덮여 있었다. 엄마는 울고 있었고. 아빠는 긴 칼로 나를 죽이려고 했다. 지니도 꿈에 나왔는데, 글쎄, 나한테 더러운 자식이라고 했다. 지니는 새빨간 얼음 아래에 있는 뭔가를 가리켰는데, 그때 지니의 목에서 혈관이 박동하는 걸 봤다. 그리고 그 순간 잠에서 깼다.

지니가 식사가 다 준비되었다고 악을 쓰는군. 이제 내려가야지.

## 지니의 일기

오늘 저녁, 식사를 하는 동안 놈들을 모두 유심히 살펴보았다. 클라크의 눈빛이 마치 마약이라도 하는 사람처럼 불안정하던데, 이제껏 처음 보는 모습이었다. 하지만 클라크는 운동선수인데다 아주 억센 남자다. 그런 그가 약을 한다면 놀라 자빠질 일이지. 재크는 자기 아빠한테 두 번이나 주의를 들었다. 남이 하는 말을 제대로 듣지 않았기 때문이다. 그는 허공을 바라보다 혼자 씩 웃곤 했다. 마크는 사무실에서 벌어지는 황당하기 짝이 없는 일들에 대해 얘기했고, 그 탓에 결국 힘든 일은 모두 자기 차지라고 푸념했다. 스타크는 입을 거의 열지 않았다. 배가 아프다면서 두 번이나 화장실로 달려가더니 다녀오고 나서 말없이 엄청난 양을 먹어치웠다.

의사 선생은 아들들을 앉혀놓고 개학을 맞는 각오니 인생에 필요한 노력이니 하는 것들에 대해 일장연설을 늘어놓았다. 부인은 클라크에게 직접 뜬 끔찍한 겨자색 물건을 보여주었다. 그는 제법 상냥하게 미소를 지어 보이면서 감사 인사를 했다. 나는 여전히, 상냥하게 웃으며 부인의 목을 조를 사람이 분명 나타날 거라고 기대하고 있다.

나는 무릎 위에 권총을 올려놓는다. 도저히 결정을 내리지 못하고 우왕좌왕한다. 하느님! 제발 어떻게 좀 해보세요.

전 그저 다른 사람들과 마찬가지로 길 잃은 양이니, 제발 저를 집으로 인도해주세요.

내가 주목한 건, 놈이 나이를 열여덟 살이나 먹었으면서 꼭 어린애처럼 글을 쓴다는 사실이다! 하긴, 이놈의 집구석에서는 다 큰 놈들을 아이 취급한다. 만화책에 나오는 아이들. 슈퍼맨의 사생아 같은 놈들.

책을 좀 읽어야겠다. 또다시 비가 내리기 시작하고, 번개도 친다.

살려주세요. 뭔가가 내 방문을 긁고, 후후 입김을 불어댄다. 문을 열어봐야겠다. 문을 열고 내 눈으로 똑똑히 확인해야 한다. 하지만 침대에서 꼼짝할 수가 없다. 나는 권총의 총구를 문 쪽으로 겨눈다. 하지만 누구인지도 모르고 무작정 방아쇠를 당길 순 없다. 아주 나지막하게 내 이름을 부르는 소리도 들린다. 확실하다. 그리고 문손잡이를 잡는다. 어둠 속에서 천둥소리 때문에……

가, 가라고, 제발 부탁이니 가버려. 놈은 내게 겁을 주려 한다. 하지만 내가 왜, 아무것도 모르는데 왜 두려워해야 하지? 놈은 내가 사실을 아는지 알고 싶어한다. 놈은 내가 잔뜩 겁을 먹었다는 걸, 내가 알고 있다는 걸 안다.

놈이 나를 부른다. 문 바로 뒤에서 나를 부른다. 문을 열고 놈의 머리에 총알을 박아넣을까. 고함을 지를까. 살려달라고 소리를 지를까. 나는, 난, 내 귀엔 더이상 아무 소리도 들리지 않는다. 놈이 가버린 것 같다. 나는 귀를 기울인다. 놈은 갔다. 아무 소리도 들리지 않는다. 나는 그래도 손에 권총을 쥐고 있다.

잠이 들어선 안 된다.

**살인자의 일기**

간밤에 좀 걸으려고 방밖으로 나갔다. 캄캄한 집안을 걸었다. 잠든 식구들의 고른 숨소리가 들렸다. 아빠는 코를 골고 있었다. 난 지니의 방 앞에 멈춰 섰다. 그리고 굳게 닫힌 방문을 노려봤다. 지니를 죽이고 싶은 마음이 들었다.

나지막하게 이름을 불러봤다. 아주 나지막하게. 몸에는 칼 한 자루를 지니고 있었다. 부엌칼. 고기를 써는 데 쓰는 기다란 칼. 술냄새를 풍길 지니의 살점. 그 여자는 잠들어 있을 것이다. 잔뜩 구겨지고, 제멋대로 말려 올라간 축축한 잠옷을 입고 있겠지. 그 싸구려 잠옷과, 더럽고 추한 속옷을 입고.

아빠는 안 좋은 동네에 사는 여자애들은 조심해야 한다고 말씀하셨다. 공장에나 다닐 여자애들. 그런 여자들은 밑에서부터 꼬나본다고, 그러면서 비웃는다고 말이다. ……를 하고 싶으면 주의해라, 절대 …… 지 말고. 그런 건 관심 없다. 그런 계집애들로부터 더러운 병이나 옮아올 마음은 전혀 없다. 병균이 우글거리는 불결한 입.

내가 왜 지니 이름을 부르면서 그렇게 서 있었는지 잘 모르겠다. 아무튼 움직일 수가 없었다. 그 여자가 문을 열었어야 했는데. 그래서 나를 보아야만 했는데. 기분이 영 별로다. 신문에는 더이상 캐런에 관한 기사가 실리지 않는다. 경찰들이 다시 찾아오는 일도 없었다. 앞으로도 오지 않겠지.

오늘 내가 좀 약삭빨랐다. 그렇지만 내 사랑하는 일기야, 무슨 일이 있었는지 너한테 말해주기는 곤란해. 아직은 아니야.

## 지니의 일기

부엌으로 가서 살펴보았다. 고기용 칼은 제자리에 있었다. 하긴, 놈이 그걸 자기 방까지 가져갈 리는 없지. 내 앞치마 주머니에는 권총이 들어 있다. 바보같이 들릴 테지만, 솔직히 난 무지 겁먹었다. 한 시간 후에 차를 준비하러 다시 내려가야 한다.

부인은 나한테 여기서 지내는 게 마음에 드는지 물었다. 나는 비굴하게도 "네, 그럼요, 일도 쉽고요"라고 대답했다. 그러자 부인은 한 가족이라고 생각하라고 말했다. 나는 한술 더 떠서 "네, 아드님들도 모두 친절해요"라고까지 했다. 부인은 빙긋이 미소를 짓더니 "고마워요"라고 대구했다. 분위기가 요상했다. 곧 부인이 나를 끌어안기라도 할 판이었다. 나는 부인에게 차 마실 시간까지 잠깐 방에 올라가 있겠다고 알렸다.

오늘 아침 부인의 침실을 정리하면서, 권총으로 내 배를 꽉 눌렀다. 놈의 글을 읽는 짓을 그만둘 뻔했지만, 그래도 두려움보다 읽고 싶은 마음이 더 강했다. 나는 알아야 하고, 보아야 하니까. 지니, 이 일에 너무 얽히지 마, 계속 그러면 끝이 좋지 않을 거야.

모든 이야기에서 점점 더 구린내가 난다. 그놈은 왜 그토록 스스로에게 만족하는지 궁금하다.

심리학 책에 따르면, 자기 엄마를 너무 좋아하는 사람들은 흔히 제정신이 아닐 경우가 많다고 한다. '억압된 자'라는 것이다. 그놈이 사람을 사랑할 수 있기는 한가. 밤이 내려앉는다. 오늘밤엔 보름달이 떴다. 늑대인간들이 나타나는 날이라고들 한다. 참 용기가 절로 나는 말이다. 정말 늑대를 만나더라도 난 녀석의 대가리에 총알을 발사할 것이다. 빵야.

"좀 약삭빨랐다"는 건 무슨 의미일까? 도대체 놈이 또 무슨 일을 꾸미는 거지?

억수처럼 비가 쏟아진다. 주변의 온갖 소리는 모조리 빗소리에 묻혀버린다. 나는 그들에게 차를 내어준 다음 위층으로 올라왔다. 오늘 저녁 그들은 집에서 식사하지 않는다. 아버지와 연극을 보러 간다. 부인에겐 방으로 요깃거리가 담긴 쟁반을 가져다주었다.

누군가가 이야기하는 소리가 들린 것 같았다. 그러나 그건 분명 혼잣말로 대화를 이어가는 부인의 목소리였을 것이다.

그놈들이 집에 없으면 기분이 한결 나아진다. 조금이나마 쉴 수 있으니까. 책을 두 챕터 읽었다. 자동차 소리가 들린다……

창문으로 내다보니 그놈들이 탄 왜건이 맞다. 놈들은 즐거운지 소리내 웃는다. 연극이 괜찮았던 모양이다. 재키와 극장에 갔던 날이 생각난다. 어찌나 웃었던지. 모두 다 옛날 일이다. 놈들이 나지막하게 이야기하는 소리가 들린다. 목소리가 서로 어찌나 닮았는지, 정말 웃긴다. 목이 바짝 타들어온다. 진짜 맛좋은 진 한 잔을 쭉 들이켠 게 몇 년 전 일 같다. 정말로 그렇다. 우리 아빠는 진 한 잔을 걸치지 않고서는 잠드는 법이 없었다. 아빠 말로는 맹물만 마시는 놈들은 오래 못 산다고 했다. 그러는 아빠도 그리 오래 못 살았지만. 하느님이 아빠의 영혼을 받아주셨기를.

## 살인자의 일기

내 마음의 일기야, 안녕! 여기는 이 도시에서 제일 약삭빠른 남자, 오버. 날씨가 좋다. 어제저녁 우리는 극장에 갔다. 무지 웃기는 공연이었다. 애거사 크리스티의 『그리고 아무도 없었다』를 각색한 작품이었는데, 우리 마음에 쏙 들었다. 아빠는 우리를 데리고 나가기를 좋아하신다. 우리를 자랑스러워하거든. 아빠는 극장에서 아빠한테 손짓하던 여자를 내가 못 봤을 거라고 생각하지만, 당연히 봤다. 금발에 약간 통통하고 가슴이 무지 큰 여자. 그녀에 대해 좀더 알아봐야겠다.

그런데 말이지, 내 사랑하는 일기야. 어제 "내가 좀 약삭빨랐다"고 말했잖아. 그게 무슨 뜻이냐면, 두 번 접어놓은 이 작은 종잇장들에 걸쳐지게 머리카락을 한 올 붙여놓았거든. 그런데 오늘 아침에 얼마나 놀랐던지! 글쎄, 그 머리카락이 끊겨 있더라고. 그러니까 내 말은, 누군가가 너를 읽어봤다는 뜻이지. 스파이의 더러운 눈길이 너에게 닿은 거야. 그자가 이 글을 읽게 되면, 자기가 발각되었다는 걸 알게 되겠지! 안녕, 친애하는 스파이 씨…… 아주, 아주아주 서둘러서 네 본래 자리로 돌아가는 편이 좋을걸.

아빠는 분명 아니야. 그렇고말고, 이 더러운 스파이야. 어쩌면 엄마일 수도 있겠군. 정말 그런 거야, 엄마? 갑자기 궁금해지네…… 아니면 우리 가운데 한 명일까? 마크, 재크, 클라크, 스타크? 순진한 사람들 가운데 하나? 난 순진한 척하면서 남의 물건을 뒤지는 사람들은 솔직히 별로 좋아하지 않아. 게다가 내가 이미 증명해 보였을 텐데…… 아니면 혹시 지니, 너야? 나의 뚱뚱이 지니? 만일 너라면, 정말이지 조심성이 없어도 너무 없는 거야. 목숨을 그다지 소중하게 여기지 않는 모양이지. 스파이 짓은 절대 쉬운 일이 아니야. 내 말이 맞지, 그렇지 않아? 하지만 안심하라고, 친애하는 독자여. 관심거리를 계속 제공해줄 테니. 안녕……

**지니의 일기**

결국 일어날 일이 벌어지고 말았다. 나는 짐을 꾸리고 떠날 채비를 했다. 아주 먼 곳으로 가는 제일 빠른 버스를 타고서 이 모든 일을 다 잊어버릴 작정이다. 다른 곳에 가더라도 일자리 하나쯤은 찾을 수 있겠지. 이 멍청이 놀이는 내 나이엔 어울리지 않는다.

놈이 알고 있다는 내용을 읽는 순간, 완전히 충격에 휩싸였다. 나는 정신을 차리려고 술을 연거푸 석 잔 들이켰다. 의사 선생은 또 술병의 술이 줄어들었다고 한마디할 것이다. 누가 나를 부른다. 가봐야지.


두 가지 소식.

1. 아들들이 집을 비웠기에 뭔가 새로운 게 있는지 보러 갔다. 새로운 것이 있었다. 신문 한 면의 복사본이었는데, 아무 신문이나 복사한 것이 아니었다.

작년 3월 12일 자 신문으로, 내 사진과 텅 빈 서랍 앞에 서 있는 구두쇠 노파의 사진이 실려 있었다. 그놈이 어떻게 이 일을, 이 구역질나는 일을 알아낸 건지 모르겠다. 그것 말고는 아무것도 없었다. 그저 복사본 한 조각. 이건 무슨 뜻일까? 혹시 이걸 경찰에 보내려고 하나? 아니면 내 일기를 훔쳐보나? 내 일기를 몸에 지니고 다녀야겠다. 지금 취했는지…… 손가락 사이로 펜이 자꾸만 미끄러지네.

요즘 들어서 술을 마시자마자 취기가 머리로 확 오른다. 그런데 술을 마시지 않으면 잠을 잘 수가 없다. 마시고 나면 어찌나 잠이 쏟아지는지. 정신 바짝 차리고 생각할 건 많은데 말이다. 분명 다시 감방에 가게 될 텐데, 정말이지 그건 원치 않는다. 그것만은 질색이야.

2. 부인은 조카딸을 한 달 동안 집에 들이려고 한다. 그애 부모가 자동차 사고를 당해서 병원에 입원중인데, 아이는 이제 겨우 열다섯 살이다. 게다가 짐작건대, 그 아이는 아주 뇌쇄적이라서 어쩌구저쩌구…… 다행히 난 여기 없을 테니 그 이후의 꼴은 보지 않아도 되겠지. 하느님, 감사합니다. 하느님이 이 모든 일을 굽어살피시는 듯하니…… 나를 포함해서 모두들 안녕히 주무세요. 나도 자야지.

**살인자의 일기**

오늘 아침 엄마가 샤론이 한 달 동안 우리집에서 같이 지낼 거라고 얘기했다. 그 아인 흑갈색 머리에다 눈은 까맣다. 한번은 걔네 집에서 방학을 보낸 적이 있다. 그때 그 집 지하실에서 숨바꼭질을 했는데, 난 그 아이를 보일러 안으로 밀어넣으려고 했다. 그런데 그애가 나보다 힘이 세서 내 머리를 시멘트 벽에 부딪치게 만드는 바람에 피가 났다.

그 일은 아무한테도 말하지 않았다. 그애도, 나도. 이봐, 친애하는 스파이, 미리 경고하는데 괜히 우리 엄마나 우리 형제들에게 그 일에 대해 물어볼 생각은 하지 마. 나야 당연히 너한테 거짓말할 거고, 내 형제들은 아무것도 모르니까. 이 일에 대해서 네게 말해줄 수 있는 유일한 인물은 이미 오래전에 구더기 밥이 되었지(너 혹시 구더기 보호협회라고 들어봤어? 그협회가 나를 후원회원으로 임명했단 말씀이야). 만일 그걸 묻고 다닌다면, 곧바로 네 정체를 확인할 수 있겠네. 안 그래? (이 스파이놈에겐 모든 걸 다 말해줘야 한다.)

아무튼, 좋은 소식이다. 이제야 고 얌전한 척 내숭떠는 재수 없는 계집애한테 빚을 갚아줄 수 있게 되었으니까!

그런데 말이야, 지니, 넌 그 돈이랑 보석을 어떻게 했지? 어디에 숨겨놓았어? 좋은 하루 보내고!

## 지니의 일기

그럴 줄 알았어. 운이라고는 지지리도 없는 내가 그럼 그렇지. 때마침 파업이란다. 방 청소를 하려고 위층으로 올라가려던 차에 마침 신문이 도착했는데, 파업 소식이 실려 있었다. 시외 버스 터미널에 전화를 해봤더니 자기들도 몰랐다면서, 대중교통 전반이 파업중인데다 어제는 무력 충돌까지 있어서 지금은 모든 게 완전히 멈췄다는 것이다. 나는 내 짐 가방만 물끄러미 쳐다보았다. 어찌해야 좋을지 모르겠다. 이 집 아들들 네 명은 모두 출발했다. 왜건을 끌고서. 의사 선생은 자전거를 타고 출근했다. 체중 조절을 해야겠다던가. 애인이 너무 뚱뚱하다고 핀잔을 준 게 분명하다. 난 어차피 이 집에 발이 묶였으니 심장 쫄깃하게 만드는 연속극 후속편이나 보러 가야겠다. 부인은 아래층에서 꽃을 손질하는 중이다.

오늘 저녁식사로는 박하 잎을 곁들인 양 넓적다리 고기를 준비했다. 거기에 독버섯을 더한다면 모든 문제를 한 방에 해결할 수 있을 텐데⋯⋯

자, 그럼 이만. 얼른 가서 보고 돌아와야지.

정말이지, 되는 일이 없다. 빌어먹을, 이건 해도 해도 너무하네, 말도 안 돼! 뭐, 숨겨놓았느냐고? 그 보석들을? 그랬지, 유감스럽게도 보비 씨의 거대한 주머니 속에 다 넣어줬지만! "내

일 12시 30분에 셰러턴에서 보자고. 보석들은 내가 보관하지, 그게 더 안전하니까." 그걸 말이라고. 난 셰러턴에서 장장 오후 4시까지 죽치고 기다렸어! 보비란 놈은 코빼기도 안 보이더라고. 사랑 좋아하시네! 그뿐인 줄 알아? 문지기놈한테 쫓겨나기까지 했어. 그 자식이 나를 물건 팔러 온 잡상인 취급했다니까. 보석 같은 건 없어, 난 불운을 안고 다녀야 하니까.

눈이 내리기 시작했다. 더러운 잿빛 눈이 온 천지를 뒤덮고 모든 소리까지 죽여버린다. 그래도 덕분에 여자애들이 한밤중에 돌아다니지는 않겠다.

살인마들에게는 고약한 날씨.

나는 미치광이의 마지막 글에 대해서 곰곰이 생각했다. 침착하게, 술기운 없이 맑은 정신을 지닌 내가 되어 생각해봤다. 그러니까 이런 거지. 형제들 하나하나에게 가서 아양을 떨어가며 "이봐요, 도련님, 당신이 샤론을 보일러 속에 처넣으려고 하셨나요?" 하고 물어볼 수는 없을 거야. 그랬다간 복도 모퉁이에서 언제 칼부림당할지 모르니까. 하지만 샤론과 직접 이야기해볼 수는 있을 것이다. 그나저나 나의 궁금증을 풀어줄 수도 있었을 텐데 이미 죽었다는 사람은 또 누구일까? 목격자? 물론 그럴 테지. 나도 그자처럼 끝날 가능성이 높겠지만.

책엔 제정신이 아닌 사람들은 자기 이야기를 하는 걸 좋아한다고 쓰여 있다. 흔히 그런 점을 이용해 살인마들을 붙잡는다는 것이다. 그런 사람들은 말을 해야만 한다. 익명으로 지내면 짓눌리고 만다. 그들은 관심을 즐기는 사람들이니 나도 그 점을 이용할 수 있을 것이다. 좀더 잘 생각해봐야겠다. 정말이지, 요즘 내 입에서는 생각한다는 말이 제일 자주 튀어나오네.

"뚱뚱이." 듣자 듣자 하니 정말! 가만두지 않을 테다, 이 "뚱뚱이들"! 너희야말로 덩치만 크고 뇌는 자라다 만 놈들, 껌이나 질겅질겅 씹어대는 놈들이지. 고기와 돈을 처바른 네 명의 뚱보 애새끼들, 맨날 칭얼대는 네 명의 추잡한 카우보이들…… 이런, 빌어먹을! 어딜 봐도 '빌어먹을' 일이야. 만일 내가 이렇게 욕설을 입에 담는 게 하느님 마음에 들지 않는다면 나한테 항의를 하시든가요. 북극, 막다른 골목, 희망로 0번지에 사는 신물 나는 지니 앞으로 당당하게 항의를 하세요. 번지수가 틀릴 염려도 없겠다. 기다릴 테니까요!

떠날 수 없게 되었음을 알고 난 후부터 오히려 담담히 체념하게 되다니 우습다. 난 운명 같은 걸 믿는 사람은 아니지만, 어쩌면 그 미친놈의 가면을 벗기는 게 내 사명인지도 모르겠다는 생각이 든다. 그런데 그다음엔? 놈을 죽여야 하나? 난 사람은 못 죽이는데. 하지만 어쩌면 그래야만 하는 상황이 될지도…… 아래로 내려가 담배나 한 대 피워야겠다.

## 살인자의 일기

보다시피 뚱뚱이 지니는 여전히 우리집에 있다. 우리를 엄청 좋아하는가봐. 그래도 지니가 제법 약삭빨라서 우리집을 떠날 거라고 생각했는데. 그런데 아니지 뭐야. 계속 죽치고 있네. 아마도 전국 형사들이 다 따라붙을까봐 겁이 나는 거다. 더구나 그렇게나 큰 엉덩이를 형사들이 놓칠 리가 없잖아. 그런데 지니는 형사들이 이 집에 들이닥쳐서, 전혀 수고롭지 않게 조용히 자기를 잡아갈 수 있다고는 생각해보지 않은 걸까? 그럴 경우 이 집에서 누가 자기 같은 여자를 보호해준다고? 신문 기사 하나만 잘라서 경찰서로 보내면 간단하게 될 일인데…… 하지만 누가 그런 짓을 하겠나? 이 집에는 착한 남자들뿐이니 말이다. 그리고 못된 지니가 있지.

그보다도 내 사랑하는 일기장아, 지금 눈이 내리고 있어. 산타클로스의 수염처럼 희고 예쁜 눈. 난 선물을 무지 좋아한다. 그래서 말인데, 샤론을 크리스마스 선물로 받게 되면 정말 좋겠다.

오늘 현기증이 났다. 이런 일은 처음이다. 침대에 누워서 그간의 일들, 그러니까 캐런이랑 뎀버리의 여자애에 관해 생각하다가 스웨터를 입으려고 몸을 일으켰는데 현기증이 나는 거다. 주위가 빙 돌더라고. 그래서 잠시 침대 모서리를 붙잡고 있었더니 증상은 사라졌다. 그런데 영 기분이 찜찜하다.

나처럼 건장하고 자신감 넘치고 프로페셔널한 남자는 계집애들처럼 어지럼증 같은 건 느끼지 않는데 말이다.

이제 그 맹랑한 스파이는 의기양양하겠군. 우리의 약점을 염탐하려 하겠지. 이봐, 스파이. 보다시피 나는 이렇게 너도 봐주고 있잖아. 아무튼, 네가 나를 건드릴 수 없다는 걸, 아니지, 너만 그런게 아니라 그 누구도 나를 건드리지 못한다는 걸 잘 알고 있어. 그러니 뭐가 되었든 네까짓 놈한테 감출 필요라곤 없지.

난 사실 네가 좋아, 스파이. 날이면 날마다 엄마의 침실에 숨어들어서, 엄마의 치마폭에 코를 박고는 내 글을 그토록 열성적으로 읽어주는 너를 너무도 좋아한다고. 이 구역질나는 스파이야, 얼른얼른 읽어, 인마. 네가 그걸 읽으려고 고개를 숙이고 있는 사이 나는 계단을 오를 테니까…… 물론 너도 짐작했겠지만, 나는 맨손이 아니야…… 내가 방문 뒤에 다다르고, 너는 너무 빨리 뒤돌아보다 하마터면 아예 고개가 꺾일 뻔하겠지. 그러면 감히 더는 내 글을 훔쳐 읽을 엄두조차 낼 수 없을 거야…… 꺼져, 꺼지라고!

맹세컨대, 널 죽여버릴 거야. 더이상 너랑 노는 게 재미가 없어지는 순간, 널 죽여버릴 거라고. 그때까지 너를 정말정말 고통스럽게 할 거리를 찾아내야지. 감히 네가 나를 공격했으니까. 감히 나를 공격하다니, 미치지 않고서야 그럴 수 없지.

그때까지, 네게 단서를 제공해줄게. 방금 나온 아주 따끈따끈한 단서들, 네놈이 방에서 두고두고 곱씹어봐야 할 단서들 말이야. 참, 그런데 네 방문은 열쇠로 잘 잠기긴 해? 하하하, 종이 위에 그려진 내 미소가 마음에 드나? 자자, 아주 중요한 단서니까 잘 들어. 나는 우리 중에서 유일하게 무를 좋아해. 안녕!

## 지니의 일기

오늘 오후에 무서워서 죽는 줄 알았다. 그 나쁜 놈이 계단을 올라온다고 썼으니까. 한순간 그 말이 진짜라고 믿고 말았다. 고개를 돌리면 번쩍거리는 도끼날이 보일 거라 믿었다. 어찌나 무섭던지, 도끼날에 찍혀서 몸이 둘로 갈라진다면 이런 느낌이려니 싶었다!

덕분에 카레 소스를 곁들인 양고기 요리를 망쳤다. 뭐, 차라리 잘된 일이다. 먹을 거라곤 그것뿐이라 의사 선생은 불같이 화를 냈지만. 그자들의 표정을 두 눈으로 똑똑히 봤어야 했는데! 방금 전에는 부인을 보러 갔는데 그사이에 아들들이 벌써 자리를 떴다. 나는 부인에게 가서 제안했다. "조만간 저녁때 무를 한번 요리해 먹을까요?"

부인이 묘한 표정으로 나를 쳐다보았다. 글쎄다, 아마 내게서 술냄새가 난 탓이었을까.

"무라니, 생뚱맞기는!" 부인이 나를 아래에서 위로 꼬나보며 한마디했다. "혹시 살을 빼고 싶어서, 전투식량 같은 걸 떠올린 건가요?"

"아니요, 그런 건 아니고요. 저희집에서는 종종 해 먹었어요. 제 남동생들이 좋아했거든요, 부인." 나는 세상에서 제일 순진한 표정으로 대답했다.

부인은 빙긋 웃었다. 가식적이고 교활한 그 미소 때문에 등골이 서늘해졌다.

"우리 애들은 안 좋아해요."

"아무도요?"

"아무도요. 난 단 한 번도 그애들에게 무를 먹여보지 못한걸요!"

그러더니 부인은 다시금 파란색과 노란색 실로 끔찍한 것을 뜨개질하기 시작했다(이번엔 스타크에게 입힐 옷이다). 결론은, 놈이 나를 우습게 봤다는 거다. 용기가 버럭버럭 솟아나게 해주는군.

버스터미널에 전화를 해봤다. 여전히 차편이 없었다. 아무래도 곧 눈보라가 몰아칠 것 같다. 그렇다고 내가 놀랐을까봐? 잠이나 자자. 아, 정말이지 지겨워죽겠다.

도대체 놈은 빌어먹을 무 얘길 왜 꺼낸 거지? 무슨 상징이라도 되나? '환자의 무의식 속에서 무는 부친의 무기력한 폐

니스를 상징하며, 환자는 이것에 집착한다. 이 때문에 그는 자기 엄마의 자리를 빼앗아 아버지와 놀아났으리라고 여겨지는 애꿎은 어린 여자들을 죽이는 것이다.' 확대 해석하면 무는 남자를 상징한다. 그 미친놈, 그러니까 실제로는 미치지 않은 그 놈은 그러니까 동성애자라고 볼 수 있겠네요, 노크 박사님'. 브라보, 지니. 그 책은 정말로 정말 유익하구나. 나는 오늘 저녁에 그 책을 다 읽었다.

다른 책도 사서 읽어봐야겠다.

## 살인자의 일기

안녕, 지니.

네 꿈을 꿨어.

그런데 네가 한 짓은 그다지 깨끗하지 않더라.

넌 부끄러워해야 마땅해.

나쁜 년.

나쁜 년. 나쁜 년. 나쁜 년. 짜증나. 열불이 난다고. 네가 나보다 한 수 위인 것처럼 굴어선 안 돼, 지니. 내 말 알아듣겠어? 알아들었냐고, 이 헤픈 년아. 네 엄마가 무슨 짓을 했는지 내가 모를 것 같아? 날 그렇게 과소평가하지 마, 지니. 난 열두

---

┃  영화 〈노크 박사〉의 주인공으로, 멀쩡한 마을 사람들에게 온갖 이유를 대며 병명을 붙여주는 인물이다.

살 먹은 애송이가 아니거든. 난 남자야. 어엿한 남자. 그러니까 너한테 남자가 뭔지 제대로 보여줄 거야, 이 콧대 높은 척하는 창녀야. 세상엔 채찍으로 다스려야 하는 못된 년들이 있다고 늘 아빠가 말씀하셨지. 채찍으로 때리나 도끼로 찍나, 비슷하잖아. 안 그래? 캐런 같은 나쁜 년들. 걔 말고 다른 많은 년들.

땀이 나서 종이 위에 땀방울이 마구 떨어지네. 혹시라도 그게 눈물방울이라고 생각하지는 마. 난 절대 울지 않으니까. 울 시간도 없어. 할일이 너무 많거든. 처리해야 할 갈보년들이 너무 많아서. 요즘엔 입만 열면 욕을 해대는데, 기분이 좋아. 그게 나쁜 짓이라고 해도 말이야. 동네 사람들이 내게 말을 걸면 나는 빙긋 미소 지으면서 속으로는 아주 지저분한 온갖 욕을 생각하지. 하지만 사람들은 그걸 몰라.

나는 마크가 아니야. 클라크도, 스타크도, 재크도 아니지. 내가 누군지 모르겠어. 나도 그걸 모르겠다고, 알겠어?

하지만 난 무를 엄청 좋아해.

## 지니의 일기

그런데 그게 사실이라면? 놈도 자기 자신을 모른다면? 정신이 확 돌았을 때만, 그러니까 자기가 누군지 모를 때만 일기를 쓰는 거라면? 놈은 자기가 그들 가운데 하나라는 건 아는데, 그게 누구인지는 모른다면? 그래서 일기를 쓰나보다, 그렇게 하면 혹시 생각날까 싶어서. 결국 놈도 자신이 누군지 알게 될 테지.

초인종소리가 난다. 나가봐야 한다.

과연 누구였을까요? 형사들이었다. 형사들은 지난달과 똑같은 걸 물어봤다. 누군가가 뭔가를 봤다는 것 같았다. 그날 밤 체크무늬 바지를 입은 그림자를 봤느냐고 물었다(이 정도면 벌써 그림자 수준이 아닌데). 이 동네에선 누구나 체크무늬 바지를 입고 다닌다. 줄무늬 바지가 존재하는지 모르는 것 같다 싶을 정도로. 그렇긴 해도, 분명 점점 포위망이 좁혀지고 있다. 나는 결국 놈이 붙잡히고 말 거라고 믿는다. 좋아, 지니. 브랜디 한 잔 마실 자격이 충분해. 두 잔을 마셔도 되겠다.

**살인자의 일기**

샤론은 사흘 후에 도착할 거라고 엄마가 말했다. 아빠는 서점에 가고 싶다는 지니하고 외출하셨고. 눈이 세차게 내린다. 난 지금 두 주먹으로 뭔가를 짓이기고 싶은 기분이다. 나는 손힘이 엄청 세다. 손으로도 짐승들을 죽일 수 있거든. 개도 죽일 수 있다. 예를 들어, 프랭클린네 개 정도라면 얼마든지. 맨날 시끄럽게 짖어대던 성가신 놈이다. 난 놈의 모가지를 분질러 버렸다. 힘이 아주 세다고 했잖아. 정확하게는 클라크만큼이나 세다. 친애하는 스파이, 난 널 잊은 게 아니야. 클라크한테 얼마나 힘이 센지 한번 보여달라고 해봐. 잘생긴데다 힘도 세다고.

참, 무는 어떻게 됐어?

아, 갈증이 난다. 혀가 부어서 숨통을 막는 느낌이다. 입을 반쯤 열고 있어야겠다. 간밤에 침대 위에 지려버렸다. 축축한 걸 느끼고 잠에서 깼지. 그래서 얼른 시트를 갈았다. 지금은 다른 것들하고 섞여 있을 텐데, 그래도 네가 정 원한다면 빨래 바구니를 뒤져보든가……

혹시 그게 특별히 무슨 예민한 기질을 반영한다거나, 그런 건 아닐까? 예를 들어 재크처럼. 신경질적인 기질, 예술가적인 기질, 침대에서 볼일을 보는 추잡한 오줌싸개 기질. 아마 요새 좀 피곤해서 그랬을 거다. 입안에서 혀가 자꾸 부어오르는 탓이다. 그래서 항상 갈증이 나고, 결국 물을 너무 많이 마셔버리니까. 하지만 그거야 어디까지나 내 문제다, 알겠어? 내 일은 나하고만 상관이 있단 말이다. 혹시 내 말을 믿지 않는 사람들이 있다면, 그건 내가 알아서 할 거고……

샤론 꿈을 꿨다.

왜 네가 마을에 갔는지 궁금하더라, 지니. 집안에서 따뜻하게 있는 편이 더 좋지 않나? 설마 우리를 떠날 생각을 하는 건 아니겠지? 이 정도 눈발이면 시체 하나쯤은 두 시간이면

싹 덮어버릴 텐데. 길 위에 하얗고 조그만 덩어리가 하나 생기는 거지. 하이힐 두 쪽만 약간 삐져나온 채로. 얼마나 황홀한 광경이겠어. 그리고 거기에 오줌 한줄기 갈겨주면 하얀 시체 덩어리는 천천히 얼어붙을 테지. 어째서 내가 너를 여기 그대로 놔두는지 모르겠어, 사랑하는 일기장아. 아무래도 스파이들한테 너무 잘해주는 거 아닐까.

## 지니의 일기

여러 일이 있었다. 먼저, 사이코패스에 관한 책을 한 권 샀다. 의사 선생이 무슨 일로 마을에 가느냐고 물어서 "탐정소설을 사려고요"라고 대답했다. 그는 "그런 멍청한 걸 읽는단 말이지?"라고 꿍얼거렸다. "네, 가끔요. 스트레스가 풀리거든요." 아니, 도대체 자기가 뭐라고 그런 소리를 하는 거지? 뚱뚱보 주제에. 나는 꽃무늬 팬티만 입고 돌아다니는 여자들이 나오는 포르노 같은 건 안 보거든!

밖에 나와 눈을 맞으며 숨을 깊게 들이마셨다. 시원한 바람이 뺨에 닿으니 기분좋았다. 심각한 상황에 처해 있는데도 나도 모르게 즐거워지는 것 같았다.

# 위협

## 지니의 일기

이제야 그 미친놈의 전술을 조금씩 파악하기 시작한 것 같다. 놈은 내가 형제들을 모두 한 명씩 한 명씩 죄 의심하게 만들려는 것이다. 그러다 놈이 뿌려놓은 가짜 단서들 속에서 길을 잃고 허우적거리도록 말이다.

놈이 점점 더 자주 언급하는 그 불쾌함에 대해서 곰곰이 생각한다. 발작을 예고하는 것일 수도 있으므로 나쁜 징조일까(오, 지니, 대학 교수처럼 근사하게 말하는구나), 아니면 놈이 제풀에 거꾸러질 수도 있다는 좋은 징조일까? 특히 갈증이 난다는 대목 말인데…… 피에 대한 갈증일 테지, 그렇고 말고! 신선한 피. 나는 이제 곧 이곳에 올 거라는 샤론이라는 여자애에 대해서도 생각한다. 놈이 그애 꿈을 꿨다. 그애가 놈을 죽일 수만 있다면. 키도 훤칠하고 힘도 센 여자애가 그놈의 머리를 주먹으로 내려쳐서 한 방에 때려눕힌다면……

체크무늬 바지에 대해서도 다시 생각해보았다. 그렇다면 놈의 바지엔 핏자국이 남아 있어야 하는데. 놈이 그날 밤 돌아와서 제 손으로 빨았다면 또 모를까.

빨래 얘기가 나왔으니 말인데, 빨래 바구니를 다 뒤져보았더니 더러운 시트가 한 장 있기는 했다. 하지만 부인에게 가서 혹시 아드님들 중에 침대에서 오줌 싸는 놈이 있는지, 혹시 어렸을 때라도 그랬던 녀석이 있는지 물어봐도 될까? 글쎄, 나로선 판단이 서지 않는다.

한 배에서 나온 '다둥이들'이 이렇게나 다를 수 있는지, 참 웃기는 일이다. 그런데 따지고 보면, 네 인물이 완전히 똑같다고 해도 심란하기는 마찬가지다. 저마다 다양한 면모를 뼈와 살을 갖춘 여러 인물들을 통해서 드러낼 수 있다면 재미나기야 하겠지만. 내 경우만 생각해봐도 그렇지, 도둑질하는 지니, 사랑에 빠진 지니, 가정부로 일하는 지니, 모험의 대가 지니 등등······

그럴듯한 단서를 잡으면 그다음엔 어떻게 해야 할까. 그러니까 그들 중 한 명이, 가령 재크가 그토록 멋진 눈으로, 혹은 마크가 그 암울한 표정으로, 혹은 스타크가 언제나처럼 빈정거리면서, 클라크가 땅콩을 끊임없이 입에 넣으면서 나를 본격적으로 염탐하고 있음을 알게 된다면.

어쨌거나 캐런처럼 행동하진 않을 것이다. 도끼를 든 사내와 이러니저러니 이야기를 나눌 마음은 전혀 없다는 뜻이다.

하긴, 캐런 그 아이도 미리 알 수는 없었을 테지만. 나라고 눈이 펑펑 쏟아지는 망할 시골구석에서, 파업 때문에 기차가 다 끊겨 옆방에 기거하는 천사 얼굴을 한 (하지만 신발 사이즈는 300밀리미터인) 살인마와 맞닥뜨리게 되리라 예상했던 건 아니다.

오늘 저녁엔 도저히 펜을 멈출 수가 없다. 술을 마시고 싶은 마음조차 들지 않는다. 담배에 불을 붙이자 마음이 좀 나아진다. 눈이 쌓인 창 너머로, 맞은편에 사는 베어리 가족의 집 창문을 바라본다.

개 한 마리가 짖고 있지만 사방은 조용하다. 그림엽서에나 나올 법한 풍경이랄까. 이번주에 부인이 아들 한 명을 데리고 가서 크리스마스트리를 골라오겠다고 했던 것이 생각난다. "트리를 옮기려면 남자가 있어야 하니까"랬지. 마치 나 같은 건 크리스마스트리 따위는 들어본 적도 없을 게 뻔하다는 투로 말이다.

이제 눈을 좀 붙여봐야겠다. 그날의 힘들었던 일은 그날 잊어버리는 게 좋다. 나는 권총이 언제라도 쏠 수 있게 준비되어 있는지 확인하고, 방문을 열쇠로 잠갔는지 확인하고, 창문도 틀림없이 다 닫혀 있는지 살피고 또 살핀다. 잘 자.


'지니는 멍청이야. 처형대에 올라가야 마땅해.' 완전히, 그렇고 말고.

지금은 오후 2시 30분이다. 나는 놈이 그토록 위협적으로 나오면서 험한 말을 쏟아내는 것은 그 스스로 지금 막다른 골목에 몰렸다고 느끼기 때문임을 방금 깨달았다. 나를 어쩌지 못하니까 괜히 큰 소리로 짖어댄다. 나를 협박한다. 내가 포기하도록 갖은 수를 다 쓴다. 내가 놈을 몰아붙일 수 있고, 곧 그러리라는 것을 직감하고 있으니까. 동시에 놈은 내가 떠나기를 원하지 않는다. 왜? 왜 놈은 내가 떠나기를 바라지 않을까? 그야 같이 게임할 상대를 발견했기 때문이겠지.

오늘 저녁, 이 프랑켄슈타인의 요새 같은 집구석에 지극히 예외적으로 손님들이 방문했다. 친구 부부를 초대했는데, 남편은 이 집 주인처럼 의사였다. 나는 근사한 넙치 요리를 준비했고, 부인은 손수 케이크를 구웠다. 어린아이들이 좋아하겠군. 아니, 그런데 이 집엔 어린아이들이라고는 없는데. 네 명의 청년이 있을 뿐이지.

형제들이 약간 굼뜨긴 하지만 어느 누구도 열두 살짜리 어린애처럼 말하거나 행동하지는 않는다. 그렇기 때문에 영 찜찜하다. 그 탓에 놈이 적어놓는 말들과 네 청년의 얼굴을 연결짓는 데 애를 먹고 있다. 말투는 네 형제 중 어느 누구에게도 어울리지 않기 때문이다. 마치 그중 한 사람이 머릿속에서 어린 시절로 돌아가 내뱉는 말 같다고 해야 하나.

이 집의 아이들. 항상 똘똘 뭉쳐 있는 집단. 진정한 가족. 이건 뭐 조국에 애국하라는 광고 같군.

눈보라가 거세다. 손님들이 과연 올는지 잘 모르겠다. 앞치마를 다려야겠다. 구저분한 뚱뚱이 지니는 앞치마를 다리러 간다. 사랑하는 주인마님 침실 옆에 붙어 있는 아담한 세탁실로.

하루종일 다림질만 하고 있으면, 언제고 자기 엄마 방으로 들어가는 놈을 포착할 수 있을 텐데…… 아냐, 멍청하긴. 놈이 자기 일기를 들고 다닌다면 말짱 도루묵이잖아. 얼빠진 생각을 하느라 공연히 기운만 뺐다. 기운이라는 말이 나와서 말인데, 내 뼈마디에 기운을 북돋아줄 진은 어디에 있을까? 아, 몰라, 몰라, 낮잠이나 한숨 자둬야겠다.

## 살인자의 일기

오늘 저녁, 밀리우스 박사 부부가 저녁을 먹으러 우리집에 온다. 나는 잘 모르는 사람들인데, 박사가 아빠의 동료라고 한다. 엄마는 지니에게 정성껏 음식을 준비하고, 복장도 깨끗하고 단정하게 하라고 주의를 줬다. 우리는 모두 낮잠을 잤다. 3시엔 모두 집을 나섰고. 마크는 고객을 만나야 했고, 스타크는 소프트웨어를 사야 했고, 클라크는 수업에 가야 했고, 재크는 솔페지오¹ 시험을 보러 가야 했다. 클라크는 아마도 팀의 주장이 될 모양이다. 아무튼 그는 기분이 좋았다. 마크도, 자격증만 따면 사장이 대형 로펌에 추천해줄 거라면서 기분이 좋았다. 스타크는 쉬지 않고 공부만 하는데 한 달 후에 시험이 있다던가. 재크는 최근에 작곡한 곡을 우리에게 들려줬는데 나쁘지 않았다. 약간 과하다 싶게 낭만적인 면이 있긴 해도, 그거야 자기 기질이니 어쩔 수 없지.

자, 그럼 이제 진짜 중요한 얘기로 넘어가볼까. 경찰이 체크무늬 바지를 입은 사내를 찾는다는 것 같다.

아빠가 차고를 살펴본다면 거기에 쌓아놓은 헌옷들 가운데 자동차 관리할 때 입던 체크무늬 바지가 없어진 걸 알아차릴 텐데. 틀림없이 좀이 슬어서 엄마가 버렸겠거니 하겠지. 그까짓 걸로 소란피울 일은 아니고……

아무래도 지니는 앞치마에 뭔가, 제법 무거운 것을 숨기고 있는 것 같다. 도대체 뭘까? 설마 자기가 제임스 본드라도 된다고 착각하는 건 아닐까? 그렇다면 역시 권총? 바주카포? 아니지, 지니가 그럴 리 없어. 내가 제일 좋아하는 창녀 지니, 넌 내가 제일 마지막까지 남겨둘 거니까. 언젠가 텔레비전에 돼지 잡는 장면이 나왔는데, 세로로 배를 쭉 가르니까, 와, 정말 볼만하더라!

---

ᅵ  음악 기초교육 가운데 시창력, 독보력, 청음 능력 등을 기르는 교과과정. 원래는 악보를 음이름으로 읽어 부르는 연습법을 의미했다.

내 사랑하는 일기장아, 맨 처음 내 의도는, 우리 가족과 나의 계책, 검사들이 하는 식으로 말하자면 나의 음울한 흉계를 너한테 아주 상세하게 묘사하는 거였어. 그런데 자꾸 불장난을 하는 그 고약한 스파이 때문에 처음 의도에서 멀어지고 있다는 생각이 드네.

넌 정말로 나를 바보 멍청이 취급하는 거야?

그렇다면, 이미 말했듯이, 우리에 대해 한번 더 말해주지.

베어리 부부의 아기가 또 울어대서 집중을 할 수가 없다. 짜증나, 난 아기들을 좋아하지 않는다. 저 아기가 싫다고.

마크는 항상 아주 우아하고 값비싼 넥타이를 매고 다닌다. 그 녀석은 멋 부리기를 좋아하는 부류다. 클라크는 구질구질한 스웨트셔츠에 운동화 차림으로 다니길 좋아하고. 운동화에 선명한 원색 스웨트셔츠를 좋아하는 건 스타크도 마찬가지인데, 녀석은 거기에 양모나 면으로 된 비니를 쓰고 다닌다. 재크가 좋아하는 건 고전적인 니트나 캐주얼한 폴로셔츠, 스웨이드 구두, 이런 것들이다. 내 형제들. 우리, 내 형제들을 생각하니 갑자기 마음이 찡해지네.

난 슈퍼맨이니 뭐니 하는 영웅들과 그런 놈들이 나오는 얼빠진 이야기들을 경멸한다. 내가 바로 슈퍼히어로니까 말이야. 난 저 우주가 아니라, 여기 지상에서, 진짜 희생자들, 진짜 나쁜 년들을 상대하거든. 그년들도 정신 나간 외계인들만큼이나 더럽고 위험하지. 나와 내 형제들은 진정한 에이스들이야. 아빠가 우리를 부르시네, 가봐야겠어. 안녕, 사랑하는 일기장. 안녕, 더러운 년!

## 지니의 일기

감미로운 저녁. 밀리우스 박사는 키가 훤칠하고 잘생긴데다 품위 있는 노인이었다. 재미는 별로 없지만. 풍만하고 금발에다 발랄한 그의 부인은 자신의 모습에 즐거워하고, 아주 반듯한 아들들을 보면서도 즐거워하고, 또, 또…… 1톤은 될 것 같은 다이아몬드와 정말 아름다운 보석들을 가슴골에 늘어뜨렸더랬다(우리 의사 선생의 눈이 튀어나올 듯 휘둥그레진 걸 보니 정말 아름다운 가슴이기도 했지). '내 사랑하는 일기장'아, 그래서 난 이렇게 말했어. 후작 부인, 환상적인 밤이네요.

우선 시작부터, 넙치 요리는 완전 성공이었다. 그후 나는 주변을 찬찬히 관찰했다. 클라크는 물을 엄청나게 많이 마셨다. 그래서 놈이 말한 끔찍한 갈증에 대해 생각했다. 스타크는 감자튀김을 더 달라고 했는데, 그에 대한 언급도 물론 잊지 않았다. 나는 조용하고 조심스럽게, 일하는 쥐새끼처럼 쉴새없이 시중을 들었는데 그 작자들은 배 터지게 냠냠 쩝쩝 먹어대기만 했다.

"이보게, 박사, 자네는 그리스 다채색 미술에 대해 어떻게 생각하나?" 그러고는 부르고뉴 와인 한 모금. 딱 한 모금. "그에 대해서라면 말이네, 내 친구, 나는 그들이 굉장히 과대평가되었다고 생각한다네." 감자튀김 세 번 흡입, 우적우적……
"기원전 3000년 무렵, 아비시니아 남서쪽 동굴에 그려진 벽화에 대해서 들려주게나. 아, 그거 정말 아주 흥미롭잖나."

어떻게 해서든 대화에 끼고 싶은 맹한 금발 부인이 높은 목소리로 물었다.

"그런데 어금니는요, 그건 어떻게 되어가고 있어요?"

"아, 여보, 그야 점점 나아지고 있지. 아내는 크라운을 씌우고 싶어하는데, 난 반대죠. 아내 치아는 아직 튼튼하거든요. 아, 이 케이크, 굉장히 맛이 조오오옿군요, 집에서 직접 만드셨다니, 정말 화아아안상적이에요!"

어라, 어라, 우리 의사 선생의 날래고 엉큼한 시선이 또다시 남의 아내에게로 향했으렸다? 우리 의사 선생의 부인은 평소보다 덜 나이들어 보였다. 화장을 하고 옷을 잘 차려입으면 여자는 썩 괜찮아지는 모양이다. 기품 있고, 뭐랄까, '고급스럽다'고 할까. 네 마리의 괴물들은 대단히 우아한 정장 차림이었다. 그런데, 세상에, 저들 중에 아직도 침대에서 오줌 싸는 놈이 있다니!

네 아들들은 아주 마음 편해 보였다. 뭔가를 감추고 있는 기색이라고는 전혀 없었다. 어떤 순간엔가, 금발 부인이 "그 끔찍한 캐런 살인 사건"을 언급하자, 우리 의사 선생은 아이들까지(아이들이라니, 무슨 아이들?) 함께하는 자리에서 꺼내기엔 적당한 화제가 아닌 것 같다며 말을 끊었다.

글을 처음부터 다시 읽어볼 수 있어야 할 텐데…… 그걸 몽땅 복사해볼까? 아무튼 일기를 쓴다는 건 돌이켜보면 절대 쉬운 일이 아니다. 실제로 일어난 일과 내 머릿속에서 일어나는 생각까지 다 고려하면, 할 얘기가 너무 많기 때문이다. 게다가 나는 글을 쓰는 속도가 생각하는 속도보다 훨씬 느려서 중간에 깜빡 잊어버리는 것들이 있다.

새로 사온 책은 내용이 복잡해 무슨 말인지 도통 이해할 수가 없다. 미친놈이 나를 죽여주기를 기다리며 알쏭달쏭한 책을 읽으려니 무지 짜증난다. 정말이지 뭔가 변화가 있어야 하는데.

**살인자의 일기**

지금은 밤이다. 난 내 방에서 글을 쓴다. 펜이 종이 위를 지나가는 소리가 들린다. 내 부드럽고 흰 종이, 우유처럼 크림색이 약간 감도는 종이. 모두들 잠을 잔다. 나는 자지 않고 망을 보고 있다.

나는 그들의 숨소리를 엿듣고 있다.

**살인자의 일기**

엄마는 아빠와 같이 잠자리에 드셨다. 나는 오늘 저녁에 두 분이 뭘 할지 상상하는 중이다. 엄마랑 아빠는 서로 몸을 만지고, 입을 맞추고, 그리고 아마도…… 아니, 거기까지 생각하고 싶지는 않다. 양손이 축축해졌다. 난 손을 잠옷 바지에, 내 거기랑 아주 가까운 곳에 문질러 닦았다. 거길 만지면 안 되는데, 그러면 오줌을 누고 싶어질 테니 말이다.

모두 내가 그 금발 여자를, 즉 극장에서 본 여자를 알아봤다는 사실을 눈치채지 못했다. 그 여자를 집으로 끌어들이다니 상당한걸. 이제 확실히 알겠다. 아빠랑 그 여자는…… 만일 엄마도 그 사실을 알게 된다면 어떻게 생각하실까.

눈이 내리는 광경을 바라보고 있다. 참 아름답다. 크리스마스트리는 이번주에 고르러 갈 예정이다. 샤론이 도착하는 날에 맞춰서 모든 것이 완벽해야 할 테니까.

복도를 한 바퀴 둘러보면서 각 방문 너

머에서 나는 소리를 들어보고, 여기저기 뒤져보고 싶어진다. 난 밤에 돌아다니는 걸 좋아한다. 그러면 꼭 다른 집에 온 것 같은 기분이 들거든. 아빠의 서재는 종이들의 집, 부엌은 식칼들의 집, 닫힌 방문들의 집, 코 고는 소리의 집, 삐걱삐걱 소리가 나는 계단의 집, 쿵쿵 소리가 나는 마루의 집.

마치 흡혈귀들의 집 같다니까. 그리고 의식을 진행하는 집전자는 내가 되는 거다. 어둠의 미사를 집전하는 위대한 사제. 바람이 창문을 때려대는데, 그 광경을 보면서 바람에게 빙긋 웃어주었다.

결정했어, 한 바퀴 돌고 와야겠다. 혹시 모르잖아. 가끔은 부주의 탓에 방문이 열려 있기도 하니까. 또 늦은 밤에 거리를 배회하는 아이가 있을 수도 있고. 그런 아이는 영영 집으로 못 돌아갈 수도 있지. 아니면, 고양이 한 마리가 따라와 내 두 다리 사이에 몸을 비벼댈 수도 있다. 밖으로 나가게 될지도 모르니 스웨터도 하나 꺼내 입었다. 덧신도 신었지. 그런데 무슨 색인지는 모르겠다. 아무튼 아주 예쁜 덧신이다. 우리는 각자 다른 색깔로 한 켤레씩 가지고 있다. 엄마가 떠줬다.

그냥 얌전하게 한 바퀴 도는 거다. 아주 조용하게, 주의깊게, 주변을 꼼꼼히 살피면서. 그러니 네가 누구든 간에, 특히 여기서는 길을 잃지 마. 나는 지금 정신이 말똥말똥한데다 기다리고 있으니까. 내가 너를 기다리고 있다니까.

새벽 5시. 스파이를 위해 깜짝 선물을 준비했다. 서재에 있는 수납장 안에서 찾아낸 것 덕분이다. 빨리 잠자리에 들어야겠다. 온몸이 꽁꽁 얼어붙은 것 같다. 그 방문은 닫혀 있었다. 운이 안 따라준 거지. 면도기를 제자리에 가져다놓았다.

## 지니의 일기

나는 사시나무 떨듯 떨고 있다. 그래서 글씨도 죄 비뚤배뚤하다. 내 평생 그렇게 무서운 일은 없었던 것 같다. 누군가가 이 공책을 발견한다면, 너무 흔들리고 괴발개발인 이 글자들을 보고 놀라지 마시라. 그건 그렇고, 정말이지 식겁했다. 어찌나 무섭던지 그 일을 곧바로 글로 남길 수도 없었다. 우선 간밤에 있었던 일을 털어놓아야겠다.

지난밤, 나는 지난번처럼 문 너머에 뭔가가 있다는 느낌이 들었다. 그래서 벌떡 자리에서 일어났다. 방문 손잡이가 천천히 돌아가고 있었다. 나는 "조심해, 난 권총을 갖고 있어"라고 나지막하지만 분명히 말했다. 그러자 웬 목소리가 문 뒤에서 들려왔다. "그래도 난 너를 죽일 거야." 누군가가 아주 낮은 목소리로 그렇게 말했다. "그래도 난 너를 죽일 거야"라고. 나는 방문 앞으로 달려갔다. 왜 그랬는지는 나도 잘 모르겠다. 광기에 사로잡혔던 걸까. 그리고 문을 확 열었다. 하지만 아무도 없었다. 그저 복도에 떠다니는 냄새뿐. 묘한 냄새였다. 오줌 지린내.

이게 지난밤에 있던 일이다.

오늘 아침, 나는 위층으로 올라갔다. 식사를 마치고 모두들 외출한 후에. 적어도 나는 모두가 외출중이라고 믿었다. 코트를 들추고 안감을 뒤져서 종이뭉치를 꺼냈다. 제법 두꺼운 뭉치가 되어가고 있었다. 나는 옷걸이 옆 바닥에 쪼그리고 앉아서 무슨 소리가 들리는지 주위에 귀를 기울였다. 부인이 콧노래를 흥얼거리는 중이라 그녀가 어디에 있는지는 잘 알 수 있었다.

열심히 읽고 있는데, 갑자기 호흡소리가 들렸다. 내 등뒤에서 나는 숨소리. 묵직하고 가쁜 숨소리. 얼음처럼 굳어버린 나는 주머니 안에서 권총의 안전장치를 풀었다. 움직이지 말아야지. 격한 동작은 금물. 놈이 내 뒤에 있다, 칼을 들고서. 나는 총을 빼들면서 몸을 돌렸다. 아무도 없었다. 욕실로 가서 문을 발로 차 열었다. 문은 벽에 부딪쳤다. 아무도 없었다. 그렇지만 내 귀엔 여전히 숨소리가 들렸다. 여전히 숨소리가 들린다고!

나는 총을 움켜쥔 채 방안을 빙빙 돌았다. 침대 옆 탁자 위엔 자명종과 부인이 먹는 수면제 몇 알밖에 없었다. 침대를 훑어봤다. 커다란 침대를 덮은 덮개에 달린 분홍색 술들이 바닥을 스쳤다.

이제 숨소리는 점점 더 빠르고, 짧아졌다. 마치 놈이……
놈도 겁을 집어먹기라도 한 것 같았다. 나는 침대 가까이에
서 있었다. 이 덮개를 들춰야 해, 반드시 그렇게 해야 해. 그래
야만 알 수 있어. 나는 살금살금 다가갔다. 도대체 놈이 무슨
장난을 하는 거지? 빌어먹을, 대체 무슨 고약한 짓거리를 준
비해둔 거냐고? 나는 덮개를 들어올릴 만큼 배짱이 두둑하지
는 못하다. 손은 뻗었지만 자리에서 꼼짝도 할 수 없었다. 그
때 숨소리가 목소리로 바뀌었다. 속삭이는 목소리, 밤의 소리.
부드러우면서 위협적인 밤의 소리가 내 이름을 여러 번 부른
다. "지니, 지니, 이리 와." 이상한 소리가 들린다. 그제야 그게
내 두 무릎이 부딪치면서 나는 소리임을 깨닫는다. "서둘러,
난 참을성이 없거든. 하하하." 이제 비웃음소리가 들려오기
시작한다. 아주 날카로운 비웃는 소리가 곧 일종의 광기어린
웃음소리로 변하면서 간간히 침 뱉는 소리도 끼어들었다. 기
침소리 같은 웃음소리, 노인의 웃음소리.

나는 비웃음소리가 들려오는 침대를 바라봤다. 길에서 정
육점 주인이 눌러대는 경적소리가 또렷하게 들려온다. 그런
데 방안에서는 더이상 아무 소리도 들리지 않았다. 나는 한
가지 사실을 알아차렸다, 노랫소리가 들리지 않는다. 집안이
텅 빈 것 같다.

웃음소리도 잦아들고, 아무 소리도 들리지 않는다. 더이상 아무것도 없다. 계단이 삐걱거리는 소리. 나는 몸을 돌려 서둘러서 침대로 돌아왔다. 갑자기 날카로운 초인종소리가 난다. 나도 모르게 펄쩍 뛰어올라서 침대를 온몸으로 들이받았다. 침대가 움직이고 그 바람에 바닥깔개까지 밀려난다. 침대가 반쯤 움직였는데, 그래도 내 눈엔 아무것도 보이지 않는다. 더이상 숨소리도 들리지 않는다. 아무 소리도 들리지 않는다.

그저 쉬익쉬익 하는 바람소리뿐. 드디어 내가 미쳐버린 걸까. "지니!" 나는 소스라치게 놀랐다. "지니! 뭐하고 있어요. 벌써 11시가 다 되어가는데! 지니!" 카랑카랑한 목소리가 내 머리에서 메아리친다.

"정육점 주인이 다녀갔어요. 지니, 이리 좀 내려올래요?"

"네, 부인, 곧 가요!"

투박하기 짝이 없는 내 목소리는 내가 들어도 이상하다. "곧 갈게요!" 조금 더 크게 외친다. 아무것도 움직이지 않는다. 그때 나는 갑자기 몸을 낮추고 침대 덮개를 들어올린다. 얼굴에 칼을 맞을 각오까지 되어 있었으나, 아무것도 없다. 다만 검은색과 회색으로 된 예쁜 녹음기 하나가 저 혼자 돌아가고 있을 뿐.

온몸이 더 떨리기 시작한다. 나는 녹음기를 집어들고서 아래층으로 내려왔다. 내가 그걸 왜 들고 왔는지 모르겠다. 멍청하긴. 아무도 그걸 발견하지 못했다고 생각하게 둘 수도 있었을 텐데. 어쨌거나 놈은 내가 자기 일기를 읽는다는 걸 아직 확신하지 못하고 있잖아.

어쩌면 머리카락 같은 건 붙여놓지 않았을지도 모른다. 그건 놈이 그냥 장난으로 한번 해본 말일 수도 있다. 즐거움을 더 키우기 위해서 말이다. 놈은 실제로는 아무것도 몰랐을 수도 있다. 그냥 우연히, 즐기던 중에 어쩌다가, 스스로도 믿지 않으면서 추측성 발언을 했다든가. 그런데 이제는 누군가가 녹음기를 가져갔다는 걸 알게 될 것이다. 하지만 너무 늦었다. 사람들 때문에 그걸 도로 가져다놓을 수가 없다. 나는 녹음기를 내 방에, 내 속옷들 밑에 숨겨두었다.

모두들 식탁에 앉을 준비를 하고 있다. 손을 씻고 옷매무새를 가다듬고, 기타 등등. 녹음기라니. 놈은 장난을 치고 있다. 나를 우습게 여긴다. 그러니까 놈이 서재에서 찾아냈다는 건 바로 그거였다. 나는 복수의 의미로 놈의 글을 싹 가져올까 잠시 망설였다. 어리석어 보일 수도 있겠지만, 순간 머릿속에 떠오른 건 그 말이었다. '복수의 의미로'. 이제 내려가야겠다. 초인종소리가 들린다.

**살인자의 일기**

그 여자가 가져갔어. 침대 밑에 손을 넣었는데, 아무것도 없지 뭐야.

참 무서웠겠구나, 가엾은 지니, 이제 너의 마지막 순간이 다가왔다고 믿었을 테지. 근데 그랬다면 그건 오산이야. 사람들은 살면서 참 많고도 많은 일에 판단착오를 일으키지. 자, 이제 네 것이 아닌 그 녹음기를 돌려줘야 할 거야, 내 말 알아들었어, 지니? 그걸 제자리에 가져다놓아야 한다고. 내일 샤론이 도착해. 그러니 집안에 있는 모든 것이 완벽해야 해. 샤론을 영접해야 할 테니까. 그러니 그 녹음기를 얌전히 가져다놓는 게 좋아. 그러면 내가 너를 용서할지도 모르잖아.

그냥 농담이었어, 지니, 악의 없는 농담. 또 보자.

**지니의 일기**

아니, 난 절대 그걸 제자리에 가져다놓지 않을 거야. 그럴 순 없지. 네놈은 아주 크게 실수한 거야, 이 더러운 바보 천치야. 넌 반드시 그 대가를 치르게 될 거야. 이제 내가 증거를 가지고 있으니까. 이 망할 놈의 집에 미친놈이 살고 있다는 증거 말이야.

"그렇죠, 아가씨, 그건 누가 봐도 아주 저급한 농담이긴 하네요. 하지만 그래도 농담은 농담이지 않아요? 만일 우리가 농담을 한다는 이유로 모든 사람을 체포한다면…… 하, 하, 하!" 그러거나 말거나. 아무튼 난 이걸 갖고 있을 작정이다.

왜인지 그 이유는 잘 모르겠지만, 난 샤론의 등장에 많은 기대를 걸고 있다. 연합군이랄까. 이 모든 것을 공유할 수 있는 사람. 정상적인 사람, 내가 이곳을 빠져나갈 수 있도록 도움을 줄 사람.

화장실에 다녀와야겠다.

나간 김에 리큐어들을 보관하는 곳을 한 바퀴 돌고 왔다. 몸이 좀 훈훈하다. 그냥 딱 한 잔 했을 뿐이다.

혹시 의사 선생이 내려오면 어쩌나 조마조마했는데, 의사 선생은 의학 저널을 읽는 모양이었다.

솔직히 말하면 딱 두 잔 마셨다. 그게 뭐? 나도 위안을 얻을 곳이 있어야 하잖아. 당신들도 내 처지가 되어보면 알 거야!

**살인자의 일기**

지니에게 줄 선물을 하나 샀다. 아마 굉장히 마음에 들어할 거다. 내일 전해줘야지. 물론 깨끗한 손에 직접 건네줄 건 아니다(특히 지니와 깨끗한 손은 전혀 어울리지 않거든). 다른 방법을 찾아내야지. 조금 전에 지니가 내려왔다가, 입을 닦으면서 다시 올라가는 걸 봤다. 분명 지하 술저장고에서 슬쩍 한잔한 눈치였다. 문이 조금 열려 있는 걸 미처 보지 못했나보다. 아빠가 내려올까봐 거기에만 신경쓰느라 놓쳤겠지. 바보 같으니.

지니는 천사의 눈처럼 어디든 따라다니는 파란 두 눈을 보지 못했나봐.

## 지니의 일기

선물이라고? 놈은 이제 말수가 확 줄어버렸다. 불안한걸. 하지만 이러쿵저러쿵 따질 시간이 없다. 자동차가 문 앞에 멈춰 서는 소리가 들린다. 택시를 타고 온 샤론일 거다.

가만 있자, 그러고 보니 택시 생각을 못했다. 하긴, 택시로는 멀리 가지 못한다. 돈이 없는 사람은 그렇다는 말이다. 그리고 택시는 흔적도 남기니까.

자, 나는 내려간다. 신경이 몹시 예민해지는 게 느껴진다. 입안이 바짝 마른다.

3시. 샤론은 아주 매력적인 아가씨다. 갈색 머리에 초롱초롱하고 검은 눈동자. 날씬하고 키도 크다. 샤론은 나한테 예의바르게 인사를 하더니 부인에게 가볍게 입을 맞추고 의사 선생과 악수를 했다.

아들들은 집에 없었다. 온통 젖은 채로 정오에 집에 돌아온 그들은 모두 샤론을 얼싸안았다. 모두들 약간 어색해하는 것 같았다. 마크는 겨드랑이에 서류를 잔뜩 끼고 있었는데, 분명 중요한 사람처럼 보이고 싶어서 그랬을 것이다. 클라크는 샤론을 번쩍 들어올렸는데, 거대한 오이처럼 탱탱하게 부풀어오른 근육을 자랑하려는 모양이었다. 의사 선생은 예의바르게 행동할 뿐 그 이상은 아니었다. 아무래도 샤론을 몹시 예뻐하는 것 같지는 않았다. 처남의 딸이니만큼 서먹한 사이인 게 느껴졌다. 나는 네 형제를 유심히 관찰했으나, 특이한 점이라고는 전혀 눈에 띄지 않았다.

샤론도 그들 중 어느 한 사람에게 특별히 공격적이다 싶은 인상을 주진 않았다. 어쩌면 보일러 사건은 잊어버렸을 수도 있다. 이미 다 지나간 옛날 일로 치부할 수도 있고.

'어쩌면 이럴 거야, 어쩌면 저럴 거야' 하는 생각은 이제 그만 하자. 이게 꿈인지 아닌지 확인하게 한번 꼬집어보든가. 이렇게 되도 않는 상상만 하다가 너, 정말 작가가 되는 거 아니야?

가족끼리의 평온한 한 끼 식사. 재크<sup>Jack</sup>의 소감을 듣는 일만 남았다, 잭<sup>Jack</sup> 더 리퍼.[1] 잭 더 리퍼…… 운명적인 이름. 이건 생각할 거리로군. 잭이라, 이런, 이런……

샤론과 단둘이 이야기를 나눌 방법도 찾아야 한다. 만일 샤론이 나 같은 건 완전 무시해버리면 어쩌지? 눈은 이제 그쳤다. 날씨가 좋아질 기미를 보인다.

---

**|** 1888년 영국 런던에서 매춘부 다섯 명을 외과수술용 칼로 살해한 연쇄살인범의 별칭. 살인범의 정체가 밝혀지지 않아 영구 미제 사건으로 남았다.

# 랠리

**살인자의 일기**

울려라, 묵시록의 나팔들이여! 무너져라, 예리코의 성벽들이여! 배신자 샤론이 도착했다! 우상숭배자가 담장 안으로 들어선다…… 방금 텔레비전에서 영화 〈삼손과 데릴라〉를 봤는데 정말 웃겼다. 우리는 분명 각자 은밀한 힘을 지니고 있다. 그 힘을 남들에게는 감추고 있다. 남들이 그걸 훔쳐가지 못하게 말이다. 특히나 헤픈 년들 중 하나에게 빼앗길 순 없지.

난 절대로 당하지 않을 거다. 상대가 데릴라든 아니든 말이야. 샤론이든 아니든. 내가 속내를 털어놓는 유일한 상대는 너야, 내 사랑스러운 일기장아. 너는 나를 배신하지 않을 거잖아. 스파이는 비밀을 털어놓는 상대로 치지 않는다. 그냥 관객일 뿐이니까. 게다가, 이를테면 스파이는 임시 관객, 아주 일시적인 관객에 지나지 않지. 하하! 내 길을 막아서려던 다른 사람들과 마찬가지로 말이야. 수레의 다섯번째 바퀴라고 해야 하나. 아무튼, 관객은 때가 되면 퇴장해야 한다.

난 샤론을 아주 친절하게 맞아주었다. 지니가 우리 모두를 염탐질하는 게 느껴지더군. 숙녀들에게 난 언제나 예의바른 사람이다. 하긴 우리 모두가 다 그렇지. 여자는 "꽃으로도 때리면 안 된다"라고 엄마가 말하는데, 난 여자를 때린 적은 한 번도 없다. 그냥 여자들을 제거해버릴 뿐이지. 농담이야, 사랑스러운 일기장아. 난 지금 기분이 아주 좋거든. 나는 한창때인, 젊음의 절정기에 들어선 근사한 살인자, 대단히 유혹적인 먹잇감 냄새를 맡은 사냥꾼이다. 그런데 말이지, 친구들, 조심하라고! 이 동네에서 형사들이 어슬렁거리는 와중에도 나는 한 건을 근사하게 성공시키고야 말 작정이거든.

물론, 스파이 넌 내가 그렇게 못하게 막으려 할 테지. 어디, 잘해봐.

발냄새가 난다. 이거 무지 불쾌하군. 마치 여자와 단둘이 있는 방에서 옷을 벗은 내게 여자가 "지독한 냄새가 나" 하고 말하는 듯한 기분이다. 그러면 난 그게 내 발에서 나는 고린내라는 걸 금방 알아차릴 테지. 늘 땀으로 축축하고 열이 많아서 그 끔찍한 냄새를 그대로 발산하는 내 발.

냄새라면 질색이다. 질식할 것 같거든. 냄새들은 더러운 오물을 생각나게 한단 말이지.

이런, 지니에게 줄 선물을 잊고 있었다. 더이상 지체하지 말고 가져다줘야지. 안 그러면 지니는 내가 약속을 지키지 않는 다고 생각할 테니까.

## 지니의 일기

자, 놈은 이렇게 내게 장난을 걸어왔다. 놈은 스스로 아주 흡족해한다. 그리고 자기 발에서 고린내가 난다고 믿는다. 열등 감이지, 고전적인 케이스야, 왓슨 박사. 그 주제에 관해서 쓴 논문 몇 편만 읽어보면 알 수 있는 거라고! 문제는 나다. 입만 살아서 나불거릴 뿐인 이 지니가. 책들은 벌써 그런 것을 다 알고 있으며, 한 번도 만나본 적 없는 사람도 분석할 수 있다 는 사실을 믿지 못하겠다.

샤론은 위험에 처해 있다. 놈이 샤론을 죽일 것이다. 난 그 사실을 알고 있고. 그렇게나 떠벌려댔으니, 놈은 이젠 싫어도 실행해야 한다. 놈은 스스로 그게 의무라고 생각하기 시작했 다. 왜 그럴까? 주춤거리는 모습을 보이고 싶지 않아서? 정말 그러고 싶어서? 데릴라…… 샤론…… 혹시 놈이 샤론을 사 랑하나? 혹시 샤론 때문에 함정에 빠지게 되었다고 느끼는 걸 까?

나는 놈이 누구인지 밝혀내기보다는 놈이 그렇게 행동하 는 이유를 찾아내기 위해서 더 많은 시간을 보내고 있다. 해 결책이 바로 내 눈앞에 있는데도 그걸 머릿속으로 찾아내려

애를 쓰고 있다.

저녁에 그들은 샤론 부모님의 교통사고에 대해 이야기를 나눴다. 심각한 사고와는 거리가 멀었다. 샤론은 스타크처럼 컴퓨터 공학 분야에서 일하고 싶어한다. 그래서 신이 난 스타크는 식사가 끝난 후에도 샤론과 그 이야기를 이어가려 했다. 의사 선생은 셰리주 한 병을 땄다. 이 집 아들들은 아빠와는 달리 술을 좋아하지 않는다. 부인은 한 모금쯤, 난 두 모금쯤 마셨다. 이 집 식구들은 술을 마실 때 가정부인 나에게도 권한다. 내가 외톨이라거나 그들보다 못한 존재라고 느끼지 않도록 그러는 거란다. 그러면 뭐해, 아들놈들은 나를 죽이려고 하는데. 다 소용없어!

누군가가 방문을 두드린다. 말 그대로 두드린다. 일정한 간격을 두고 세 번 똑똑똑. 너무 세지 않게. "누구세요?" 대답이 없다. 무슨 일인지 일어나서 봐줄 사람 없나요?

문 뒤에서 기침소리가 들린다.

누군가가 오줌 누러 가면서 '아, 아무개구나. 근데 너 여기서 뭐해?' 하고 물어봐주면 좋을 텐데. 더도 말고 그렇게 딱 몇 마디면 되는데. 그게 뭐 그리 어려운 일이라고, 빌어먹을! 멀어져가는 발소리, 문 닫히는 소리. 빗장이 돌아가고 구멍 속으로 열쇠 집어넣는 소리가 들린다. 여기서는 모두들 열쇠로 방문을 잠근다. 나는 권총을 꺼낸다. 문을 열어봐야겠다. 혹

시 방문 앞에 샤론의 시체가 놓여 있는 건 아닐까. 나는 열쇠
를 돌린다. 방문 너머에서는 아무런 기척이 없다. 나는 잠시
머뭇거린다. 어디, 보자.

진 한 병. 진 한 병이 내 방문 앞에 놓여 있다. 가득찬 병. 지니
에게 줄 선물. 그건 무슨 뜻이었을까? 그저 술이나 마시고 입
닥치라는 뜻일까? 아니면, 놈이 나와 관계를 맺고 싶어한다는
뜻? 그래, 관계, 일기를 통하기보다 직접적인 관계. 내가 그걸
받아들이는지, 내가 입을 다물겠다고 하는지 보고 싶은 거야.
아무튼 난 한 방울도 안 마실 거다. 내가 네놈 좋으라고 그런
짓을 할 것 같니, 이 애송아.

　그런데 정말이지, 너 요즘 수고가 많구나, 이 머리 없는 괴
물, 머리도 꼬리도 없는 괴물아, 하하하! 가만 보면 너 요즘 엄
청 심란해하는 것 같아, 이 독사 같은 놈…… 더이상 거기 가
지 않겠다고 결심하기만 하면 그것으로 충분할 것 같은데. 이
놀이를 그만두는 거야. 끝낸다고, 완전히.

　그러면 샤론은? 떠나버린다고? 이따금 나는 내가 떠나야
한다는 사실을 잊어버린다. 오, 더이상 나도 모르겠어, 언제나
제자리걸음이라고! 나를 유혹하는 이 술병. 도대체 뭣 때문에
나는 이놈의 술병을 창밖으로 던져버리지 못하는지, 알다가
도 모를 일이다.

## 살인자의 일기

오늘 아침엔 사촌 샤론도 함께 식사했다. 그애는 오트밀과 크레이프를 먹었다. 샤론은 셀리고등학교에 다니기로 했는데, 블린트 부인이 출근길에 그 아이를 학교까지 데려다줄 거라고 한다. 어쩌면 둘이 캐런 사건에 대해서 이야기할 수도 있겠지. 샤론의 엄마는 유대인이다. 아빠가 엄마한테 그렇게 말했다. "그애는 정말이지 조금도 유대인 같지 않네. 자기 엄마를 전혀 안 닮았어."

나는 유대인에 대한 반감은 전혀 없다. 그런 이유로 그 아이를 죽이려는 게 아니다. 유대인 여자들도 다른 여자들과 하나도 다르지 않다. 똑같이 연약한 살덩어리인걸. 다 똑같이 비명을 질러대는 목청을 가졌고. 똑같이 눈알이 툭 튀어나오니까.

어젯밤 지니가 방문을 열고는 깜짝 선물을 집어드는 소리를 들었다. 분명 기분좋았겠지. 지니, 마음에 들었어?

크리스마스를 위해 열심히 살찌우는 거위처럼, 내가 다정하게 보살펴주는 우리 지니. 기운 내, 지니. 그리고 내가 검은 눈의 어린 유대인 계집애를 죽이는 걸 굳이 방해하려 하지 마.

예전에 KKK단¹은 흑인들을 화형했지. 대형 십자가에 매달고 불을 질렀어. 나 같으면 흑인이 되기 싫을 것 같아. 사람들이 남의 피부색이나 출신 성분에 따라 하지 못하게 하는 일들이 더러 있잖아. 아빠는 이 나라에서 우리 모두가 평등하다고 했는데, 그건 사실이 아니야. 예를 들어, 고아들은 푸대접만 받지. 또 장애인들만 해도, 사람들이 다들 놀려대잖아. 반쪽짜리 사람 취급이나 당하고, 모두에게 미움받아.

하지만 모두들 나를 좋아하지. 난 예쁨받기 위해서 뭐든 다 하거든. 그러니까 또 모두가 날 좋아하는 거고. 지니만 빼고.

## 지니의 일기

모두가 널 좋아하기를 원한다, 이런 말이지. 흥. 그런데 아무도 네가 누군지 모르는데, 너는 존재하지 않는데, 어떻게 네놈을 좋아할 수 있지? 너도 네가 존재하지 않는다는 사실은 받아들이겠지? 네가 거짓말을 하는 한 넌 아무것도 아니야. 그냥 신기루, 꿈에 불과하다고. 네가 사람들을 죽인다 해도 마찬가지야. 그건 네가 아니라 꿈이 하는 거니까. 사람들에게 사랑받고 싶다는 것 역시 또다른 꿈이지. 그리고 두 꿈 사이에서 너는 아무것도 아니야. 그냥 지나가는 통로일 뿐. 다리라고. 썩은 다리.

이 글을 옮겨적어 위층에 가져다놓으려 한다. 놈의 글에 끼

---

▍ 쿠 클럭스 클랜. 남북전쟁 후에 미국 남부의 여러 주에서 조직된 극우 성향의 백인우월주의, 반유대주의 집단.

워놓으려고. 그래도 생각 좀 해봐야지. 그렇게 해버리면 그건 '좋아, 나도 게임에 참여하겠어' 하고 수락하는 셈이니까. 나는 놈과 그런 게임을 하고 싶지 않다.

하지만 그러면 뭔가 달라질 수도 있을 것이다. 놈에게 말을 해본다, 놈을 설득한다, 놈에게 설명한다. 그러니까 결국 놈이 교수형을 받아들이도록 이끄는 거지.

이제 파업은 끝났다. 원할 때 언제든 떠날 수 있다. 내가 성공할 확률을 계산해봐야겠다. 놈이 나를 밀고할 경우, 빠져나갈 시간이 있을까?

결정했다. 죽이 되건 밥이 되건 일단 내 운을 시험해보련다. 나는 떠나기로 했다. 샤론에게는 모든 정황을 설명하는 메모를 남길 작정이다. 샤론도 얼른 이곳을 떠나라는 메시지를. 나는 놈이 쓴 글을 가지고 갈 것이다. 그러면 놈도 겁을 먹겠지. 잘 알고 있다. 나는 내일 아침, 아들들이 모두 집에서 나가자마자 그 글을 가지러 올라갈 참이다.

오늘 저녁엔 짐을 싸야지.


샤론,

아가씨는 틀림없이 제가 미쳤다고 생각하겠지만, 전 미치지 않았어요. 이 집엔 병들고 위험한 사내가 살고 있습니다. 저는 그자가 여러 사람을 죽인 사실을 알고 있습니다. 그중엔 이웃에 살던 캐런도 포함되는데, 그는 캐런을 도끼로 살해했죠.

그가 누구인지는 모르지만 미친놈이라는 건 알아요. 바로 제가 그의 일기를 발견했기 때문이죠. 당신에게 그걸 줄 수는 없어요. 그 일기는 제가 가져갈 겁니다. 하지만 제발 부탁이니 저를 믿어 주세요. 그리고 여길 떠나세요. 그가 아가씨도 죽이려 하니까요. 그가 그렇게 썼어요. 농담으로 여기지 마세요. 이렇게 간청합니다. 떠나세요. 그리고 제가 경찰에 신고할 때까지 기다리세요.

저는 제 안전이 확보되기 전에는 신고할 수 없습니다. 하지만 거듭 말하건대, 아가씨는 무슨 일이 있어도 떠나셔야 해요. 그렇지 않으면 살해당할 테니까요. 아가씨를 죽이려 하는 그 남자는 어렸을 때 아가씨를 보일러 속으로 밀어넣으려던 자입니다. 그게 제가 그에 대해서 아는 전부입니다.

우정을 담아. 그리고 이 말이 정신 나간 것처럼 들리더라도 아가씨가 제 말을 믿을 거라는 희망을 담아.

당신의 지니

자, 이 편지를 샤론에게 가져다줄 것이다. 그럼 이제부터 짐을 싸야겠다.

**살인자의 일기**

샤론은 죽어 마땅해, 아무것도 나를 막을 수 없어. 내 말 알아들어?

## 지니의 일기

놈이 자기 글을 몽땅 가져갔다. 간밤에 그런 모양인데, 정말
끔찍하다. 내 생각을 읽고 있는 것 같잖아. 그렇지만 내가 언
제나 몸에 지니고 다니는 이것은 분명 놈이 읽지 못할 것이다.

이 집 남자들은 모두 외출했다. 부인은 거실에 있다. 종교
방송을 들으려고 라디오까지 틀어놓았다. 샤론은 아직 자는
중이다. 첫 수업이 9시에 시작한다니까. 내 짐을 다 챙기고 가
방은 잘 잠가두었다. 지금은 7시 30분. 망할 놈의 집구석이여,
영원히 안녕. 악몽이여, 영원히 안녕.

시내까지는 길에서 자동차를 얻어탈 것이다. 그다음엔 제
일 처음 오는 버스에 휙 올라탈 생각이다, 차오¹! 입 밖으로
뱉기만 해도 벌써 남국의 태양이 느껴지는 말이다. 나는 간다.
진이 담긴 병은 그대로 남겨둬야지. 몹쓸 애송이의 선물을 가
져갔다간 두고두고 나 자신을 원망할 테니까. 한 달 치 월급도
보너스로 남겨두고. 아깝긴 하지만, 그래도 떠날 것이다.

샤론의 코트에 쪽지를 넣어둬야겠다. 그러면 학교에 가면
서 읽어볼 테지. 그러고 나면 문을 열고, 휘리릭, 자취를 감추

---

｜ 이탈리아 등에서 헤어질 때 쓰는 인사말.

는 거지! 증발하듯 사라져버리는 거야. 신문에서는 항상 그런 표현을 쓰던데. 아니, 난 왜 이렇게 뭉그적거리고 있는 거지? 자, 가자고.

꼴좋게 됐다. 눈은 어느새 비로 바뀌었다. 먼지를 잔뜩 머금은 구질구질한 비가 하늘에 구멍이라도 뚫린 듯 쏟아진다. 이제 다 끝났다. 나는 다시금 나의 감옥으로 돌아간다.

　나는 버스에 올라 있었다. 남쪽으로 가는 버스. 버스표도 있었다. 운전기사가 올라타더니 시동을 걸었다. 그때가 11시였다. 버스에 오르기 전에는 몸이 꽁꽁 얼어서는 터미널 구석에 쭈그려 앉아 기다렸다. 무서웠다. 형사들도, 집주인도, 모든 게 다 무서웠다. 추워 죽겠는데도 몸에서는 진땀이 줄줄 흘렀다.

　아무튼 가방을 무릎 위에 올려놓고 앉아 있는데, 갑자기 창문 너머로 노란색 스키 모자를 쓴 블린트 부인이 커다란 시장바구니를 들고 있는 모습이 눈에 들어왔다. 처음엔 그 모자만 알아봤다. 그런데 부인 곁에 샤론이 있고, 두 사람은 한창 얘기중이었다. 샤론은 두툼한 점퍼 속에 양손을 찔러넣은 채였다. 잠시 두 사람을 바라보고 있자니 가슴이 찡했는데, 순간 샤론이 점퍼를 입고 있음을 깨달았다. 짙은 남색 코트가 아니라 클라크의 녹색 점퍼. 남색 코트 옆에 걸려 있었고 (그날 아침에 봤다), 확실히 모직 코트보다 더 따뜻한 그 점퍼.

샤론이 코트를 입지 않았으니 내가 남긴 쪽지를 보지 못했으리라는 생각이 들었다. 그때 두 여자가 조금 떨어진 곳에 주차해둔 블린트 부인의 차를 향해 걷기 시작했다. 차를 덮고 있던 눈이 녹고 있었다.

그 순간 나는, 기발한 생각의 여신 지니는 무얼 어떻게 해야 좋을지 도무지 갈피를 잡을 수 없었다.

버스 기사는 "출발합니다"라고 말했고, 나는 생각했다. 분명 샤론은 집에 돌아가서 내 쪽지를 읽을 것이고, 나는 더 걱정할 필요가 없을 것이다. 그런데 혹시 그 미친놈이 그 쪽지를 먼저 손에 넣는다면, 그건 누구도 모르는 일이었다. 누구도 알 수 없는 일이다. 그런 불확실성은, 적어도 이 이야기에서는, 고상한 참나무 관의 등장으로 끝을 맺게 될 터였다.

당신도 내 입장이 되어보면 알겠지. 나는 외쳤다. "잠깐만요!" 그러고는 자리에서 일어나 버스에서 내렸다. "아니, 이봐요, 갈 거요, 안 갈 거요?" 버스 기사가 퉁명스레 소리쳤다. "안 가요!" 나도 모르게 말이 그렇게 튀어나왔다. 내가 아니라 내 입이 그렇게 말했다. 버스를 한 바퀴 빙 돌자 내가 있는 쪽으로 걸어오는 두 사람이 시야에 들어왔다. 나는 고개를 끄덕였다. 두 사람을 붙들어 세우고서 샤론에게 "할말이 있어요!"라고 한마디만 하면 될 일이었다.

진흙탕 속에서 힘들게 발을 옮기면서 두 사람에게 가까이다가가던 중에 나는 반대편 인도에 세워져 있던 네 형제들의 왜건을 보았다. 그때 샤론이 깔깔대면서 그 차에 올라탔다. 사내아이들은 시동을 걸었다. 나는 "블린트 부인!" 하고 외쳤지만 부인은 듣지 못했다.

내가 조금 더 크게 외치자, 그제야 부인이 돌아보았다. 나는 부인에게 다가갔다. "아, 안녕하세요, 지니." 블린트 부인의 눈길은 평소처럼 서글퍼 보였다.

"안녕하세요, 부인. 크리스마스 쇼핑을 하러 잠깐 나왔는데, 집에 가시는 길에 저를 좀 태워주실 수 있으세요?"

"물론이죠."

우리는 차에 올랐다.

날이 더웠다. 젖은 개 냄새가 스멀스멀 올라왔다. 내가 먼저 입을 열었다.

"샤론은 참 상냥하죠."

"아, 네. 난 샤론을 보면 가엾은 우리 캐런이 떠올라요."

이런, 이런. 난 집에 도착할 때까지 입을 다물었다. 차에서 내리면서 고맙다고 인사했다. 정원에서 눈싸움을 하는 사내아이들을 보면서 나는 집안으로 들어갔다. 이 댁 부인이 달려나오더니 "아니, 지니, 어딜 갔던 거예요? 아이들은 벌써 돌아왔는데!"라며 볼멘소리를 했다. 나는 회색 코트를 벗고서 짐을 다시 갖다두러 내 방으로 갔다.

부인이 아래층에서 고함을 질렀다.

"아니, 무슨 말이라도 해요. 자초지종을 설명해보라고요!"

"죄송합니다, 부인, 엄마 생일인 게 생각나서요. 그래서 전보 치러 갔다 왔어요."

"그렇다면 나한테 미리 알려줄 수 있었잖아요, 그렇게 생각하지 않아요?"

"말씀드렸는데, 부인께서 못 들으셨나봐요, 라디오 소리 때문에. 정말 죄송합니다, 부인."

"아, 가정부들은 가끔 저렇게 말도 안 되는 짓을 한단 말이야." 부인은 부엌으로 돌아가며 투덜거렸다. 나는 얼른 아래로 내려갔다. 그리고 "제가 도와드릴게요" 하고 부인에게 말하면서, 손으로는 남색 코트 주머니를 뒤졌다. 하지만 아무것도 없었다. 쪽지고 뭐고 아무것도.

"내가 닭볶음을 준비했어요."

"대단하세요, 부인."

내 목소리는 두꺼비 소리만큼이나 우아함과는 거리가 멀었다. 초인종이 울렸다. 나는 문을 열러 갔다. 두 뺨이 발갛게 상기된 샤론이 깔깔대면서 들어왔다. 그 뒤를 이어 마크, 재크, 스타크, 클라크가 모두 상기된 표정으로 흠뻑 젖은 채 들어왔고, 마지막으로 의사 선생이 젖은 머리를 정돈하며 들어왔다.

내 정신 좀 봐, 그다음 일까지 말할 시간은 없겠네. 당장 내려가봐야 한다. 안녕. 젠장, 정말 신물이 난다.

## 살인자의 일기

일정이 꽉 찬 오전. 아빠는 진료실로 출근하고, 마크는 사무실에 나갔고, 재크와 스타크는 그 잘난 수업을 들으러 갔고, 클라크는 해부 수업 때문에 병원에 갔다.

나는 내가 한동안 머물러야 했던 곳(사무실, 병원, 대학 또는 음악원 강의실 중 하나)에 있다가 휴식 시간이 되어 왜건으로 돌아왔다. 우리는 각자 자동차 열쇠를 하나씩 가지고 있다. 작년에 다 같이 면허를 땄지. 그리고 차에 시동을 걸어서 이곳으로 돌아왔다. 마음이 썩 편하지 않았다. 사랑하는 일기야, 너도 알겠지만 난 요즘 지니를 조금 경계하고 있어. 지니는 어쩐지 방향을 잃고 우왕좌왕하는 것 같아 보이는데, 여차하면 아주 멍청한 짓도 할 수 있겠다 싶거든.

차는 집 뒤편에 세워뒀다. 이 시간이면 모두들 시내로 나가거나, 엄마처럼 집안에 있다. 나는 아주 조용히 문을 열었다. 라디오 소리와 엄마의 흥얼거리는 콧노랫소리가 들려왔다. 난 아무런 소리도 내지 않고 살금살금 위층으로 올라갔다. 난 항상 소리를 내지 않고 돌아다니지, 고양이처럼 말이야. 지니 방의 문손잡이를 돌리는데, 지니의 소리가 들리지 않았다. 좀더 주의를 기울여서 들어봤는데도, 들리는 거라곤 엄마의 소리뿐이었다. 나한텐 시간이 별로 없는데 말이다.

칼을 꺼내들고 문을 열었는데, 방은 텅 비어 있었다. 술이 가득 든 술병만 협탁 위에 놓여 있을 뿐, 방엔 아무것도 없었다. 지니가 떠나버린 거였다. 난 곧바로 알아차렸지. 지니가 나를 바보 멍청이 취급한 거라고. 아니, 지니, 어떻게 그 가엾은 샤론을 나 몰라라 내팽개칠 수 있지? 난 네가 더 도덕적이라고 믿었어, 지니. 인품이 조금 더 너그러워서 늘 남에게 교훈을 주려고 하는 사람이라고 믿었다고. 정말이지, 실망이다, 지니. 적어도 그애가 얼마나 끔찍한 위험에 노출되어 있는지 정도는 그애에게 경고해줬어야지? 설마 나를 앞서보려 한 거니?

날 앞서려 했던 거야, 안 그래? 그런데 신들은 네 편이 아닌 것 같구나, 지니. 네 쪽지를 샤론보다 내가 먼저 손에 넣었으니 말이야. 난 샤론을 죽일 거야. 지혜로운 자여…… 안녕히 가시길!

그리고 말이지, 난 벌써 언제, 어디서, 어떻게 할지 다 정해뒀어.

## 지니의 일기

내 방으로 돌아오기 전에 거기로 가서 그걸 읽었다. 놈은 그 아이를 죽이려 하고, 내가 쓴 쪽지까지 입수했다. 정오에 그들은 모두 왕성한 식욕을 보이며 식사했다. 단 한순간도 샤론과 단둘이 있을 짬이 없었다. 항상 누군가가 내 근처에 있었다. 놈들은 파리들이 정육점 진열대 주위를 빙빙 맴도는 것처럼 샤론 주위에서 어슬렁거렸다.

그래서 불안하다. 미친놈이 오전에 집에 돌아왔다니 말이다. 그건 곧 놈이 주저하지 않고 위험을 무릅쓴다는 뜻이니까. 누군가가 이 집에서 아무 소리도 내지 않고 제멋대로 돌아다닐 수 있으며, 간혹 내가 혼자 있다고 믿었던 순간조차 사실은 그렇지 않았을 수도 있었다는 걸 뜻하니까. 어쩌면 내가 혼자가 아니었을 수도 있어. 등에서 식은땀이 났다.

계속 여기 있기로 한다. 사실, 난 잃을 것이 없다. 목숨 빼고는. 하지만 인생엔 그냥 모르는 척 지나쳐서는 안 되는 것들이 있고, 아아, 나도 뭐가 뭔지 잘 모르겠다. 난 끈끈이 덫에 걸려 있다. 자꾸만 깊숙이 빨려들어간다.

혹시 놈이 내게 약이라도 먹일 심산일까? 내가 먹는 음식에 약을 타는 건 아닐까? 불가능해. 사람들이 모여 있을 때 난 거의 항상 부엌에 있잖아. 그럼 그 술병, 혹시 거기에 약이 들어 있을 수도? 맛을 봐야 할까보다. 무슨 소리야.

나는 술병을 열어 냄새를 맡았다.

진 향기가 그윽했다. 그뿐이었다. 딱 한 모금만 마셨다. 그리고 기다린다.

아무 일도 일어나지 않는다. 그냥 진일 뿐이다. 이해할 수가 없다. 두번째 책을 다 읽었다. 6시다. 다들 돌아올 시간이다. 새로운 소식이라고는 없다.

늘 똑같은 수수께끼들, 그리고 늙고 지친 지니뿐이다.

**살인자의 일기**

오늘 저녁, 식사 자리에서 샤론이 스키장에 갈 생각이 있는지 모두에게 물었다. 아빠는 "당연하지. 눈이 이대로 계속 온다면 일요일에 가자꾸나"라고 대답했다. 그애가 좋아하며 싱긋 미소 지었다.

그애는 웃을 때 참 예쁘다. 하지만 그건 당연한 일이다. 얼간이들을 낚기 위한 웃음이자, 어설픈 속임수 웃음이니 말이야.

나한테는 그런 거 안 통한단다, 얘야.

난 너를 내내 지켜봐왔어, 지니. 시골뜨기 특유의 그 불그죽죽하고 두툼한 두 손으로 식사 시중을 드는 너는 우리 모두를 감탄하게 만들지. 그리고 잠시 생각에 잠긴 표정으로 나를 쳐다보다가, 이내 우리 중 다른 한 명으로 시선을 돌려. 네가 나를 쳐다볼 때, 나도 너를 봤어. 넌 내 눈과 얼굴을 보았을 뿐이겠지만, 네가 쳐다보는 그 한 쌍의 눈 뒤편에는 내가 있었지. 네게 고정된, 전혀 다른 눈이 있었는데 넌 그건 보지 못하더라고.

결론을 말하자면 넌 나를 즐겁게 해주고 있어, 불쌍한 지니. 다만 넌 겉모습 뒤에 감춰진 다른 모습을 볼 줄 모르더라.

샤론 얘기로 돌아오자면, 사랑하는 일기야, 우리는 내일 모두 같이 영화를 보러 갈 거야. 팝콘 먹는 소리, 음료수병이 덜그럭거리는 소리 등 온갖 소리가 그득한 어두운 극장에 칼을 맞은 젊은 아가씨 소리가 더해지는 거지……

안녕, 지니. 안녕, 내 일기장아. 이제 졸려. 잠옷을 입고 침대로 뛰어들 거야.

## 지니의 일기

오후 4시 30분. 정말이지 지지리 운도 없다. 오늘 아침엔 위층에 올라갈 수 없었다. 부인이, 두통인지 뭔지는 모르겠지만, 아무튼 아파서 하루종일 침대에 누워 있었기 때문이다.

정오엔 샤론과 단둘이 이야기할 기회가 없었다. 모두 같이 낱말 맞추기 놀이를 한다고 한데 모여 있었으니 어쩔 수 없었다. 그리고 지금은 모두들 외출했다. 오늘은 샤론을 영화관에 데려갈 거라 집에서 저녁을 먹지 않을 거라고 했다. 의사 선생도 아들들과 동행했다. 녀석들이 그 아이를 한숨 돌리게 해주는 거라고는 말할 수 없지만, 그래도 현재 상황을 감안하면 내게는 잘된 편이다.

부인은 아래층에서 텔레비전을 보고 있으니, 나는 그 틈을 타서 위층에 올라가려 한다.

하느님 맙소사, 이 개자식! 오늘 저녁에 나도 거기에 가야겠어! 아니, 자기 아버지가 옆에 있는데 어떻게 감히 그런 일을? 혹시 괜한 허풍일까? 나를 겁주려고? 땀을 뻘뻘 흘리며 영화관에 도착한 나를 '눈 뒤편에서' 실컷 조롱하려고 말이다.

그렇지만 거기에 가더라도 전혀 위험할 것 없다. 그저 조심하면 될 뿐. 그리고 내가 가면 그애도 위험으로부터 멀어진다. 저녁에 나갔다 오겠다고 말해야겠다. 모두 외출했으니 안 될 것도 없지. 부디 위장 전술이 아니어야 할 텐데!

## 살인자의 일기

멍청이! 너 혼자 약은 척했지? 가난뱅이들이나 입는 허름한 코트 차림으로 조금 떨어져 앉아서 말이야. 천만다행으로 네가 우리집 하녀라는 사실을 알아챈 사람은 아무도 없었어. 그랬다면 너무 창피했을 텐데. 아빠는 너를 살짝 알아본 듯했지만. 아빠가 불쾌해하는 걸 봤거든.

샤론은 열의 제일 끝, 아빠와 벽 사이에 앉았어. 그러니 네가 오든 안 오든, 어차피 오늘 저녁엔 일을 칠 수 없었지. 아무일도 아닌데 괜히 번거롭게 만들어서 어쩌나. 그건 그렇고 아주 근사한 영화였어, 안 그래? 피비린내 나는 영화였을 수도 있지만. 요샌 영화마다 유혈이 낭자하고 멋진 살인 장면이 나오더라고. 우리 지니도 알지 모르겠는데, 그런 게 바로 진보라는 거야. 썩 마음에 들어!

네가 끝까지 답장을 하지 않으면 네게 이야기하기 지겨워질 것 같아. 그러면 이 일기장을 다른 곳에 놔야지.

일요일엔 스키를 타러 갈 거다. 멋진 하루가 예상된다. 깎아지른 절벽에서 스키 바인딩[1]이 풀리고, 목뼈가 부러지면, 룰루랄라. 지니, 나 때문에 꽤나 약오르겠네.

## 지니의 일기

신경 안 써. 나도 쫓아갈 거다. 스키는 탈 줄도 모르지만 가서 감시할 거야. 놈은 그애를 따로 데려갈 수 없을걸.

놈에게 답을 한다…… 그 문제에 대해 생각해봤지만 솔직히 겁이 난다. 그러다 내가 공범으로 몰리는 건 아닐까?

영화관엔 사람들이 우글거렸다. 의사 선생은 나를 보고 손짓했다. 그는 조카딸 곁에 딱 붙어 있었다. 늙은 돼지 같으니라고. 아들 녀석은 아마 이런 상황, 그러니까 늙은 돼지가 어린 조카딸을 혼자 독차지하는 상황까지는 미처 예상하지 못한 게 분명했다. 그러니 나는 거기까지 괜히 쫓아간 셈이었

---

[1] 스키 부츠를 스키에 연결하는 장치.

다. 게다가 영화는 너절했다. 무능한 조직폭력배들이 결국 감방에 가게 되는 얘기라니. 영화관에 가면 실컷 웃고 싶은데. 그건 그렇고, 내가 왜 쓸데없이 내 인생 타령이나 하면서 시간 낭비를 한담……

시간 얘기가 나왔으니 말인데, 사실 내게 시간이라면 얼마든지 낭비해도 좋을 만큼 많다. 오늘 아침, 이 집 사람들은 아주 일찍 집을 나섰다. 하지만 오늘 저녁엔 반드시 샤론과 이야기를 나눌 생각이다. 또한 의사 선생에게 나도 스키를 타러 가겠다고 말할 작정이다. 차마 거절하지는 못할 것이다. 의사 선생은 너무도 아량이 넘치고 관대한 주인 흉내를 내고 싶어 하는 사람이니까. 그다음엔 피크닉 도시락 준비를 하면 될 거다. 부인에게라도 먼저 말해놓아야겠다. 부인이 같이 간다면, 모든 게 해결되겠지. 가족끼리의 외출이라……

## 살인자의 일기

지니가 점점 성가셔진다. 그 여자는 늘 샤론 주변을 맴돈다. 식사 자리에서는 아빠에게 일요일에 우리와 같이 외출해도 되느냐고 묻더라고. 뻔뻔스럽기는!

자기가 따라나선다면 내 계획을 막을 수 있을 거라고 생각하나본데 오산이지.

샤론이 오늘 저녁 아주 묘한 표정으로 나를 쳐다봤다. 난 세상에서 제일 천진한 얼굴을 하고 있었건만. 그 계집애의 시선이 마음에 들지 않았다. 꼭 뭔가를 의심하는 것 같았다. 하지만 의심이라니, 말도 안 돼. 그 계집애가 그토록 오래전에 있었던 일 때문에 나를 경계하지는 않을 것이다. 그애는 짐작도 못할 테니까……

그런데도 그 아인 내가 연극을 하고 있다는 사실을 본능적으로 느끼는 것 같았다. 그게 마음에 들지 않는다. 샤론은 나에게는 위험 그 자체다. 그러니 그 아이를 제거해야 한다. 그 계집애가 나를 쳐다볼 때면 눈을 내리깔고 싶어진다니까.

그건 그렇고 지니, 내 주변에서 꺼져! 더이상 너랑 놀아줄 마음이 없으니까.

## 지니의 일기

알았다, 이놈아. 하지만 난 놀이를 그만둘 생각은 없다. 적어도 지금은 아니다.

오늘 저녁엔 많은 일이 있었다. 식탁에 앉기 전에 나는 샤론을 현관으로 따로 불러내는 데 성공했다.

형제들은 텔레비전으로 오락 프로그램을 보는 중이었고, 현관문은 열려 있었다. 우리한테는 오 분 정도의 시간이 있었다. 나는 마른기침을 하며 목소리를 가다듬었다.

"샤론, 할말이 있어요, 이 집엔 뭔가 정상적이지 않은 게 있어요."

"그게 무슨 말이에요?"

"무슨 말이냐면, 이 집에 뭔가를 숨기는 자가 있다는 말이에요. 굉장히 심각한 것을요. 이 집 형제들 가운데 아무에게도 말하지 않고 일을 저지르는 놈이 있어요. 난 그놈이 쓴 일기를 읽었고요."

"무슨 일을 저지른다는 건데요?"

"아마 말해도 믿지 못할 거예요. 하지만 샤론, 맹세컨대 사실이에요, 그자는 사람을 죽여요."

샤론은 묘한 표정으로 나를 쳐다보더니 흠칫 뒤로 물러섰다.

"지금 난 하나도 안 취했어요. 내 말 믿어요. 제발 부탁이에요. 당신의 안전을 위해서 하는 말이에요."

"무슨 말인지 이해가 안 되네요. 사실을 알고 있다면 왜 전부 말하지 않는 거죠?"

"그자가 누군지 모르거든요, 아시겠어요?"

"방금 그 사람 일기를 읽었다고 말해놓고선!"

"네, 그랬죠, 그런데 자기 정체를 드러내지는 않아서……아, 내가 알고 있는 걸 다 설명하려니 너무 복잡하네요. 그자는 어렸을 때 당신하고 싸웠고, 당신을 보일러 속으로 밀어넣으려 했대요. 혹시 그게 누구였는지 기억나요? 그렇다면 이름을 말해줘요, 샤론, 그것만 알면 돼요."

"이름을요?"

"네, 이름. 그자 이름이 뭐죠? 나를 미친 여자라고 생각해도 되니까 그 이름만 알려줘요."

"이봐요, 지니, 당신 때문에 너무 놀랐어요. 방금 그 얘기는 정말 이상하거든요!"

그때 의사 선생이 지하 술창고에서 올라오더니 샤론에게 화이트 와인을 좋아하는지 물었고, 샤론은 그렇다고 대답했다. 부인은 부엌문을 열더니 뭔가 타는 냄새가 난다고 호들갑을 떨었다.

"지니, 지니, 얼른 와봐요!"

"이따가 다시 봐요." 샤론이 캘리포니아 와인 양조장에 대해 설명하는 의사 선생을 따라가면서 속삭였다. 나는 부엌으로 갔다.

식사가 끝나고, 내가 식탁을 정리하는 동안 이 집 식구들은 거실로 자리를 옮겨 텔레비전으로 서부극을 보았다. 제발 샤론이 그들에겐 아무 말도 하지 않아야 할 텐데. 나를 정신 나간 여자 취급하는 게 분명해.

나는 지금 내 방에 있다. 방에서 기다린다. 샤론은 아마 결국엔 나를 보러 올 것이다. 아, 진 한 잔 마시고 싶다. 안 돼. 할수 없지.

당연히 수중에 담배도 떨어졌다. 누군가 복도를 걷는다. 누군가가 온다. 화장실로 간다. 변기 물 내리는 소리. 누군가가 다시 오더니 내 방 앞을 지나가다가 멈춰 서서 문을 긁는다. 나는 문을 연다.

말도 안 돼! 어떻게 샤론이 그 일을 기억하지 못할 수 있지?

"저기, 지니, 나를 보일러에 밀어넣으려 했던 사람은 아무도 없어요."

"그럴 리가요. 분명 읽었어요, 그가 그렇게 썼다고요!"

"그 글, 지금 가지고 있어요?"

"아뇨, 그자가 다 가져갔어요."

"아, 그렇군요, 물론 그럴 테죠!"

(샤론은 아주 묘한 표정으로 나를 쳐다봤다.) 난 샤론에게 모든 걸 말해줬다. 도끼로 난자당해 죽은 캐런에 대해서도, 또 다른 일들에 대해서도…… 적어도 캐런 이야기만큼은 내가 지어낸 게 아니다!

정말 끔찍하다, 난 지금 스스로를 의심하고 있다. 내가 읽은 것을 의심한다. 혹시? 누가 알겠나…… 정신이 온전치 못해 내가 이 모든 걸 지어냈다면? 내가 또다른 자아를 만들어낸 거라면? 또다른 내가 나 대신에 일을 저질렀다면? 아냐, 아냐, 내 머릿속에 그런 생각일랑 들여놓고 싶지도 않아.

샤론이 나에게 속삭였다. "기억하려고 애써보죠, 약속할 게요. 정말로 노력해본다니까요, 그러니 걱정 마요, 진정 좀 하고요."

그런데 난 정신이 나간 게 아니라고, 맙소사! 아니, 지니, 진은 안 돼, 제발, 오, 딱 한 방울은 뭐 그리 해로울 것도 없잖아. 와우, 엄청 독하네! 난 미치지 않았다. 나는 아주 침착했고, 샤론에게 모든 이야기를 들려주었다. 심지어 녹음기 내용까지 들려주었다.

"누구라도 이런 식으로 중얼거릴 순 있어요." 샤론이 평했다. "심지어 여자 목소리일 수도 있죠, 어린아이 목소리 같기도 한걸요. 아주 새된 목소리잖아요……" 무슨 말을 하고 싶은지 잘 알겠어, 샤론. 나를 신랄한 노처녀, 횡설수설이나 늘어놓는 위험한 정신 나간 여자, 아니, 그보다 더 고약하게 여길 수도 있겠지. 넌 나에 대해서 알아볼 테고, 그러면 내 이미지는 한층 더 추락할 거야.

게다가 만일 샤론이 경찰에 신고한다면? 그런 위험은 감수할 수 없다. 그러면 모든 게 전부 농담이었다고 말해야지…… 뒤죽박죽이 됐네!

이런, 잉크가 번졌다. 잉크 번진 공책은 질색인데. 자, 이쯤에서 공책은 덮고, 이 잔은 침대에서 마저 비워야지. 안녕, 지니.

**살인자의 일기**

모레 우리는 스키장에 간다. 스키를 타러 간다고, 룰루랄라. 넌 내가 노래하면 좋아하지, 심술쟁이 늙은이야? 너도 눈치챘겠지만, 난 여기에 중요한 내용은 더이상 쓰지 않아. 그냥 네 소일거리 정도만 적어놓을 뿐이지. 혹시 내가 다른 비밀 장소를 마련한 걸까? 넌 내가 죽고 나면 참 시원찮은 전기 작가밖에 될 수 없겠네. 나라는 흥미진진한 인물에 대해서 모르는 게 그렇게 많으니 말이야!

너랑 농담 따먹기나 할 시간은 없어. 미안!

**지니의 일기**

아직도 머리가 아프다. 깜짝 놀라서 잠에서 깼는데, 입에선 진맛이 여전히 느껴졌다. 자명종소리를 듣지 못한 거다. 나는 쏜살같이 아래로 내려갔다. 샤론은 벌써 아침식사중이었고, 마크는 토스트를 먹으면서 서류를 읽고, 클라크는 선 채로 우유를 병째 마시고 있었다. 난 클라크가 나를 쏘아본다는 느낌을 받았으나 너무나 짧은 순간이었다…… "아니, 지니, 자명종소리를 못 들었나요? 어쩔 수 없이 우리끼리 알아서 먹었답니다." 부인이 한마디했다. 매우 예의바른 투였다.

혓바닥에 기갑부대가 놓인 듯한 느낌이었다.

"죄송합니다, 부인, 요즘 좀 피곤해서요."

"그럼 내일 좀 쉬도록 해요." 부인이 말했다.

"네, 부인." 나도 설거지를 시작하면서 매우 예의바르게 대꾸했다.

샤론은 자리에서 일어나 먹은 그릇을 가져왔고, 클라크가 먼저 밖으로 나가자 마크가 뒤따랐다. 결국 샤론과 나, 둘만 남았다.

샤론은 나에게 그릇들을 넘겨주며 말했다.

"지니, 당신이 한 말을 곰곰이 생각해봤어요. 그 얘기를 믿기 어렵다는 걸 굳이 감추진 않겠어요. 그런데 한편으로는 이 집에 뭔가 이상한 분위기가 감도는 건 사실이에요. 혹시 당신이 무슨 장난질에 당한 건 아닌가요?"

"아니, 그럴 리 없어요, 이건 장난이 아니에요! 캐런은 정말로 죽었다고요!"

"그러니까 내 말은, 누군가 약간 정신이 이상한 사람, 가령 이야기를 지어내기를 좋아해서 실제로는 전혀 그렇지 않으면서 자기가 살인 사건의 범인이라고 떠벌리고 자기가 지어낸 이야기를 당신이 믿게 만들고 싶어하는 사람이 있을지도 모른다는 거예요."

"절대 아니에요! 뎀버리에서 죽은 여자만 해도 그래요. 난 그 일이 신문에 나기 전에 그 이야기를 읽었어요. 신문에 실리기 전이었다고요, 아시겠어요?"

"이봐요, 지니. 당신은 저 네 사람을 다 잘 알잖아요. 저들 중에 살인자가 있다는 건 말도 안 된다고요!"

"그렇다면 당신은 왜 이 집에 뭔가 이상한 분위기가 감돈다고 하는 거죠? 어째서요?"

"그건 나도 잘 모르겠어요. 그런데 가끔 누가 날 감시하거나 염탐한다는 느낌이 들어요. 무슨 말인지 알겠어요? 하지만 난 원래 굉장히 예민한 편이거든요. 그래서 상상력이 제멋대로 가지 치고 뻗어나가지 않도록 조심하죠!"

나는 샤론을 똑바로 응시했다.

"정말로 보일러 사건이 기억 안 나요? 아주 중요하다고요. 그런 일을 잊어버리다니 이해가 안 되네요!"

샤론은 멈칫거리더니 목소리를 낮췄다.

"그 방학 때 있었던 일이라면 생각하고 싶지 않거든요. 가엾게도, 그후에 잭Zack이 그렇게 되어서……"

"잭?"

"쉬이이잇, 여기서는 그 이름을 발설하지 말아요!"

"아니, 도대체 그 사람이 누군데요?"

"재커라이어스, 저 네 사람의 형제죠." 샤론이 속삭였다.

"뭐라고요?"

"그래요, 저들의 형제. 재커라이어스는 열 살 때 죽었어요.

그 방학이 끝나고 나서 바로. 외숙모는 그 일로 엄청 충격을 받으셨죠! 재커라이어스가 꽁꽁 언 호수로 스케이트를 타러 갔는데, 얼음이 갈라진 거예요. 다른 형제들이 도착했을 땐 이미 너무 늦었죠…… (샤론은 손목시계를 힐끗 봤다.) 이러다가 늦겠어요, 빨리 가야 해요! (블린트 부인이 울려대는 경적소리가 들렸다.) 이따 봐요. 점심땐 집에 오지 않을 거예요, 도서관에 가야 하거든요!"

나는 눈만 휘둥그레 뜨고서 입술은 꿈쩍하지도 못했다! 이건 뭐, 토끼들보다 더 하네. 여기저기서 계속 새끼가 나오잖아! 이제야 이 댁 부인이 왜 노상 정신을 놓은 사람처럼 멍하니 있는지 이해할 수 있었다. 아마도 그 일 때문에 그 괴물도 돌아버렸는지 모르지. 위선자. 그놈은 재커라이어스에 대해서는 일언반구도 없었는데. 마치 말하고 싶은 마음이 없었다는 양. 잠깐, 내가 지금 무슨 소릴 하는 거야, 재커라이어스 마치…… 맞아, Z, M. 바로 그거네, 그 어린아이의 정장 말이야! 이 이야기에 대해서 좀더 소상하게 알아봐야겠다. 하지만 지금 제일 급한 건 샤론이다. 적어도 샤론은 나를 믿는 것 같다. 감시당하는 느낌이라니, 참 기묘하게도 직감이 발달했군. 대담한 아이다. 샤론이 반드시 기억해낼 거다. 분명해! 그렇게만 되면 모든 건 다 해결돼! 아, 믿기지가 않네……

점심때, 분위기는 썰렁했다. 샤론의 부재가 금세 느껴졌다.

집안에 여자아이가 있는 건 좋다. 분위기를 가볍게 해주니까.

또 한 가지 소식. 나는 혹시 빠뜨리고 간 글들을 찾을 수 있을까 싶어서 다시금 그들의 방을 뒤져보았다. 하지만 당연하게도 아무것도 찾아내지 못했다. 그러고 보니 한참 편지를 찾아다녔건만 사실은 제일 눈에 잘 띄는 테이블 위에 버젓이 놓여 있더라는 이야기를 들은 것도 같은데.

그래서 나는 내 일기장을 확인해보았다. 혹시 놈이 내 일기장에 뭔가를 적어놓았다면…… 아니지, 무슨 바보 같은 생각이람. 가끔 내가 머리를 어디에 두고 다니는지 나도 모르겠다니까!

## 살인자의 일기

이봐, 스파이. 이제 샤론과 절친한 사이가 되기로 한 거야? 둘이 속닥거리는 걸 아무도 모를 거라고 믿었어? 난 모든 걸 다 알고 있다는 사실 하나만은 네 머릿속에 분명히 새겨둬. 하긴, 넌 그게 무슨 뜻인지조차 모를 테지. 그래, 샤론이 뭐라고 조잘대던? 우리의 행복한 어린 시절? 그애가 무척 아끼던 재커라이어스? 말했잖아, 난 모든 걸 다 안다고!

재커라이어스에게 관심 끄는 게 좋을 거야. 재커라이어스는 성자거든. 온몸에서 온통 선량함을 뿜어내는 성자라고. 한마디로 언제나 남을 도와줄 준비를 하고 있고, 예의바르고 완벽했지. 그 아이 옆에 있으면 다른 사람은 다 더럽고 심술궂어 보여. 재커라이어스는 보기 드문 진주였지! 그 아이가 죽었을 때 난 엄청 울었어. 너도 날 잘 알잖아. 인생은 너무나 불공평해. 처음부터 그 아인 태어나지도 못할 뻔했어. 그렇다니까. 제일 막내였는데, 산파는 그 아이가 죽을 거라고 생각했대. 그러니 십 년을 덤으로 살았다고 생각하면 그다지 나쁠 것도 없네. 엄마의 표현대로라면 "그토록 어리고 착한 것"으로 살았으니까 말이야. 그야말로 귀여움을 독차지했던 녀석. 좀 지나치게 호기심이 많긴 했지. 혹시라도 내가 멍청한 짓을 할까봐 항상 내 꽁무니를 졸졸 따라다녔거든! 예를 들어서, 그날 지하실에서 샤론과의 일만 해도 그랬지. 녀석은 숨어서 우리를 지켜보고 있었어. 쓰러졌다가 일어나면서 녀석을 봤거든. 꼭 신부님 같은 눈으로 나를 보고 있더라고. 살아 움직이는 비난이라고나 해야 할까. 그런데 지니, 너 그거 알아? 난 말이지, 비난이라면 살아 있는 편이 아니라 죽어 있는 편이 낫다고 생각해. 아무튼, 가엾고 불쌍한 재커라이어스…… 녀석의 영혼에 평화가 깃들기를! 그나저나, 하필이면 얼어붙은 호수에서 스케이트를 타고 숨이 멎을 때까지 물속에 머리를 처박아버린다는 바보 같은 생각은 왜 하느냐고! 그럴 만한 일을 당한 거라고는 말하지 말아줘, 지니. 너에게도 기독교인다운 선한 마음이 있다는 걸 좀 보여줘!

## 지니의 일기

놈이 그런 거다. 놈이 그런 짓을 했다! 놈은 자기 친동생을 죽였다고! 샤론, 얼른 여길 떠나. 놈한테는 연민이라고는 전혀 없어. 인류애라고는 손톱만큼도 없다니까. 아냐, 난 지금 횡설수설하고 있다. 놈이 나를 겁주려고 그런 소리를 한 거다. 그건 분명 사고였다. 분명 사고였다고. 그걸 어떻게 알지? 차마 부인에게 직접 물어볼 순 없고……

　놈이 '스파이'라고 부른 건 확실히 그를 가리키는 걸 거야. '일시적인 관객' '수레의 다섯번째 바퀴' 또한 마찬가지일 테고. 그래서 부인은 무덤에 갈 때만 밖에 나가는 거야! 자식 무덤에 꽃을 두기 위해서. 또다른 자식이…… 이게 다 무슨 헛소리람!

## 살인자의 일기

지니, 네가 이 글을 읽을 때쯤이면 이미 너무 늦었을 거야.

## 지니의 일기

오후에 놈이 글을 남겨놓았을지도 모르는데 확인하러 올라갈 시간이 없었다. 어쩔 수 없지. 잠이 쏟아진다. 방에 올라오기 전에 버베나차를 한 잔 마신 탓이다. 식당을 치우는 동안 그들이 차를 우려줬거든. 지금은 선 채로 잠들 판이고!

반면 좋은 소식이 하나 있다. 아주 좋은 소식! 식사를 하기 전에 샤론이 부엌 근처에서 어슬렁거렸다. 내가 다가가니 샤론이 속삭였다.

"기억나는 것 같아요, 아까 오후에 수학 수업을 듣는데 갑자기 막 떠오르더라고요. 싸웠던 기억 말이에요. 내가 엄청 심술이 나서 누군가를 세게, 온 힘을 다해서 때렸죠. 정말 화가 났거든요. 누군가가 막 소리를 지르고 이내 싸움이 벌어진 거예요. 보일러 문이 열리더니 그 시뻘건 속이 들여다보이고 열기가 느껴지는데, 내가 누구를 때리는지는 모르겠고요. 꿈속처럼 혼란스러웠어요, 이해돼요? 그런데 정확히는 모르겠어요. 어쩌면 내가 상상해낸 걸 수도 있고요. 아시다시피, 어릴 때는 자주 싸우잖아요!"

"오, 제발, 샤론, 조금만 더 노력해봐요! 내일 산에 가서 다시 얘기해요. 거기선 방해받지 않고 얘기할 수 있을 테니까!"

샤론은 뭔가 덧붙일 말이 있는 듯 입을 열었다가 곧 마음을 바꿨다.

"아니, 그건 안 돼요."

"왜죠?"

"아무것도 아녜요, 내일 봐요."

그때 부인이 들어왔다.

"어머, 젊은 아가씨들, 여기 숨어서 뭐해요?"

요즘 부인은 명랑하다. 부인에게는 다행한 일이다. 나는 접시에 담아놓은 돼지고기 가공식품을 가지러 갔다. 아침 만세, 내일 아침이면 모든 것을 알게 된다!

어쩌면 이렇게 잠이 쏟아진담. 펜이 소오오온에서 빠아아아져나간다. 정말 웃긴다. 정신이 몽롱하다. 버베나차 한 잔 말고는 아무것도 안 마셨는데. 요샌 허브차도 취하게 만드나. 지금은 진을 마시고 싶은 마음조차 없다. 그저 잠이나 자고 싶을 뿐. 내일은 멀쩡한 상태여야 한다, 완전히 멀쩡해야 하니, 얼른 자자!

심각하다. 아주 심각하다. 경찰에 신고하면 틀림없이 다신 돌아오지 못할 것이다. 하지만 달리 방법이 없다. 지금은 정오고, 나는 내 방에 있다. 부인은 정원을 손질하고 있다. 완전 재앙이 닥쳤고, 스스로도 이 상황을 설명할 길이 없다.

아마 언젠가는 사람들이 이 글을 읽을 테니 정확히 기록해야 한다. 나는 물먹은 솜처럼 온몸이 묵직한 상태로 잠에서 깼다. 머리통은 산산조각이 난 듯했고 두 눈은 퉁퉁 부은데다 구토감까지 일었다. 나는 자리에서 일어나 주변을 살폈다. 벌써 날이 환하게 밝았다. 아침 7시일 텐데 환하다니! 이 계절에 아침 7시라면 아직 해가 뜨지 않는데.

나는 방문 앞으로 다가갔다. 놈이 나를 가둔 거야, 나를 가두었다고! 아니, 문은 열렸다. 방문이 열리고, 아주 평온하고 조용한 집안 광경이 펼쳐졌다. 소리라고는 아래층에서 들리는 라디오 소리뿐이었다. 나는 미친 사람처럼 헐레벌떡 아래층으로 계단을 뛰어내려갔다.

"무슨 일이에요? 무슨 일이죠?"

부인이 물뿌리개를 손에 든 채 눈을 동그랗게 뜨고서 나를 쳐다봤다.

"어디 안 좋아요, 지니?"

"다들 어디 있죠?"

"모두들 산에 가기로 했잖아요. 지니, 혹시 어디 아파요?"

"하지만 저도 같이 가기로 했는데, 부인도 아시잖아요!"

부인이 흠칫 뒷걸음질을 쳤다. 불안해하는 기색이 부인의 두 눈에서 역력히 느껴졌다. 물뿌리개에서 물이 뚝뚝 떨어져 양탄자 속으로 스몄다.

"지니, 별수 없었어요."

"왜 저를 깨우지 않으셨어요? 왜?" 나는 악을 썼다.

"지니, 왜 그래요. 부엌에 직접 쪽지까지 남겨뒀으면서……"

"뭐라고요? 쪽지라니요?"

나는 부인에게 가까이 다가갔다. 군데군데 기운 잠옷을 입고 머리는 산발을 한 채. 부인은 식탁에 부딪혔다.

"부엌에 놓아둔 쪽지 말이에요…… 어디 안 좋아요, 지
니?"

나는 부엌으로 달려갔다. 식탁에 하얀 종잇조각 하나가 놓
여 있었다. 나는 멈춰 서서 그걸 물끄러미 바라봤다.

앞으로 몇 발짝 다가갔다. 손을 내밀었다. 나는 앞으로 나
가는 내 손을 지켜봤다. 기분이 아주 묘했다. 손은 백짓장처
럼 하얬다. 나는 종잇조각을 집어들었다. 두 줄의 메시지가 적
힌 종잇조각.

아무래도 너무 피곤해서 잠을 자야겠어요. 죄송해요, 다들 즐거
운 시간 보내시기 바랍니다.

지니

내가 쓴 두 줄의 메시지.

아니, 진짜 내가 쓴 건 아니지만 내 필체와 비슷한 글씨들.
나는 종잇조각을 내려놓으며 돌아섰다.

"죄송합니다."

나는 노부인에게 사과했다. 나도 폭삭 늙어버린 느낌이었
다. 내 방으로 올라갔다. "네가 이 글을 읽을 때쯤이면 이미
너무 늦었을 거야"…… 개자식, 개자식. 나는 울고 싶었다. 동
시에 울고 싶지 않았다. 나는 아빠가 때릴 때도 울지 않았다.

스매시

이 년 징역형을 선고받을 때도 울지 않았다. 나는 울고 싶었다. 아, 정말 끔찍한 이 느낌은 뭐람. 너무나 피곤하다!

전화가 울린다. 두렵다. 부인이 수화기를 들었다. 내게는 아무 소리도 들리지 않는다. 먹은 게 얹힌 듯 속이 불편하다. 부인이 수화기를 내려놓는다. 그리고 나를 부른다. 하느님, 하느님, 제발 부탁입니다.

샤론이 추락했다. 200미터나 되는 낭떠러지에서.

샤론은 죽었다.

나는 잠시 누워 있었다. 그랬더니 지금은 좀 괜찮아졌지만, 여전히 다리에 힘이 하나도 없다. 이 집 사람들은 아직 돌아오지 않았지만 곧 도착할 것이다. 부인은 손가락 마디마디를 비틀며 훌쩍거린다. 부인은 샤론의 부모에게 알리기 위해 병원에도 전화를 걸어야 했다. 나라면 부인 입장이 되고 싶지 않았을 거다. 정말로 비극이다. 달리 표현할 길이 없다.

하지만 이런 일이 계속되도록 좌시하지 않겠다. 내가 이 집을 떠나는 일은 없을 것이다. 샤론은 선량하고 용기 있고 똑똑한 아이였다. 샤론을 죽인 자가 언제까지고 법망을 피해가게 놔두지 않겠다. 그렇긴 하지만, 내 일에 형사들을 끌어들이고 싶지는 않으니 누구의 도움도 받지 않고 내 방식대로 그 더러운 놈에게 셈을 치르게 할 것이다. 그러니 부디, 하느님도 나를 용서하시기를.

나는 내가 쓴 글을 다시 읽고는, 내 안의 복수와 폭력에 대한 갈증에 스스로 너무도 놀랐다. 깊이 생각해봐야겠다. 초인종이 울린다. 그들이다. 다른 목소리들도 섞여 있는 것으로 보아 경찰도 함께인가보다.

## 살인자의 일기

해냈다. 내가 해치웠다고! 샤론은 높은 곳에서 마을을 내려다보고 싶다면서 낭떠러지로 다가갔다. 그애는 우리보다 스키를 더 잘 타서 숲을 가로지르는 제일 어려운 코스를 택했다. 그런데 안개가 내려오는 게 아닌가. 아기 예수님, 감사합니다. 짙은 안개가 깔려서 모두 길을 잃을 수밖에 없었다.

그 아이는 커브를 돌아 낭떠러지 가까이에서 잠시 멈춰서더니 아래쪽에 펼쳐진 아름다운 광경을 보려고 앞으로 몸을 숙였다. 나는 천천히 소리 없이 그 아이 쪽으로 미끄러져 다가갔다. 안개 속으로 눈송이가 떨어지는 소리뿐이었다. 정말 황홀한 순간이었다. 하늘에서 내려오는 흰 눈과, 빨간 옷을 입은 샤론의 모습이 빚어낸 추억.

고개를 돌린 샤론이 나를 보고는 스키 스틱을 들어 흔들었고, 그애의 머리카락이 눈발 속에서 휘날렸다. 샤론은 방긋 미소를 지었다. 나를 발견하고 기분이 좋았던 거다.

나는 계속 미끄러져갔다. 나 자신도 미소 짓고 있음을 깨달았다. 입 주위 근육이 단단해지고 치아에 찬기운이 느껴졌으니 활짝 미소를 지은 게 틀림없다. 그런데 샤론이 팔을 내렸다. 그리고 불현듯 생각에 잠기더니, 갑자기 몹시 큰 충격을 받은 듯 불안에 휩싸인 표정을 지었다. 샤론은 나를 향해 한 팔을 뻗었는데, 나를 밀치려는 것 같았다. 나는 웃고 또 웃었다. 그 아이의 커다란 눈이 공포로 가득했다.

나는 전속력으로 미끄러져서 그애의 코앞에 이르렀다. 샤론이 옆쪽으로 비켜서려는 동시에 스틱이 내 얼굴을 향해 날아들었고, 난 그걸 손으로 잡아 바닥으로 던져버렸다. 나는 또 웃었다. "안 돼, 안 돼!" 하고 말하는 그 아이의 목소리가 들렸다. 그 아이는 "사람 살려, 난 다 알고 있었어!"라고 외쳤다. 몇 번이고 반복해서 "다 알고 있었어!" 하고 외쳤다. 그 아이 얼굴이 바짝 다가왔을 때 난 그애를 있는 힘껏 밀어버렸고, 그애는 얼어붙은 눈더미 위에서 미끄러졌다. "안 돼, 안 돼!" 그 오만한 얼굴로 샤론이 외쳤다! 그애는 양팔을 허우적거렸다. 그 눈동자는 정말 볼만했는데.

나는 낭떠러지 바로 앞에서 멈췄지만, 그애는 기나긴 비명을 지르면서 허공을 날았다. 점퍼 입은 새처럼 말이다. 샤론은 안개 속에서 몇 초 동안 둥둥 떠다녔다. 나는 거기 오래 머물지는 않았다. 그애는 더는 보이지 않았다. 스키를 신은 두 발을 바닥으로 향한 채 눈 속으로 날아가버린 것이다. 나는 힘차게 하강을 시작했다. 숲으로 난 지름길을 통해서 리프트 출발 장소까지 단숨에 미끄러져 내려왔다. 그리고 다시 올라가서 슬로프에 있던 다른 형제들과 합류했다. 우리는 아빠가 걱정하기 시작할 때까지 신나게 같이 스키를 탔다.

샤론은 금세 발견되었다. 마침 크로스컨트리스키를 타던 사람들이 그 옆을 지나갔기 때문이다. 샤론의 몸은 여러 조각으로 부러져서 아주 희한한 모습을 하고 있었다고 했다. 몸이 여러 군데 직각으로 꺾여 있었다. 신원 확인은 아빠가 하러 가셨다.

바에서 아빠를 기다리는 동안, 사람들은 우리를 가리켜 보이면서 측은한 눈빛을 보냈다. 우리는 모두 참담한 심정이었다. 눈에 눈물이 그렁그렁해진 마크는 밖에 나가 잠시 찬바람을 쐬야 했고, 스타크는 계속 손가락 마디만 뚝뚝 꺾어댔다. 클라크는 창백해진 얼굴로 코냑을 들이켰고, 재크는 허공만 물끄러미 바라보면서 애꿎은 손톱만 물어뜯었다.

아빠는 경찰과 함께 오셨는데 사고라고 설명했다. 안개 때문에 샤론이 커브를 돌지 못했다고. 표지판도 없었고, 원래 악천후에는 상급자 코스 이용이 금지되어 있는데 샤론이 너무 자기 실력을 과신한 탓이라고, 커브에서 방향 전환을 못하는 바람에 그렇게 되었다고 말이다.

돌아오는 차 안에서는 아무도 입을 열지 않았다. 아빠는 입술만 깨물었다. 가속페달을 심하게 밟으면서 운전도 험하게 하셨다. 사람들은 예기치 못했던 상황 앞에서는 침착함을 잃고 늘 비뚤어진 반응을 보이기 마련이다. 나야 마음이 아주 차분했다. 두 눈으로 다른 형제들처럼 눈물을 흘리는 동안 머릿속으로는 휘파람을 불었다.

집에서는 당연히 난리가 났다! 지니는 엉엉 울고, 엄마도 그랬다. 샤론의 부모님도 곧 오실 거라고 했다. 샤론은 시체안치실에 보관중이다. 그동안 그 아이 부모님이 장례를 어떻게 진행할지 의논할 것이다.

어이, 지니. 넌 거기에 없었어.

왜 넌 거기 없었을까? 네가 왔었으면 샤론은 여전히 살아 있을 텐데 말이야.

**지니의 일기**

경찰의 방문과 신문, 안타까운 사고…… 충격이 어느 정도 가신 지금도 하염없이 우는 나를 녀석들이 쳐다본다…… 부인은 종일 전화를 붙잡고 산다. 수많은 사람들이 전화를 걸어오기 때문이다. 의사 선생은 아무것도 안 하고 혼자 브랜디를 따라 마시고 시가만 태운다. 난 계속 훌쩍거리고. 형사들은 정말로 어이없는 사고였다고 말하고는 일찌감치 가버렸다. 하긴, 일요일이니까!

위층으로 올라갔다가 놈의 원고를 발견했다. (이런, '원고'라니. 놈이 무슨 기자라도 되는 것처럼!) 눈물이 계속 흘러내려 쪽지 위에 군데군데 얼룩이 생겼지만 상관없었다. 나에게 약을 먹이는 데 성공했으니 그보다 더 고약한 일도 얼마든지 저지를 수 있을 터였다. 차에 뭔가를 탄 게 분명하다. 아, 놈이 선물한 진은 그토록 경계했는데 바보처럼 당하다니! 눈물이 앞을 가려서 아무것도 보이지 않는다. 적어놓은 글자들이 죄 엉망이다.

이 집 사람들이 스키를 복도에 갖다놔서 나는 그것들을 차고에 가져다두어야 한다. 샤론의 스키도 있다.

다 내 잘못이다. 나도 안다. 샤론이라는 이름을 입 밖으로 토해내니 눈물이 두 배로 흐른다. 당장 그만두지 않으면 돌아버릴 것만 같다. 딱 한 잔만 마시고 자리에 누워야겠다. 열쇠로 방문을 잠그고 총을 손에 쥐고서. 자고 나면 좋은 생각이 나겠지. 반드시 놈을 찾아내서 죽여야 한다.


나는 스키를 차고로 가져가서 한쪽 벽에 기대어 세워두었다. 정원 일을 할 때 입는 낡은 작업복들이 걸려 있는 벽 말이다.

낡은 작업복 가운데 바지 하나가 있었다. 체크무늬 바지. 바지는 온통 기름때투성이였지만 핏자국은 없었다. 그러니까, 놈은 거짓말을 한 거다. 내가 놈의 말을 믿은 사이 느긋하게 핏자국을 지울 시간을 번 것이다. 놈은 나를 어린아이처럼 조종한다. 숨을 쉬듯 거짓말을 해대면서. 그러니 행간을 읽는 법을 배워야겠다.

샤론의 스키는 이 집 형제들 스키보다 크기가 작다. 난 그 작은 스키를 다른 스키들로부터 약간 떨어뜨려놓았다. 스키 한 짝은 부서져 있었다.

장례식은 모레 거행된다.

오늘 아침, 집안 분위기는 괴괴하다. 형제들은 집안에서 어슬렁거린다. 아무도 말을 하지 않는다. 지난밤 나는 악몽을 꿨다. 누군가가 침대 시트로 나를 질식시키는 꿈이었다. 나는 비명을 질렀다. 어찌나 진땀을 흘렸는지, 잠에서 깨었을 때 머리카락이 온통 몸에 찰싹 달라붙어 있었다. 나는 위층에 올라가서 둘러보았지만, 아무것도 없었다. 점심식사로는 닭고기수프를 준비했다.

**살인자의 일기**
반쯤 열린 문틈으로, 지니가 음식을 준비하는 모습을 지켜보

앉다. 불그죽죽한 양손과 앞치마, 양발, 퉁퉁한 두 다리가 보였다. 그걸 보니 조금도 배가 고프지 않았다.

우리 모두 무척 고단했다. 숨통을 트이게 해줄 뭔가가 필요했다. 최근 순식간에 너무 많은 사건이 일어났으니 말이다. 우리가 기계는 아니잖아, 안 그래? 꿈에 샤론이 나왔다. 그 아이는 하얀 시트를 덮어쓴 채 비명을 질러댔다. 그래서 그애가 조용해질 때까지 시트를 덮어둔 채로 마구 때렸다.

눈이 그쳤다. 겨우 3시밖에 안 되었는데 바깥은 굉장히 어둡다. 모레 샤론은 땅에 묻힐 것이다. 우리는 빨간 꽃과 흰 꽃으로 된 아주 예쁜 화환을 주문했다. "우리 귀염둥이 샤론에게"라는 문구까지 새겨달라고 했다. 빨리 장례식 날이 되면 좋겠다. 그러면 멋진 옷을 입을 거고, 관 위에 흙도 뿌릴 거고, 찬송가도 부를 테니까. 난 그런 걸 엄청 좋아한다. 샤론의 부모님은 서로 의견이 맞지 않았다. 그애의 엄마는 유대교 예식을 원했고 외삼촌은 가톨릭식을 주장했는데, 결국 그애 엄마가 양보했······ 봐, 그애는 죽어서도 분란만 만든다니까.

내가 왜 여전히 너랑 수다를 떠는지 나도 잘 모르겠어, 지니. 틀림없이 내 영혼이 선량하기 때문이겠지. 내 일기를 적어놓은 종이를 네가 가져가는 건 별로야. 그러니까 충고 한마디 하겠는데, 앞으로 다시는 그런 짓 하지 마.

추신. 드디어 네가 죽을 날을 정했어.

## 지니의 일기(녹음기)

전부 다 토해내고 싶은 심정이다. 음, 음, 내가 이 녹음기 앞에서 말을 하기로 결심한 건, 그건 그러니까, 음, 음, 이 방식이 편하기 때문이다. 이제 펜을 제대로 쥐고 있기 힘드니까. 그리고 또, 녹음테이프는 지울 수도 있고, 그리고 놈에게 받은 대로 갚아주는 것이기도 하지. 그러므로 반드시 이 기계를 사용하는 법을 익혀야 한다.

내 생각은 이렇다. 이 녹음기를 부인의 침실에 숨겨두고 거기서 일어나는 일을 전부 녹음하는 것이다. 어쩌면 놈은 소리 내 말을 할지도 모른다. 확신할 수는 없지만, 놈은 웃을 수도 있고, 기침을 할 수도 있고, 아무튼 놈의 정체를 드러낼 만한 뭔가를 할지도 모른다……

자, 다시 녹음을 시작한다. 실례했어요, 사실 몸을 훈훈하게 해줄 만한 걸 홀짝거리고 왔다.

기계 앞에서 말을 하려니 진짜 웃긴다. 바보가 된 기분이다. 흐흐, 녹음기 씨. 내 소리가 들리나요? 자꾸 웃음이 나오네…… 자, 이제 그만 침대로 가자. 잘 자, 요망한 기계야.

나는 아직 살아 있는데, 곧 죽을 거라고 생각하니 웃긴다. 책에서 읽은 내용들을 머릿속에 어렵게 꾹꾹 눌러 담았는데 결국 아무 소용이 없다. 총도 한 자루 샀는데, 그것도 아무 소용 없다. 심지어 취하도록 술을 마시는 것조차 불가능하다. 취하고, 또 취하고. 정말이지 늘 경계 태세로 지내는 것도 지긋지긋하다. 차렷, 여왕의 병사들이여. 여왕님은 전혀 신경쓰지 않는데, 여왕님은 등 따시게 버킹엄궁전에 들어앉아 멧새 요리나 잡수시는데. 늙다리 주정뱅이 신세라니! 내가 죽을 날을 정했다니. 아니, 뭐든 다 제멋대로 해도 좋다고 믿는 모양이지, 그 조무래기가! 내 이놈을 그냥, 가서 혼을 좀 내줘야겠어…… 어, 머리가 빙빙 돈다…… 잠이나 자야지.

## 살인자의 일기

나는 엄마 방에 있다. 엄마는 아래층에서 경찰과 얘기중이고. 지니도 아래층에 있다. 얘기가 좀 길어지나보다. 경찰이 찾아온 건 캐런 사건 때문이다. 그자들은 혹시 새로운 단서라도 있나 하고 잊을 만하면 들른다. 늙은 개처럼 여기저기를 기웃거리며 냄새를 맡아대서 이 근방의 영리한 살인자들을 심란하게 만든다. 하지만 동네 사람 전체를 범인 취급할 수는 없지 않은가. 음, 그래, 어디 잘해봐. 냄새나 실컷 맡고 다니라고, 이 개자식들아. 해묵은 뼈다귀들을 파내보시지…… 모두들 바쁘다. 마크는 서류를 작성하는 중이고, 재크는 색소폰을 닦고 있고, 스타크는 전자 장난감을 만들고 있고, 클라크는 아령으로 운동하는 중이다. 그리고 아빠는 새로 나온 논문을 읽고 있다.

무엇보다도 지니의 목소리를 잘 살펴야 한다. 이거 보라니까, 지니, 난 항상 너에게 관심이 많아. 요새도 내 일기를 훔쳐보니? 그걸 어떻게 확인한담? 네가 요새 너무 조심스럽게 움직여서……

너, 내가 뭘 하고 싶은지 알아? 난 말이지, 네 방문을 열고서 이렇게 말하고 싶어. "안녕, 지니, 나야. 안녕, 지니, 나야!" 꽤 괜찮은 인사라고 생각해. 차분하고, 절제되어 있고, 영화에 나오는 미친놈들 같진 않잖아. 그러면 넌 이렇게 더듬거리겠지. "난 영문을 모르겠어……" 그리고 넌 죽는 거야, 네 입을 나의 거기에 딱 붙이고서. 발정난 암캐처럼 신음하면서 죽는 거지. 내 손이 너의 목덜미를 힘껏 누르고 있으면, 넌 쾌락을 맛볼 거라고. 그렇잖아, 넌 쾌감에 헐떡거릴 거라니까, 이년아. 너 때문에 구역질이 나! 이런, 씻으러 가야겠다. 바지를 갈아입어야겠어. 너무 덥다. 혹시 병이 난 걸까?

아니, 난 병이 난 게 아니다. 그건 내가 알지. 기분도 좋고, 머릿속도 맑다. 열도 없고. 샤론, 넌 왜 나를 죽이지 않았지? 왜? 네가 양손으로 내 머리를 쥐고서 바닥에 찧어댔잖아, 보일러는 활활 타올랐는데…… 왜 나를 죽이지 않은 거야? 그리고 재커라이어스, 너는 왜 그렇게 쳐다보고만 있었어? 난 이제 이 따위 일기는 쓰기 싫어. 이제 다 싫어. 막 화가 나. 무지 화가 난다고. 난 너희를 증오해!

**지니의 일기**

오늘(화요일)의 보고.

2시. 경찰이 왔다. 그들이 뭔가 의심하고 있다는 느낌이 든다. 경찰은 이 집 아들들이 요새 어디 다녀온 적이 있는지 물었다. "아뇨." 부인이 입을 하트 모양으로 오므리며 대답했다. 묻지 않았는데도 내가 나섰다. "있죠, 뎀버리에 다녀왔잖아요." 부인은 신경질적인 투로 내 말을 정정했다. "아니죠, 지니, 그애들은 뎀버리가 아니라 스콧필드에 사는 고모 댁에 다녀온 거예요." 나는 더는 아무 말도 하지 않았다. 스콧필드에 가려면 뎀버리를 반드시 지나야 하니까. 형사는 수첩에 이 내용을 다 적었다. 매일 전 세계에서 작성되는 메모들이라니, 생각만 해도 어지럽다. 비스킷, 차, 경찰들과의 작별.

5시. 이 집 식구들이 크리스마스트리를 구하러 외출한 사이에 나는 녹음기를 가지러 위층으로 올라갔다. 샤론이 죽어도 이자들은 식욕이 떨어지지 않는 듯하다. 그런 생각을 하면서 동시에 나는 글을 아주 급하게 훑어보고는 종잇장들을 일부러 어질러놓았다. 이제 시작이다.

밤 11시. 녹음된 내용을 들어보고서 소감을 기록할 작정이다. 나는 음량을 아주 조그맣게 줄인다. 텔레비전에 나오는 헤드폰을 하나 장만해야 할까 싶다. 자, 헛된 생각은 그만하고, 작업 시작.

녹음한 내용 보고.

문이 열리더니, 누군가가 양탄자 위를 걷는 소리가 들린다. 그자가 벽장 문을 열자 문이 약간 삐걱거린다. 아주 자그마한 소리. 틀림없이 놈이 코트를 만지는 소리다……

아, 그러면 그렇지, 종이 바스락거리는 소리. 놈은 종이를 반듯하게 편다. 이어지는 펜소리. 분명 만년필로 쓰는 거야…… 놈이 글을 쓰다 멈춘다. 자주 멈춘다. 문장을 쓰는 사이사이 생각을 하는 모양이다. 놈의 숨결이 점점 거칠어진다. 혼자 속으로 추잡한 욕설을 지껄여대기 때문일까…… 오, 말을 한다!

나는 녹음기를 되감아 다시 들어본다. 많이 쉰 듯한, 탁한 목소리. 놈이 속삭인다. "안녕, 지니, 나야." 놈은 같은 말을 두 번 반복한다. 천천히 간격을 두고. 그러고는 아주 거칠게 숨을 쉬는데, 거의 쇳소리처럼 들린다. 도대체 무슨 꿍꿍이지? 아, 이런 바보 같으니. 내가 그렇지 뭐. 그래, 놈은 이제 세게 나오려는 거야! "계집년!" 놈은 어린아이 목소리가 아니라 악몽

속에서나 들을 법한 목소리로 또렷하게 내뱉는다. "계집년."

전에 언젠가 들었던 쉭쉭거리는 소리, 꼭 물기를 짜다가 갑자기 툭 던져버린 빨래처럼 잔뜩 뒤틀린 소리. 이제 놈은 다시 차분해졌다. 손가락 마디를 뚝뚝 꺾으면서 크게 호흡한다. 종이를 접고, 접은 종이를 정리한다. 빠른 발소리, 문 닫히는 소리. 가슴 뛰게 하는 방송은 여기서 끝. 이상 '실시간 살인 중계방송'이었습니다.

이제 놈이 정말로 미친놈의 목소리를 가지고 있다는 사실을 확실히 알게 되었다. 그건 단순히 나를 겁주려고 꾸민 목소리가 아니다. 놈은 대개 제정신이 아닌 상태라고 보아야 한다. 건장한 젊은이의 모습 뒤에 숨은 괴물, 끔찍한 목소리와 끔찍한 욕망, 끔찍한 계획을 가진 괴물이 본래의 선량한 젊은이를 거의 다 잡아먹은 것이다.

내일은 8시에 묘지로 출발한다. 샤론의 아버지가 올 것이다. (그애의 어머니는 여전히 입원해 있다. 골반 골절로 움직일 수가 없다.)

나는 결심했다. 놈에게 응답할 것이다. 놈이 벌이는 게임 속으로 들어가야 놈을 지배할 수 있을 테니까. 우리 아빠는 유도 이야기를 하며 이렇게 말씀하셨다. "상대의 힘을 이용할 줄 알아야 해. 상대의 어깨에 기대는 척하다가 상대의 균형을 무너뜨리는 거지." 아빠는 단 한 번도 유도를 해본 적 없지만.

## 살인자의 일기

묘지에서 즐기는 감미로운 소풍. 장례 행렬의 흔적이 새겨진 흰 눈. 풍성한 꽃, 무수한 조문객. 그렇게나 안타까운 사고라니, 가엾기도 해라. 이게 무슨 잇따른 참사란 말인가! 흠잡을 데라고는 없이 너무도 적절하게 차려입은 우리의 모습은 아주 보기 좋았다. 꼭 네 명의 새신랑 같았다고 할까. 죽음과 결혼하는 신랑들. 참으로 건장하지만, 창백한 안색으로 예식 내내 꼿꼿하게 서 있던 네 장정들……

엄마는 완전히 기진맥진하셔서 우리가 부축해드렸다. 아빠는 목청껏 찬송가를 부르셨다.

캐런의 부모도 왔다. 남의 집 딸 장례식에도 참석하다니 자기 딸을 묻은 것만으로는 성에 차지 않았던 모양이네! 휠체어를 탄 샤론의 아빠는 간호사까지 대동하고 장례식에 참석했다. 간호사가 주사를 놔줘야 했으니까. 그리고 캐런 사건을 담당한 형사 두 명도 왔다. 그건 마음에 들지 않았다.

그 점만 빼면 모든 것이 다 순조로웠다. 내 머리카락 위로 눈송이들이 떨어졌다. 기분좋았다. 사람들이 조심스럽게 나무상자, 그러니까 관을 들고 왔다. 캐런 때와 마찬가지로 엷은 빛깔 나무로 만든, 젊은 여자들을 위해 아름다운 흰 목재로 짠 관이었다.

우리는 연민과 슬픔을 안고 고개를 떨궜다. 신부는 그런 상황에서 늘 하는 말들을 낭송했다. 지니도 고개를 푹 숙이고 있었는데, 예상대로 내내 울고 있었다. 덕분에 뭉툭한 코가 새빨개졌던데. 그렇게 눈물이나 짜면서 평생을 보낼 거야, 사랑하는 지니? 혹시 내가 너를 품에 꼭 안고서 위로해주기를 바라는 건 아니고?

하늘은 어두컴컴했다. 번개도 치고. 난 번개는 별로 좋아하지 않는다. 아침인데도 벌써 저녁이 된 것 같았다. 성경에서 얘기하는 구름 기둥 같다고 해야 하나. 아무튼 장례식이 빨리 끝났으면 했다. 나도 다른 사람들처럼 눈을 모아서 구덩이 속에 던졌다. 투둑. 정말로 그렇게 투둑 소리가 났고 그것으로 끝이었다. 샤론은 그 밑에 있었고, 다시는 나오지 못할 테지. 그 아이는 절대 열여덟, 스무 살이 될 수 없을 것이다. 앞으로도 쭉 예전의 그 아이로 남아 있을 것이다. 환하게 빛나는 웃음을 머금고 검은 머리칼을 지닌 채로, 나무 관 속에 똑바로 누워 갇혀 지내게 될 거라는 말이지. 아, 혹시 그 아이가 입고 있던 빨간 점퍼도 그 안에 넣었을까?

이윽고 우리는 그 자리를 떠났다. 그리고 불쌍한 재커라이어스의 무덤 앞을 지나갔다. 나는 엄마가 그의 무덤을 향해 슬픔 가득한 눈길을 던지는 모습을 봤다. 무덤 위엔 싱싱한 꽃다발이 놓여 있었다. 그 꽃들을 짓밟아버리고 싶었다. "날

스매시

이 차군." 아빠가 말했다. 엄마는 "서글픈 날이죠"라고 대꾸했다. 마크는 "가여운 녀석"이라고 했다. 그러자 클라크가 "그런 일이 일어났다는 걸 믿을 수 없어"라고 덧붙였고. 재크도 "너희도 삼촌 봤지? 너무 안됐어"라고 한마디했다. 이어서 스타크는 "정말 상냥한 아이였는데"라고 말했다.

## 지니의 일기

저녁에 이 집 식구들이 식전주를 마시는 사이 위층에 올라갔다. 벌써 글이 놓여 있었다. 나는 "너, 샤론을 좋아했구나?"라고 그 위에 비딱하게 써놓고는 얼른 자리를 떴다. 어떻게 될지는 두고 보면 알겠지.

나는 이 구질한 동네와 이 추위, 이 적막함을 증오한다. 특히 이 적막은 비명마저 들리지 않게 한다. 싸워봐야 아무 소용 없다. 무슨 짓을 하든 무의미하다는 느낌을 받는다. 그나저나 정말 웃기네. 공책을 채워가면서 점점 더 멋있는 문장을 쓰게 되잖아. 내가 보기엔 그렇다는 말이다. 그래서 사람들은 자기 얘기를 하는 걸 좋아하는 모양이다.

장례식장에서 나는 눈물을 쏟았다. 흘러내린 눈물이 뺨에 얼어붙는 게 느껴졌다. 형제들은 말이 없었다. 적의를 가득 품은 듯했다. 이유는 잘 모르겠지만, 하여간 그런 생각이 들었다. 적의를 가득 품고 있다고. 샤론의 무덤을 떠나면서 우리는 어느 어린아이의 무덤 앞을 지났는데, 그때 대리석에 새겨진 묘비명을 보았다. "열 살이 되던 해, 가족들의 애정어린 품을 떠난 재커라이어스 마치에게. 그가 평화롭게 영면하기를." 그 앞을 지날 때 부인은 몸이 잔뜩 굳은 채 손을 가슴으로 가져갔다. 형제들은 고개조차 돌리지 않고 그냥 지나쳤다. 저들은 그 아이를 미워했나?

그토록 애지중지하는 일기장에 내가 휘갈겨놓은 글을 보고 놈이 어떤 반응을 보일지 어서 알고 싶다. 아직 끝난 게 아니야, 이 미친놈아!

난 무에 관한 이야기를 다시 생각해보았다. 하지만 아빠의 말처럼, 영 오리무중이었다. 오늘 저녁에는 집 구석구석을 한 번 돌아보기로 마음먹었다. 탐색을 좀 해보겠다는 얘기다. 식구들이 잠들기를 기다린다.

나는 우선 빨래 바구니부터 살폈다. 거기서 얼룩진 청바지 하나가 나왔다. 하지만 어제 이 집 형제들은 모두 똑같은 청바지, 그러니까 젊은 사람들이 좋아하는 스티치가 돋보이는 브랜드의 바지를 입었다. 사실 청바지라면 그 녀석들은 산더미만큼 많이 가지고 있다. 심지어 의사 선생도 가지고 있다. 부인까지도. 무슨 청바지 광고라도 하나.

이 집안에서는 모든 게 다 광고다. 흡사 식구 모두가 리포터들의 방문을 기다리면서 사는 것 같다고 해야 하나. 게다가 모든 건 항상 깨끗해야 한다.

아무 소리도 들리지 않는다. 방밖으로 나갈 거다. 만일에 대비해서, 총과 녹음기를 집어든다.

스키를 좀더 꼼꼼하게 들여다볼 작정이다. 어쩌면 거기에 무슨 단서라도 있을지 모르니까.

## 살인자의 일기

나는 내 방에 있다. 그런데 밖에서 무슨 소리가 들린다. 누군가가 복도에서 걸어다니는 소리. 누구일지 짐작이 간다…… 그 조심성 없는 여자인 게 아주 확실하지. 하지만 안심해, 오늘밤은 아니니까. 스파이 노릇 잘해봐. 기회를 잘 활용하라고! 너보다 먼저 스파이짓을 하던 자의 무덤을 잘 봤겠지. 그짓을 해서 어떻게 됐는지 말이야!

저 여자는 분명 차고로 갈 거다.

나는 샤론을 사랑하지 않았다. 난 아무도 사랑하지 않아. 이제껏 아무도 사랑한 적이 없다. 나는 심약한 사람이 아니야, 알겠어? 그러니 구역질나는 글줄 따위를 갈겨대면서 내 일기장을 더럽히지 마. 앞으로 금지야, 이 늙다리 멍청이, 뚱뚱이 쇠고집. 넌 아무것도 몰라!

목이 탄다. 넌 내가 너를 미행하기를 바랄 테지, 안 그래? 그러면 나를 꼼짝 못하게 붙잡을 수 있을 거라고 생각하면서 말이야. 내가 애송이라고 착각하는 모양이지? 난 네가 집안을 배회하면서 시간 낭비하는 동안 여기서 이렇게 따뜻하게 있을 거야.

혹시 내가 악마일 수도 있다고는 생각해본 적 없어?

## 지니의 일기

휴, 탐색을 한차례 마쳤다! 스키들을 요모조모 들여다보았지만, 전부 긁히고 찍힌 흠집투성이라 아무것도 알아낼 수 없었다. 빨간 페인트 자국이 있는 스키 한 짝을 발견했다거나 하는 소득은 전혀 없었다. 어쩔 수 없는 노릇이다. 추리소설 속이 아니니까.

돌아오는 길에 서재에 들러서 의사 선생의 브랜디를 한 모금 했다. 서재는 내가 좋아하는 공간이 아니다. 어둠침침하고 폐쇄적인데다 시가냄새까지 배어 있다. 주인 나리는 여기서 일한다.

나는 의사 선생의 책상 앞에 앉았다. 검은 참나무로 만든 아름다운 책상이다.

믿거나 말거나, 결국 부인의 코트 때와 똑같은 얘기다. 아무래도 이것이 내 숙명인 모양이다. (숙명, 이건 내가 감방에서 배운 근사한 말이다. 미셸은 언제나 "내가 내 아이들을 죽인 건, 그것이 내 숙명이었기 때문이야"라고 말했다. 가엾은 미셸, 아직도 십 년이나 더 거기서 썩어야 하다니.)

손으로 책상 상판의 위와 아래를 쓰다듬어본다. 나는 나무가 좋다. 책상 위에 놓인 받침을 들춰보고, 분홍색 압지 뭉치도 만져본다. 거기엔 최근에 쓴 것으로 보이는 글씨 자국도 몇 줄 남아 있다(나는 사람들이 이 대목을 읽을지, 그러면서 내가 제법 글을 잘 쓴다고 생각할지 궁금하다). 조금 더 가까이 들여다본다. 나는 압지에 남은 흔적을 읽는 걸 좋아한다. 꼭 비밀 메시지 같으니까.

역시나 나를 실망시키지 않았다고, 확실히 말할 수 있다. 그저 단어 몇 개에 불과하긴 했지만. "언제나 성심을 다해." 편지에 쓰는 마지막 인사. 놈이 쓴 편지의 마지막 구절. 편지 위 글자를 정성껏 말린 다음 가지고 올라간 거다. 오늘 오후, 모두가 집안을 서성거리는 동안 놈은 서재에 와서 글을 썼다. 차분하게.

물론, 누가 서재에 갔는지 기억해낼 재간은 없다.

게다가 그게 전부가 아니다. 일단 압지를 발견하고는 기대감에 부풀어 서재 전체를 뒤지기 시작했다. 그러다 계단에서 무슨 소리가 들리는 것 같아 잠시 겁을 먹고 총을 빼들었으나, 더이상은 아무 기척도 없었다.

나는 혹시 누가 숨쉬는 소리가 들리는지 귀를 기울였다. 목재 계단은 삐걱거릴 순 있어도 숨을 쉬진 않으니까. 하지만 아니었다. 나는 다시 방을 뒤지기 시작했다. 손을 책상 아래쪽으로 쑥 밀어넣었다. 팔꿈치가 들어갈 정도로 깊숙하게 밀어넣었더니(이렇게 하는 걸 스파이 영화에서 본 적 있다. 좋았어!) 딱딱하고 편편한 뭔가가 손에 닿았다. 끄집어냈다. 자그마한 책자였다. 검은색 표지에 가장자리가 빨간 속지. 기도서 같았다. 재밌네. 그 작은 책자를 나무판 밑에 셀로판테이프로 붙여놨다.

책자를 펼쳐봤다. 그냥 책자가 아니었다. 끔찍한 상태였다.

여러 장의 크로키였다. 어린 소녀의 얼굴, 그리고 왠지 친숙해 보이는 어린 사내아이의 얼굴, 이어지는 다른 여자아이들의 얼굴, 캐런의 얼굴, 샤론의 얼굴, 그리고 내 얼굴.

굳은 미소를 띤 얼굴. 완벽하게 그려진 얼굴. 다만 모든 그림이 눈에 구멍이 뚫려 있었다. 말 그대로 구멍이 뚫려 있었다는 말이다. 그리고 각각의 안와 속에서 바로 밑에 놓인 그림속 주인공의 눈이 보였다.

내가 마지막이었다. 나의 휑한 안와 밑에 빨간 압지를 댔는지, 벌건 눈을 한 채 미소 짓는 모습이었다. 손자국, 아주 선명한 빨간색 손자국이 마치 얼굴을 쓰다듬듯이 총 열두 개의 얼굴에 나 있는데, 좀더 바짝 들여다보니 뭐랄까, 그건 손이 아니라 굉장히 마르고 예리한 갈퀴를 가진, 죽음의 지문이었다.

죽음의 지문이 내 얼굴에 찍혀 있었다. 그런 손을 가진 사람은 아무도 없다. 내 입을 만지려 하는, 뼈만 앙상한 세 개의 기다란 손가락.

나는 왜 어린 사내아이의 얼굴이 친숙하게 느껴졌는지 문득 그 이유를 깨달았다. 바로 이 집 형제의 얼굴이었던 것이다! 그러면서 나는 집안 어디에도 그들의 어린 시절 사진이 없다는 사실에 주목했다. 집안에 놓인 사진 속 형제들은 늘 적어도 열두 살은 되어 보였다.

이 집에서는 무슨 일이 있었던 걸까? 나는 책자를 다시 원래 있던 자리에 붙여놓았다. 제발 잘 붙어 있어주기를. 지금도 몸이 떨린다. 권총이 내 허벅지를 툭툭 건드린다. 이 집의 누군가가 죽은 자들, 죽음과 관련된 것들을 가지고 장난을 치고 있다. 정신착란 상태에서 인간으로서의 면모를 모두 잃어버린 누군가가.

## 백핸드

**지니의 일기**

형제들이 외출한 직후 나는 위층으로 올라갔고, 글을 읽었다. …… "악마"라고? 마치 놈은 내가 서재에서 무얼 발견하게 될지 진작에 다 알았다는 투였다. 어차피 놈이 적어놓은 글은 믿지 않았고, 이제 와서 믿을 까닭도 없다. 그건 그저 연막에 지나지 않을 것이다. 그래, 맞아, 연막이지. 브랜디 기운 때문에 정신 산란한 것들뿐인 그곳에서 괴물을 본 것이다.

그냥 놈이 내가 집안을 걸어다니는 소리를 들었고, 어쩌면 내가 자기의 '기도서'를 발견할 수도 있겠다 싶어서 악마라는 말을 끄적거려둔 것이다. 나를 놀래켜주려고 말이다. 놈은 마술사처럼 행동한다. 놈이 겉으로 보여주는 것 이면에는 그와 다른 무슨 꿍꿍이가 있다. 가령 나의 주의를 다른 데로 돌리려고 한다든가. 술집에서 손님을 끌어들일 때나 사용하는 하찮은 꼼수를 써서 자기 얼굴이 드러나지 않게 내 주의를 흩뜨리려는 수작이지! 하지만 이보세요, 난 아침엔 정신이 맑거든요. 술기운 때문에 몽롱하지 않다고요. 생각이란 것도 할 수 있고요!

나는 놈의 일기에 "왜 샤론을 두려워했지? 왜 여자들을 두려워하는 거야?"라고 적어놓았다. 그리고 그 문장에 굵은 선으로 동그라미를 쳐놓았다. 나를 증오하라지. 이래도 식탁에서 계속 나에게 미소 지을 수 있는지 보자고. 나는 놈이 스스로 정체를 드러내도록 할 작정이다. 놈을 막다른 골목으로 몰아세울 것이다.

하지만 그게 사실이라면? 이 집에서 누군가가 정말로 사악한 마술을 부리고 있는 거라면? 그자가 정말로 자기를 악마라고 믿는 거라면? 시내에 나가야 한다. 그 문제에 관해 뭔가 찾아봐야겠다. 만일 놈이 자신에게 악마가 씌었다고 믿는다면, 아마 퇴마 의식도 믿을 것이다. 그러니까 내 말은, 내가 퇴마 의식을 해줄 수 있다고 믿게만 한다면, 놈은 어쩌면 본래의 모습으로 돌아올 수 있을 거라는 뜻이다. 당연히 놈은 악마가 아니니까. 악마라니 말도 안 된다.

의사 선생에게 크리스마스 선물을 사러 가야 한다며 마을에 데려다달라고 부탁해야겠다.

**살인자의 일기**

지니는 시내에 있다. 너 말이야, 지금 시내에 있다고. 거기서 뭔가를 뒤지고, 찾고, 냄새를 맡고 다니는 중이다. 하지만 아무것도 없을걸. 아무것도 찾아내지 못할 거라고. 나는 누구의 손도 미치지 않는 존재다. 네가 그 책을 들춰보았다는 사실도 알고 있다. 감히 네가 그걸 보다니. 나의 소중한 일기장을 모독하다니…… 불경한 것! 신성모독자! 불경한 일만 골라가면서 하고 있지! 이곳의 주인은 나다. 그 사실을 아직도 깨닫지 못했단 말이야? 내가 주인이라고! 샤론도 너처럼 그 사실을 깨닫지 못했지. 가엾은 샤론…… 나는 주인이고, 너희는 나의 장난감이다. 그런데도 너는 감히 나를 똑바로 빤히 쳐다본다. 다른 사람들은 모두 내 앞에서 몸을 굽히는데. 온 세상이 뿌리부터 흔들리고 있다.

네가 더럽힌 종잇장은 모두 찢어버려야 했다. 흉측해지고, 악취를 풍기게 되어버렸으니까. 악취를 풍겼다고, 알아들어? 두려움의 악취. 그들이 뭔가 낌새를 알아챘을 때 나는 냄새. 다 알게 되었을 때 나는 그 끔찍한 냄새. 넌 네 안에 그 끔찍한 냄새를 품고 있지. 밖으로 새어나오려고, 살을 뚫고 나와 널리 퍼지려고 조금이라도 틈이 생기기만을 기다리는 냄새. 우리가, 우리같이 산 사람들이 계속 숨을 쉬기 위해서 어떻게 해서든 상자 속이나 구멍 깊숙이 가둬두는 그 끔찍한 냄새. 괴로워, 괴롭다고. 네가 여기 존재하는 게 싫어. 너랑 놀고 싶지 않아. 난 너랑 놀고 싶지 않다고!

누구도 내가 다시 시작하는 걸 막을 순 없어. 내가 원하는 한. 그게 언제인지 말해주지. 어디가 될지도. 그렇다 해도 넌 아무것도 할 수 없을 거야. 왜냐하면 내가 주인이니까.

## 지니

너 자신에 대해서 떠벌리는 대신 네 가족의 삶에 대해서 들려주는 건 어때? 그게 더 재미있거든. 예를 들어 네 동생의 장례식은 어때? 분명 너희 가족에게는 굉장한 사건이었을 테니 말이야……

## 살인자의 일기

내 종이를 또 더럽히다니…… 도대체 뭘 믿고 그렇게 날뛰는 거지? 혹시 미친 거 아냐? 뭘 어쩌자는 거야? 날 자극하고, 날 화나게 하고, 화가 난 내가 스스로 정체를 드러내게 만들려는 건가……? 나를 바보 멍청이 취급 하는 거야? 이봐, 지니, 하긴 네가 순수한 마음 따위를 믿을 수도 있겠지, 내가 식탁 앞에 앉으면서 네게 "아니, 지니, 왜 내 비밀 일기장을 더럽히는 거죠?"라고 소리쳐 물을 거라고 기대할 수도 있을 거야.

그건 망상이야, 지니…… 넌 내가 욱하는 기질이 있으니 정말 필요한 순간에도 스스로를 통제하지 못할 거라고 생각하는 모양이지? 그 꼬맹이 재커라이어스 이야기를 자꾸 꺼내면 내가 화를 낼 거라고 믿는 거야? 넌 너무 성급하게 판단하는군. 내가 얼마나 침착한지 봐. 난 네가 어떻게 나올지 짐작했어. 처음부터 네 반응을 예상했다고. 심지어 네가 그 책을 찾아낼 거라는 것도 예상했잖아. 네가 그걸 찾아내고 흡족해했으리라는 것도 알고 있었지. 그런데 그건 네 문제일 뿐이지.

그러니 가끔은 사건의 이면을 보려고도 노력해봐…… 오! 아니야. 그런 말이 다 무슨 소용이겠어. 그냥 내가 포기해야지. 넌 그저 하찮은 피조물에 불과하니 말이야. 내가 널 위해서 뭘 어떻게 해줄 수 있겠어!

## 지니의 일기

그러니까, 결국 놈은 노상 떠벌려대던 헛소리보다는 대화에 더 흥미를 보이는 것이다. 설마! 흥, 무려 십팔 년 동안이나 자기 안에 있는 정신 나간 미친놈보다 더 나은 상대와 대화해본 적이 없다니! 놈은 내가 없었다면 나 같은 존재를 상상으로 만들어냈을 거야! 그 더러운 놈의 일기만 해도 그렇잖아, 이야기하기 위해서 뭔가를 혹은 누군가를 만들어낸 거다……

어제 마을에서 주술에 관한 책과 퇴마 의식에 관한 책을 한 권씩 샀다. 이렇게 작은 마을에 그런 책을 사는 고객이 있다니 웃기는 일이다. "이런 책을 찾는 고객들이 정기적으로 찾아오죠." 남자 점원은 수수께끼 같은 표정을 지으며 그렇게 말했다.

나는 두 권 모두 열심히 읽었다. 각종 주술이며 악마 빙의 어쩌고저쩌고. 아, 내가 희생양이 되는 것 같은 이 느낌은 뭐람!

아무튼, 아주 근사한 퇴마 의식을 하나 발견했다. 악행을 반복적으로, 그것도 아주 지옥 같은 악행을 벌이는 악마에게 딱 적합한 의식이었다. 거기 어울리는 연출 방법을 궁리해야 할 것이다. 절대로 무작정 서두르면 안 된다.

놈에게는 아무 메시지도 남기지 않았다. 그저 놈의 종이들을 잘게 잘라냈을 뿐이다. 그렇게 하지 않을 수 없었다. 놈의 대갈통을 박살내고 싶은 심정이었으니까. 그렇지만 지금 나는 약간 두렵다. 앞으로 최대한 잠을 줄여야겠다.

**살인자의 일기**

너를 증오해.

넌 내 작품, 나의 말, 나의 음성을 훼손하고 난도질했어. 예리한 가위로 싹둑싹둑. 나를 죽이고 싶었겠지. 나도 알아. 난, 싹둑싹둑, 종이로 된 내 살에 가위가 닿을 때 느껴지는 쾌감을 잘 알아. 너는 텔레비전에 나오는 미친 여자들처럼 편집증 환자야. 그래, 맞아, 바로 편집증 환자라고, 늙고 추한 편집증 환자. 난 너를 증오해.

이제 난, 아니지, 이건 네가 읽어선 안 돼. 그래도 아무튼. 네가 우리 돈으로 살집을 불려가는 동안에도 시간은 계속 흘러가지.

어제 엄마가 샤론 얘기를 꺼냈다. 여느 때와 마찬가지로 조금 훌쩍거리기도 했다. 그래서 난 엄마를 위로했다. 엄마랑 나랑 둘뿐이었다. "울지 마세요, 사람들이 반드시 놈을 잡을 테니까요, 자……" 엄마는 묘한 표정으로 나를 바라봤고, 난 엄마가 나를 끔찍하게 여긴다는 사실을 깨달았다. 어쩔 수 없이…… 아니, 엄마는 안 돼, 물론 안 되지. 그런 짓은 하지 않을 거야. 하지만 그게 내가 저지른 최초의 실수였다. 대단히 심각할 수도 있을 실수.

## 지니의 일기

멍청한 놈! 계속 이런 식이면 놈은 정체를 드러내고 말 것이다. 놈은 자기가 떠벌리는 것보다 훨씬 더 신경이 곤두선 게 확실하다! 왜 진작 이런 시도를 해보지 않았을까, 어째서?

나는 퇴마 의식을 위해서 녹음기를 사용할 작정이다.

샤론이 죽은 후로 나를 옥죄던 두려움은 날아가버렸다. 세상엔 다른 사람들보다 유난히 더 친밀하게 느껴지는 이들이 있기 마련이고, 샤론도 그런 사람들 가운데 하나였다. 이제 와서 그런 말은 해서 뭐하겠나 싶지만.

놈의 엄마는 알면서도 침묵한다. 놈의 엄마. 놈들의 엄마. 그녀가 바로 틈새다. 허약한 지점. 나는 그 지점을 파고들어야 한다.

아니, 그건 놈이 바라는 거다. 나에게 자기 엄마를 죽일 동기를 만들어주려는 거야. 처음부터 놈이 원한 게 바로 그거, 자기 엄마를 죽이는 것일 테니 말이다. 완전히 드러난 공범, 즉 놈의 아빠와 함께! 이 무슨 헛소리람. 심리학 책을 읽다보면 나도 모르게 말도 안 되는 가설들을 쌓았다 허물게 된다. 갑작스러운 착란 상태가 된다.

내가 있는 곳은 막다른 골목이다.

늘 거기서 서성거린다.

## 살인자의 일기

또다시 같은 짓을 하진 않더군? 좋아. 그렇다면 나도 다시 중요한 일에 신경써도 되겠지.

재크는 음악 시험에서 A를 받았다. 클라크의 팀은 시합에서 이겼고. 마크는 연수 결과가 아주 좋았다. 스타크는 같은 수업을 듣는 학생들 가운데 최우수 학생이 되었다. 어때, 멋지지 않아?

내가 보기에 우리는 대단히 괜찮은 녀석들이다. 그러니 우리에게서 허물을 찾아내기란 상당히 힘들걸. 어쩌면 우리는 완벽 그 자체라고 할 수도 있다. 몇 년이나 연마를 해야 그토록 완벽해질 수 있을까?

아빠는 경사를 축하하기 위해 샴페인을 마시자고 제안했다. 아들들이 자랑스러운가봐.

샤론은 멍청하기 짝이 없었다. 그리고 지니, 너 같은 얼간이는 마치 박사의 집에서 아무런 쓸모가 없어. 넌 너무 꼬치꼬치 캐기 좋아하는데다 악질이거든.

## 지니의 일기

나는 부엌에서 부인을 붙잡고 늘어졌다. 날씨나 일상 얘기를 좀 하다가, 자식들 얘기로 슬쩍 화제를 돌렸다. 샤론 일로 이 집 형제들이 얼마나 상심이 컸겠느냐, 정말이지 너무 비극적인 사건이었다 등등…… (마침 양파를 까던 중이라 상황에 딱 맞는 표정이 저절로 나왔다.)

"오늘 저녁엔 푸딩을 만들면 어떨까요, 부인?"

"안 될 이유도 없겠죠?"

"아드님들 말인데요, 그러니까 그게, 한 분이 잠자리에 소변을 보셨더라고요. 참 희한해요, 그런 습관이 그토록 오래 고쳐지지 않다니 말예요."

"아이들은 아주 일찍 기저귀를 뗐어요. 그러니 그건 사고라든가, 무슨 꿈 때문이라거나 그럴 거예요. 그런 실수는 누구나 하죠. 밀가루 좀 줘요."

"그런데 이 근처엔 친하게 지낼 여자들이 거의 없네요, 너무 외져서 그런가……"

"오, 우리 애들은 여자한테 특별히 관심이 없는 모양이에요. 식구들끼리 있는 게 좋은가봐요. 하긴, 아직 여자들 뒤꽁무니를 따라다니기엔 좀 어리잖아요. 때가 되면 어련히 알아서 할 테죠. 모든 일엔 다 때가 있는 법이니까." (여자 뒤꽁무니를 따라다니기엔 너무 어리다니, 그 황소 같은 놈들이!)

"푸딩은 초콜릿 푸딩이 좋으세요, 건포도 푸딩이 좋으세요, 부인?"

"초콜릿도 건포도도 다 좋네요."

"어제 재크가 샤론 일로 부인을 위로하는 걸 봤어요. 정말 상냥한 아드님이세요."

"재크가? 잘못 봤나보네요, 지니."

"아, 제가 혼동했나봐요, 다들 서로 너무 닮으셔서. 게다가 서둘러서 복도를 지나가던 중이라……"

"무슨 말인지 모르겠네……"

"부인께서는 매우 슬픈 얼굴이셨잖아요……"

"아니, 정말이지, 지니가 꿈을 꿨나본데요! 이런, 저기 좀 봐요, 얼른, 다 타잖아요!" (거짓말이다.)

대화는 이것으로 끝. 완전 실패.

의사 선생의 서재에나 다시 가봐야겠다. 오늘 오후에 서재 먼지를 좀 털어야지. 그럴 때도 됐고.

아래로 내려가야겠다. 초인종이 울린다.

## 살인자의 일기

방금 초인종이 울렸다. 지니가 내려가는 소리가 들린다. 이 시간에 누가 왔는지 궁금하다. 여자 목소리…… 아, 캐런의 엄마겠군. 고함을 지르는 듯한 그 목소리라면 확실하게 기억하지. 그 여자가 무슨 일로 왔을까? 여자는 돌아가고, 지니가 다시 올라온다. 암소 걸음처럼 둔중한 발소리. 음, 이제 자기 방으로 들어갔다.

낮잠 시간이다. 우리집에선 아직도 낮잠 시간을 지킨다. 명상도 하고, 긴장을 푸는 시간이다. 나도 명상을 한다. 긴장도 풀고.

낮에 엄마 표정이 아주 묘했다. 지니 네가 엄마한테 무슨 짓을 한 건 아니겠지? 혹시 엄마를 살살 꼬드겨서 입을 열게 한 거야? 그런데 왜 그런 짓을 하려는 거지, 지니? 엄마가 병들어 자리에 눕기라도 바라는 거야?

아무데나 끼어드는 네 고약한 버릇 때문에 샤론은 이미 어리석은 사고의 희생자가 되어버렸어. 샤론이 죽은 건 다 네 잘못이야, 알겠어? 그러니 조심스럽게 행동해야 할 거야, 지니.

좀더 침착해야 한다고, 이 아가씨야. 네가 가는 길목마다 시체들이 널브러져 있기를 원하는 게 아니라면 말이야. 내가 살인의 쾌감을 맛볼 수 있게 해줘, 괜히 질투하지 말고. 이건 아가씨가 할 일이 아니거든, 내 말 알아들었어?

시시껄렁한 애길랑 이 정도로 해두지. 시간이 되었거든. 나도 준비를 해야지.

참, 지니. 캐런네 엄마 말인데, 너는 그 여자가 자살해야 한다고 생각하지 않아? 깊은 슬픔 때문에?

**지니의 일기**

더러운 놈! 나를 죄책감에 빠뜨리면 굴복시킬 수 있다고 생각해? 나를 순진무구한 어린애로 보는 거야? (이 진은 마시니까 목이 타는 것 같아. 아, 지독해, 혹시…… 그래도 두 모금째는 훨씬 낫군.)

좋아, 네 엄마는 그냥 넘어가지. 너한테 또다시 기회나 구실을 주고 싶지 않으니까…… 그러느니 차라리 양보하는 편이 낫겠어…… 대신 캐런의 엄마를 건드릴 생각은 하지 마, 안 그러면…… 안 그러면, 아무 일도 일어나지 않겠지, 언제나처럼. 정말이지 나는 완전히 무력하다.

천재적인 발상이 떠올랐다. 하나씩 제거하는 거다. 제거하기. 놈의 팔 한군데, 가령 오른팔에 상처를 입힌 다음 나머지

팔에도 상처를 입히는 거지. 그런 식으로 메시지가 더이상 적하지 않을 때까지, 아니, 놈의 필체가 변할 때까지 계속하는 거다.

'안녕' 하고 인사하는 것만큼이나 간단하면서 아무런 위험도 따르지 않고, 실수로 가장할 수 있다. 어머, 이런! 내가 당신 팔에 포크를 꽂았다고요? 사과할게요, 닭고기인 줄 알고 그만…… 오! 계단에 왁스를 너무 많이 발랐군요. 춤도 없으시지, 다리가 부러졌네요! 자동차 브레이크가 잘 안 든다고요? 저런, 유감이네요! 누가 일부러 그랬을 리는 없고, 그저 우연이죠. 어머나, 다 거꾸러졌다고요? 이럴 수가, 의사 선생님께는 큰 불행이군요. 아니, 의사 선생님도 거꾸러지고요? 저런, 이 나라의 크나큰 불행입니다! 그토록 인기가 많은 가문인데, 그 뛰어난 음흉스러움을 기리기 위해 사후 훈장이라도 받을 만하죠. 대통령도 장례식에 참석하실 겁니다. 그런데 지니는? 지니는 아름답네요, 장식이라고는 없는 검은색 상복에 머리는 단정하게 빗어넘긴 채로 대통령과 악수를 나누는군요. 가엾은 아이들 같으니, 아직 어리고, 무척 상냥하고, 반듯했는데. 이 집 아들들은 모두 훌륭했죠. 그리고 형제들의 엄마는 완전히 무너지겠지. 아니, 자살할지도 몰라. 크리스마스 칠면조를 굽는 오븐 속에 머리를 처박고서…… 끔찍해라.

문 뒤에서 누군가의 기척이 들린다. 나는 술잔을 내려놓는다. 이놈의 잔이 똑바로 놓이질 않네…… 시간을 읽을 수가 없다. 손목시계에 바늘이 세 개나 되잖아. 시계도 말을 안 듣나? 무슨 일인지 보러 가고 싶다. 하지만 의자를 움직일 수가 없다. 모든 게 비틀거린다. 이상도 해라. 어쩌면, 어쩌면, 피곤해서 그런가?

내 머릿속에서 벌어지는 이 모든 혼란…… 생각을 너무 많이 해서 그렇다. 아무짝에도 쓸모없는 생각. 무슨 일이나 다 하는 가정부가 쓸데없는 생각만 하다니……

뭔가가 숨을 내뱉고 무어라 속삭이더니 손잡이를 돌린다. 그래, 맞아. 난 지금 문고리가 돌아가는 걸 보고 있거든, 하하하, 하지만 열쇠로 잠가놨다. 어, 근데 이상하다, 내가 써놓은 글을 읽을 수가 없네, 이게 뭐야, 몽땅 중국어잖아. 난 내가 중국어를 할 수 있는지조차 몰랐는데……

됐어, 소란은 이제 그만. 결국 의자가 넘어갈 뻔했다. 그런데 내 총은 어디 있지? 아, 저기 보이네, 침대 위에 있어. 참 예쁘기도 하지…… 그러고 보니 청소를 해두어야 하는데. 깨끗이 청소하고 총알을 다시 넣어두어야 하거든. 안 그러면 내가 위험해질 테니 말이야. 암, 그렇고말고.

이젠 뭔가가 커다란 고양이처럼 문을 긁어대는 것 같다. 아, 신경질 나, 문을 확 열어버릴까보다. 내 방문이 깔개도 아닌데 왜 자꾸 긁어대는 거냐고.

나의 친애하는 독자들이여, 이제 진실의 순간이 다가왔습니다. 네, 그럼요. 아니, 잠깐만요. 놈은 내 방문을 침대로 아는 거야, 뭐야? 당장 가서 혼꾸멍을 내줄까보다……

## 살인자의 일기

갑자기 그러고 싶었다. 참을 수가 없었다. 거기 꼭 가야 했다. 너무 강력한 충동이었다…… 사방에서 나를 잡아당기는 것처럼. 그래서 자리에서 일어났다.

발끝으로 살금살금 걸어서 복도로 갔다. 내 손가락 끝에서 덜렁거리는 면도칼만을 생각했다. 면도칼은 꽤 무거웠다. 피가 잔뜩 몰려서 부풀어오르기라도 한 것처럼, 내 신체 끄트머리에 피가 잔뜩 몰려 부풀어오른 것처럼. 그래서 마치 내 팔이 길게 이어진 것처럼.

늦은 시각이었는데도 방문 밑으로 불빛이 새어나오고 있었다. 그 여자는 깨어 있었다. 나를 기다리고 있었던 거야. 그 여자가 나를 기다리고 있다는 걸 대번에 알아차렸다. 그래서 내가 잠에서 깬 거다. 나쁜 꿈을 꾼 게 아니라, 네가 나를 기다리고 있어서, 네가 한밤중에 나를 불러서, 얼른 와서 일어날 수밖에 없는 일을 하라고 불렀기 때문에 잠에서 깬 거라고.

난 거기 서서 몸을 떨었다. 그렇게 기다릴 때면 항상 몸을 떤다. 뻣뻣하게 굳은 몸을 네 방문에 기대고, 문 반대편에서 나는 너의 소리를 들었다. 컴컴한 복도에 혼자 서서, 면도칼을 다리에 착 붙인 채 말이다. 때가 됐어, 지니. 너를 위한 때가 되었다고……

그리고 너를 불렀다. 두 입술을 나무문에 딱 붙이고 비벼대며 속삭였다. "대답해, 대답하라고, 제발 부탁이야……"

나는 문에 몸을 아주 바짝 붙이고서 몸을 문질렀다. 쓰다듬어주기를 기다리는 고양이처럼. 줄무늬 잠옷 차림의 배에 대고 면도칼로 나무문을 밀자, 칼날이 천천히 파고들더라고…… 난 네가 나오기를, 제발 문을 열고 나오기를, 면도칼을 향해 몸을 던지기를 기대했어. 문을 열어, 이 문을 열란 말이야! 아주 순식간에 죽음을 맞이하게 될 거야. 영문도 모르는 채 말이야. 그저 내 부드러운 미소와, 복부에 퍼지는 뜨거운 기운만 느끼겠지……

네가 자리에서 일어나는 소리가 들렸어. 그러더니 별안간, 네가 굉장한 소리를 냈어. 어째서 그렇게 큰 소리를 낸 거지? 너는 그러면 안 되잖아. 아무튼 네 방안에 있는 모든 게 다 굴러떨어진 것 같더라니까! 그때 아빠 목소리가 들렸어. "웬 소란이지?" 아빠가 네 방문을 두드렸지. "무슨 일 있어요, 지니?" 그러자 네가 걸걸한 목소리로 대답했어. "괜찮아요, 선생님. 침대에서 떨어진 것뿐이에요." 그러고는 이어지는 웃음소리. 미친 여자의 웃음소리…… 아빠는 우리에게 "자, 그럼 어서들 자러 가거라" 하고 말했어. 우리는 잠자리에 들었지. 나는 엎드려 있다가 결국 잠이 들었지.

방금 깜짝 놀라 잠에서 깼다. 또다시. 꿈에서 지니가 뒤에서 나를 잡아챘거든. 그 여자가 목도리로 내 목을 조였고 나는 죽어가고 있음을 느꼈다. 그런데 그 여자는 계속 웃어댔다.

멍청하기 짝이 없는 꿈이다. 목도리는 배배 꼬이면서 뱀이 되더니 내 입안으로 들어와 꿈틀거리며 미끄러져 내려갔다. 그 순간 잠에서 깼다.

지금은 진정했다. 하마터면 바보짓을 할 뻔했지 뭐야! 이제부터는 더 신중하게 행동해야겠다.

**지니의 일기**

맙소사, 이렇게 끔찍한 숙취라니! 술병은 비어 있다. 빈 술병은 몰래 버려야겠다. 어제저녁에 그런 소란을 피웠으니 납작 엎드려 있어야 한다. 모두들 심상치 않은 눈초리로 나를 노려본다. 내 뺨과 허벅지에는 시퍼런 멍이 들었다.

내가 쓴 글을 다시 읽어보았다. 아무것도 기억이 나지 않았기 때문이다. 그러고 보니 기록을 해두는 건 쓸모가 있다. 빌어먹을, 하마터면 죽을 뻔했는데 멍청하긴. 그 생각을 하면 머리가 두 배로 지끈거린다. 아스피린을 한 알 먹어야겠다.

의자가 넘어져 있고 공책은 펼쳐진 걸 보니, 자리에서 일어나려다가 굴러떨어진 모양이다. 나는 얼음장처럼 차가운 바닥에서 정신이 들었다. 오, 주님, 알코올은 정말이지 최악입니다. 엄마 말씀이 옳았어요!

이 집 사람들은 외출했다. 나는 서재에 갈 참이다. 어제는 부인이 온종일 나를 불러대서 서재에 갈 수가 없었다.

여러분의 짐작이 맞았다. 그 책은 거기 없었다. 증발해버렸다! 방안을 샅샅이 뒤졌지만 없었다. 아무래도 내가 꿈을 꾼 거라고 생각하게 하려는 건가. 아니면 내가 보아서는 안 되는 어떤 얼굴이 더해진 걸까?

아, 깜빡 잊고 있었는데 크리스마스트리가 있었다. 가시처럼 뾰족뾰족한 잎사귀들이 무성하고 엄청 큰 트리. 오늘 저녁에 방울이며 리본 같은 것들로 트리를 장식할 예정이다. 곧 크리스마스다. 나는 벽난로에 장작이나 계속 넣고 있어야 하는 신세인데, 아카풀코의 태양 아래서 크리스마스를 보낼 보비 그 나쁜 놈만 생각하면…… 그 치사한 놈이 돈과 보석을 가지고 내빼지만 않았어도 나는 지금 여기 있지 않을 텐데. 해변에서 비키니를 입고, 열 발가락을 부채처럼 쫙 펴고 있을 텐데!

의사 선생의 방은 아직 한 번도 뒤져본 적이 없다. 한 번쯤은 해볼 만하지 않을까 싶다.

지금 당장 가야지.


## 살인자의 일기

크리스마스트리가 완성되었다! 정말 멋지다! 트리에 금색 방
울들을 달고 리본을 여러 겹 둘렀더니 어디에서 보나 번쩍거
린다. 트리를 근사하게 장식하는 건 정말 즐거운 일이다! 엄마
는 콧노래를 부르고, 아빠는 사다리 꼭대기에 올라가서 크리
스털로 만들어진 큰 별을 달았다. 진짜 근사한 크리스마스가
될 거야, 특히나 나에게는.

우리는 저녁에 부를 찬송가 연습도 했다. 엄마가 손님들을
많이 초대하셨거든. 클러리스도 피아노 반주를 해주러 올 거
다. 클러리스는 우리가 노래를 부를 때마다 반주를 해준다.
아주 좋은 반주자다.

우리 목소리는 안정적인데다, 아주 감수성이 풍부하고 아
름다운 저음이라고 한다. 클러리스가 재크의 작품 반주는 하
지 않으면서 우리가 노래할 때는 늘 반주를 해주는 건, 우리
넷이 흰 셔츠를 단정하게 차려입고 나란히 서서 주님을 찬양
하는 모습을 엄마가 좋아하기 때문이다. 어쩐지 훨씬 더 합창
단 같잖아. '천사 성가대' 어때, 멋지잖아. 넌 정말 운이 좋아,
곧 우리 노래를 실제로 들을 수 있으니 말이야……

지니, 너도 이제 알게 될 거야. 우리집 크리스마스 만찬이 어떤지 말이야!

## 지니의 일기

곤혹스럽다. (와, 정말 웃겨. 난 내가 이런 단어를 쓰게 될 줄은 꿈에도 몰랐다…… 솔직히, 내가 할 수 있으리라고 상상도 못했던 일은 아주 많지만……)

드디어 그 책을 찾아냈다. 의사 선생의 속옷 사이에 있었다. 내가 곤혹스럽다고 하는 것도 그 때문이다. 도대체 누가 그걸 거기에 감춰둔 걸까? 의사 선생이 자기 아들을 보호하기 위해서? 아니면 혹시 의사 선생이 바로……? 아니지, 무슨 그런 헛소리를.

그렇지만, 설명이 필요한 건 사실이다. 난 항상 부인이 뭔가 알고 있을 거라고 생각했다. 그렇다면 의사 선생도 모를 리가 없지 않을까?

고양이가 갖고 노는 쥐가 된 기분이다.

어제저녁에 크리스마스트리를 꾸몄다. 방으로 올라올 때쯤 나는 기진맥진한 상태였다. 오늘 아침엔 언제나처럼 놈의 횡설수설을 읽었다. 놈은 좋아서 어쩔 줄 모르면서 크리스마스를 맞을 준비를 하고 있었다. 인간쓰레기! 클러리스라는 사람에 대해서 알아봐야겠다. 이 망할 놈의 동네엔 죽여야 할 여자들이 몇 명이나 되는 걸까?

난 놈에게 쪽지를 남길 참이다.

피로 더럽혀진 자여, 함부로 주의 이름을 입에 올리기를 두려워
해야 마땅하리라. 하느님은 분명 손가락으로 죄인을 내려쳐 재
로 만들어버리실지어니.

내가 썼지만 마음에 들었다. 교도소에서의 강론 시간이 떠
올랐다. 얼마나 웃기던지! 아, 가봐야겠다. 부인이 부른다. 지
겨운 다림질과 바느질.

## 살인자의 일기

주님한테서는 나쁜 냄새가 나. 주님은 더럽고, 노인 냄새가 나
지. 젖은 기저귀 냄새랄까. 넌 노예일 뿐이야, 지니. 넌 노망난
늙은이의 훈계 앞에서 겁에 질려 몸을 떨지만 나는 자유의
몸이지. 난 신들을 경멸하면서 창공을 가로지르는 우주의 영
웅이나 마찬가지라고. 나야말로 그 책의 주인, 죽음의 기록자,
너를 향해 눈부시게 희고 건강한 치아를 훤히 드러내며 미소
짓는 바로 그 신의 숨겨진 얼굴이거든. 내 이는 속부터 모두
썩었지, 내가 먹는 모든 것이 내 이를 시커멓게 썩게 만드니까.
내 잇속에는 벌레들이 우글거리고 내가 핥는 모든 것에서는

유황 맛이 나면서 악취가 나기 시작하지.

너 혹시 클러리스가 나쁜 년이라고 생각하는 거야?

이봐, 지니, 너 요새 뭐하는 거야? 잠만 자는 거야? 펀치는 못 날리면서 그저 한 방을 노리고만 있잖아. 정신 차려, 정신 바짝 차리라고!

나는 가끔 너를 굉장히 잘 알고 있는 것 같아.

## 지니의 일기

놈이 나를 잘 안다는 건 사실이다. 때로는 놈이 나를 따라 하는 것 같기도 하다.

오전 내내 숨 돌릴 틈도 없었다. 정리정돈, 크리스마스 준비 상태 점검, 먼지 털기 등등. 이 집 사람들은 점심식사 때 왕성한 식욕을 보였다. 부인은 나에게 크리스마스의 '서엉대하안 마안차안'에 대해 말했다. 요컨대 배가 터지도록 먹고 주님의 탄생을 축하하고, 주님께 제물을 봉헌하려는 것이다. 지니와 클러리스가 봉헌 제물이 되지 말란 법도 없지 않겠어? 교도소에 프랑스 여자가 한 명 있었는데, 그 여자는 나를 '제니스'라고 불렀다. 첫 음에 힘을 줘서 거의 '쩨니스'라고 발음하면서 깔깔 웃어댔다. 그게 암소 이름 같다던가 뭐라던가.

오늘 오후 텔레비전에서는 SF영화가 방영되었다. 인간을 지배하기 위해 인간의 외형을 흉내내는 어떤 물체에 관한 이야기였다. 그 물체가 어떤 인간으로 변신했는지는 알 수 없었는데, 혹시 그게 당신일 수도, 아니면 나일 수도 있을 것이다. 그것도 아니면 그놈으로?

나도 인정한다. 이렇게 아무 말이나 막 쓰다니 창피하지만 정말로 그런 생각이 들었다. 만일 무엇인가가 사람의 모습으로 변장한 거라면, 피에 굶주린 무엇인가가 나를 데리고 실컷 코미디를 하다가 나를 마술이니 신경증이니 조현병이니, 아니면 『오리엔트 특급 살인』 사건 현장이니 하는 얼토당토않은 상황으로 보내 헛짓을 하게 만드는 거라면? 그렇다면, 어쩌겠어. 웃어야지.

오늘 저녁 '의사 서언생 나아아리'께서는 꼬마전구가 잔뜩 달린 긴 전선을 가져와 크리스마스트으리를 휘감을 예정이다.

캐런의 엄마가 와서 샤론이 자기 차에 놓고 갔다며 그애의 털모자를 돌려주었다. 나는 그 털모자를 내 방 벽장에 넣었다.

지금에야 나의 실수를 깨달아가는 중이다. 놈이 네 형제 가운데 한 명이라고는 도저히 믿지 못했다. 놈과의 관계에만 집착해서 다른 형제들과는 아무런 관계도 맺지 못한 것이다. 그가 그들 가운데 하나인데도 말이다.

내 빈약한 머리로 이토록 많은 질문을 하게 될 줄은 정말 몰랐다. 보세요, 아빠, 나도 그렇게 아둔하지만은 않다고요. 비록 동화에 나오는 과자로 만든 집, 아이들을 잡아먹는 식인

귀의 집에 붙잡혀 있긴 하지만 말이죠. 아, 다시 일하러 갈 시간이다.

## 살인자의 일기

오늘 오후 아빠의 뚱뚱이 금발 애인을 만났다. 그 여자가 내 팔을 붙잡는 바람에 잠깐 함께 걸었다. 여자한테서는 향수 냄새가 났다. 나는 떨어지려고 했지만 여자가 나에게 꼭 달라붙는 바람에 그 여자 가슴이 들어올려진 걸 봐야 했다. 여자의 숨결도 느껴졌고. 도저히 믿을 수가 없다. 아빠랑 그 여자가……

그 여자랑 그걸 하면 구역질이 날 거다. 어째서 두 사람은 맨날 그것만 생각하는지 정말 이해할 수가 없다. 어쨌거나 내가 그 여자랑 같이 있는 걸 본 사람은 아무도 없다. 난 세세한 것들에 항상 조심하는 편이니까. 여자는 자기가 사는 곳도 가르쳐줬는데, 괜찮은 건물이었다. 관리인은 없지만.

그 여자가 나더러 자기 집에 가서 한잔하자고 했지만 거절했다. 남편은 진료실에 있다던데…… 그 여자는 분명 색정광이다. 나한테 자기 대신 아빠를 포옹해드리라고 했다. 그 여자의 추한 미소가 증오스럽다. 그런 더러운 심부름은 자기가 직접 하면 될 텐데.

엄마가 지니에게 캐런의 엄마가 왜 왔느냐고 묻는 소리를 들었다. 지니는 "아무것도 아녜요. 그냥 저한테 줄 게 있대요"
라고 대답했다. 도대체 뭘 감추고 있는 거지, 내 사랑 지니?

## 지니의 일기

이 집 사람들이 아래층에서 텔레비전 영화를 보는 동안, 나
는 의사 선생 방으로 가서 그 책을 집어들었다. 거기서 내 얼
굴이 그려진 페이지를 쭉 뜯어서 새 부리 모양으로 접은 다음
옷장 속에 넣어두었다. 그 돼지 같은 놈에 대한 증오심이 걷잡
을 수 없을 정도로 솟구쳤다.

　그 책은 여기에 감춰두었다. 여기가 어딘지는 말하지 않을
거다. 아무도 알 수 없을 것이다. 종이로 접은 새 부리에 "나
는 악을 몰아내기 위해 왔노라" 하고 적어두었다. 그리고 마
술에 관한 책에서 찾아낸 몇 구절도 그대로 베껴 적었다. 그
런 다음 퇴마 의식 하나를 녹음하고 〈퇴마사의 귀환 VI〉(지니
모건 주연)이라는 제목을 붙였다. 손수건을 이용해서 변조시
킨 아주 을씨년스러운 목소리로 말이다(히브리어인지 뭔지 정
확히는 잘 모르겠지만, 아무튼 무지 인상적이다). 물론 통역 같은
건 없다. 궁금하면 놈이 알아볼 테지.

　나는 뚱뚱이 금발 여자에게 의사 선생의 아들과는 만나
지 말라는 익명의 편지를 보낼 작정이다. 여자는 불안해할지
도 모르지만 목숨은 부지할 수 있겠지. 편지에는 이렇게 쓸

것이다.

이런 더러운 여자 같으니. 아비만으로는 성에 차지 않아서 그 아들까지 차지하려느냐!

글쎄, 이 정도면 충분할 것 같다. 아, 이런, 술이 바닥났네! 더 사둘걸. 추위가 심해진다. 연료가 필요하다. 잘 자라, 아가들아.

내일 아침, 나는 녹음기를 가져다두러 갈 것이다. 그런데 참 이상하다, 오가는 도중에 우리가 한 번도 마주친 적이 없다니 말이다.

지난번엔 내가 도착하기 직전에 놈이 녹음기를 가져다둔 게 틀림없다는 생각이 든다. 그렇다면 놈은 내가 곧 올 거라는 사실을 알고 있었다는 건데……

그 말은 곧 내가 욕실 청소를 하는 동안 놈이 그 녹음기를 거기 두었다는 뜻이다. 그런데 욕실은 바로 옆이잖아?

그렇다면 결국?

**살인자의 일기**

그 여자가 그 책을 훼손했다!

난 그 여자가 접어놓은 멍청한 새 부리를 다시 쫙 편 다음

온 힘을 다해 칼로 몇 번이나 찔렀다. 그 누구도 여기서 악을 몰아낼 순 없다. 여긴 내 집이야, 알겠어? 내 집이라고! 난 단도를 네 뺨에, 너의 주둥이에 꽂아넣을 거야, 가증스러운 모욕을 토해내는 네 주둥이에. 꼭 다문 너의 두 입술을 칼날로 벌린 다음 혀 밑, 치아 사이, 그 빨갛고 부드러운 살점을 마구 헤집을 거라고, 더는 함부로 입을 놀리지 못하도록 말이야, 알겠어?!

너도 알겠지만, 지난밤에는 순전히 운이 좋았던 거야. 하지만 언제까지나 그런 행운을 누릴 순 없을걸. 난 인내심 많고 끈질기니까. 믿음이 있으면 산을 움직일 수 있다고 하니, 믿음이 내 칼을 네 뱃속으로 끌어가줄 테지.

오늘 아침 집배원에게 편지 한 통을 건네던데. 네가 편지를 보내는 게 마음에 들지 않아. 그런 것 말고 다른 놀이를 하는 게 어때?

## 지니의 일기

녹음기를 가져다놓지 못했다. 기회가 없었다. 낮잠 시간에 방문 하나가 열리는 소리가 들렸다. 그래서 내 방문을 조금 열어보았다. 클라크가 지나갔다. 화장실에 가는 거였다. 난 방문을 반쯤 열어두고는, 만일에 대비해서 총을 손에 쥐었다(세상에, 누가 내 꼴을 봤으면 무슨 생각을 했을지). 그건 그렇고, 다른 문 하나가 또 열리기에 힐끗 봤더니 이번엔 마크였다. 재크의 방으로 들어갔다. 또다른 문이 열리고 스타크가 아래층으로 내려가더니 우유를 들고 다시 올라온다. 주구장창 우유를 마셔대는 습관이라니, 차라리 젖병을 다시 빠는 게 어떨까 몰라. 마크가 재크의 방에서 나오더니 자기 방으로 들어간다. 클라크는 손에 책을 들고 화장실에서 나온다. 이제 더는 아무도 움직이지 않는다. 의사 선생이 돌아오더니 꽥꽥 소리를 지른다. "자, 다들 가자고."

목소리가 들리자마자 나는 방문을 닫는다. 네 형제가 법석을 떨면서 계단을 내려간다. 부인은 아래층에서 텔레비전을 보며 뜨개질하는 중이다. 좋았어.

오늘 저녁, 그들이 돌아오기 전에 나는 놈이 남긴 메시지를 발견했다.


CQFD[1] = 마법!


놈이 나를 놀리고 있다.

녹음기에 관한 내 계획은 이렇다. 내일 점심때 의사 선생

---

[1]  Ce qu'il fallait démontrer. 프랑스어로 '위와 같이 증명되었다'라는 문장의 약어로, 수학적 증명을 마친 후 사용하는 라틴어 'Q.E.D.'와 같은 의미이다.

은 집에 오지 않을 거다. 병원으로 누가 방문한다나. 식탁을 치우자마자 "욕실 청소하러 올라갈게요, 부인" 하고 말한 다음, 이 집 형제들이 그 잘난 낮잠을 자러 각자 방으로 들어갈 때까지 거기서 기다리는 거다. 모두들 방에 들어가면 그때 녹음기를 작동시킨다. 그리고 큰 소리가 나게 내 방문을 닫는다. 그러면 놈이 분명 보러 올 것이다.

놈은 틀림없이 그 책을 찾으려고 집안을 샅샅이 뒤질 테지만, 내가 숨겨둔 곳은 안전하다.

두고 보면 알게 될 테지. 이젠 자야겠다. 캐런의 엄마에게 셰리주 한 병을 꾸었다.

이 셰리주, 나쁘지 않은데.

## 살인자의 일기

오늘 아침 금발 머리 여자가 거기 있었다. 나를 기다리고 있던 것이다. 여자는 내가 바쁘다는데도 자기랑 한잔하자고 했다. 자기 집에서. 난 그러자고 했다. 삼십 분쯤 시간이 비니까, 그 정도면 충분하겠다 싶었다. 그래서 그 여자 집으로 갔다.

내 몸은 말이지, 다른 사람들로부터 괜한 경계를 사지 않기 위해서 가끔 의무적으로 그런 종류의 행위를 해야 할 때가 있다. 내가 그런 행위를 몹시 역겨워한다는 사실을 다른 사람들이 알면 안 되니까. 집안에 들어서자마자 그 여자는 내게 술(위스키)을 줬다. 솔직히 난 술이라면 질색이다. 그 사실을 아무도 모르지만. 아무튼 나는 술을 마셨고, 그 여자도 마셨다. "편하게 있어요." 그 여자는 구두를 벗었다. "남편은 병원에서 수술을 하고 있어요. 당신 아버지랑 함께요." 여자는 연신 몸을 비비 꽜다. 수중에 칼만 있었어도……

나는 땀이 났다. 양쪽 겨드랑이에서 땀방울이 흐르는 게 느껴질 정도였다. 그 여자는 나와 그걸 하고 싶어했다. 거절하지 못하고 여자에게 다가가 입을 맞췄는데, 너무 셌는지 여자가 신음소리를 내며 뒤로 흠칫 물러섰다. "아이, 살살해요, 매너도 없이!" 내가 꽉 붙잡고서 다시 시작하자 여자는 버둥거렸다. 먼저 시작한 건 이 여자니까, 원하는 대로 실컷 해줘야지……

그 집을 떠날 때까지도 여자는 신음하면서 낙지처럼 몸을 비틀었다. 난 한껏 매너 좋은 남자 행세를 하면서 여자를 위로했다. "죄송합니다, 당신이 너무 매력적이라서 절제하지 못하겠더라고요." (뚱뚱이 암퇘지, 차라리 부엌칼을 네 몸에 꽂아주는 편이 더 좋지 않겠어? 네 몸뚱이에 내 몸을 겹쳐줬으니 무릎 꿇고 고마워해야 할 거야!) 난 여자에게 그윽한 미소를 지어주었다. 적어도 그러려고 애는 썼다…… 여자는 훌쩍거리면서 다시 옷을 주섬주섬 챙겨입었는데, 불만스러워하는 것 같지 않았다.

내가 이렇게까지 하는데도, 사람들은 나를 보고 비정상이라고 할 테지.

집에 돌아와서 오랫동안 몸을 씻었다.

이제 가봐야겠다. 사랑스러운 지니가 내 소식을 기다리고 있을 텐데…… 지니가 방금 자기 방문을 닫았으니, 이번엔 내가 갈 차례잖아.

## 지니의 일기

이상하다. 문이 하나도 열리지 않는다. 내 귀엔 아무 소리도 들리지 않는다. 부인이 아래층에서 피아노를 치는데, 같은 찬송가를 계속 반복해서 연주한다. 비명소리. 방금 내가 들은 게 비명이 맞나?

아무도 꼼짝하지 않는다. 내가 꿈을 꾼 모양이다. 놈은 뭘 하고 있을까?

## 살인자의 일기

난 내 방에 있다. 작은 일기장아, 내 작은 일기장아, 넌 나의 유일한 친구야. 난 혼자야, 무서워……

목소리가 뭐라고 말을 한다. 웬 목소리가 말하는데, 막 야단을 치다가 속삭이듯 몇몇 단어를 토해낸다. 목소리는 내가 엄마 코트를 쓰다듬는 동안 등뒤에서 들려왔다. 독사의 소리.

기어다니면서 쉭쉭 바람소리를 내고 언제라도 깨물고 싶어하는 독사의 소리. 놈의 아가리를 확 찢어버리고 말 거다!

그런데 그 단어들은 전혀 알아들을 수 없었다. 아주 강력한, 내게 상처를 주려는 말 같긴 했지만 말이다. 그 책을 가득 채워넣으면서 내가 중얼거리던 마법 주문 같은 말들…… 그 목소리는 무섭지 않다. 네 목소리라는 걸 아니까. 네가 하는 말은 아무 힘도 없다. 주인 행세를 하고 싶은 모양이지, 응? 하지만 넌 그럴 수 없어. 네 목소리는 가짜야, 네가 하는 말들은 엉터리야…… 아직도 네가 시시한 존재라는 걸 깨닫지 못한 거야?

그래도 네게 메시지를 남기긴 했어.

**지니의 일기**

됐다. 모두들 외출했다. 난 그자들이 집을 나서는 광경을 지켜보았다. 평온하면서도 미소가 떠오르는 장면이었다. 재크는 잠깐 목도리를 가지러 자기 방으로 올라갔다. 클라크는 코코아를 홀짝거렸다. 스타크는 마크와 웬 여자에 대해서 농담을 주고받았고……

새로운 글은 없었다. 그러나 녹음기가 침대에 놓여 있었다. 이 무슨 경솔한 짓이람! 부인이 쉬러 방에 올라오기라도 하면 어찌려고!

녹음기는 꺼진 상태였다. 나는 재생 버튼을 눌렀다. 흘러나오는 소리를 다 받아적을 작정이었다.

인판둠, 레기나, 유베스 레노바레 돌로렘. 아비수스 아비숨 인보카트!

도대체 이게 무슨 뚱딴지 같은 소리람?

이 수수께끼 같은 말을 그는 카랑카랑하면서도 열에 들뜬 목소리, 흡사 주술사 같은 목소리로 녹음했다. 혹시 무슨 저주의 말인가? 아무래도 서점 주인에게 물어봐야겠다. 그 사람이 이런 것에 대해서 좀 아는 눈치였으니까. 혹시 캐런의 엄마가 시내에 갈 일이 있는지, 나를 태워줄 수 있는지 알아봐야겠다.

**지니의 일기**

오늘 오후, 캐런의 엄마가 나를 서점 앞에 내려주었다. 나는 서점 주인에게 책을 읽다 발견했는데 도무지 무슨 뜻인지 모르겠다며 좀 번역해달라고 청했다.

그는 빙긋 웃더니 라틴어 '과늉어'[1](철자가 이게 맞나?) 사전을 뒤적거리면서 번역해주었다. "오, 여왕이시여, 제게 그 끔찍한 고통을 다시 겪으라 하시는군요." 이게 앞부분. 그다음은 "심연은 심연을 부르나니".

서점 주인은 '하나의 과오가 또다른 과오를 부른다'라는 뜻이라고 설명해주었다.

그 말은 살인이 계속되리라는 뜻일까. 아니면 나의 과오(놈에게 정신 차리라고 힐책한 것)가 놈의 과오(새로운 살해)를 야기한다는 걸까. 그것도 아니면 놈의 괴로움을 상기시킴으로써 내가 상황을 한층 악화시킬 거라는 말일까? 아니면, 아니면, 아니면, 나는 도대체 어디로 가는 걸까? 어디를 향

---

[1] '관용어'의 오표기.

해 달리는 걸까? 생각이 무턱대고 뻗어나가는 내 머리를 도대체 어디에 처박아야 할까?

오늘 저녁, 식사를 마치고 나는 놈이 남긴 메시지를 들고 서재에 있는 의사 선생에게 갔다. 유식한 사람들이나 알 만한 것이었으니까. 최대한 천진한 표정으로 의사 선생에게 혹시 그리스어나 라틴어를 읽을 줄 아시느냐고 물었다. "당연한 걸 묻는군! 과거의 지식이 미래로 가는 길이지." 어쩌고저쩌고. 나는 무려 삼십 분이나 설교를 듣고서야 서재에서 빠져나왔다.

딱 한 가지 흥미로운 사실은, 의사 선생이 나한테 자기 아들 중 어느 누구도 그 미래로 가는 길을 택하지 않았다고, 아들들은 하나같이 모두 수학적인 머리만 발달했다고 말했다는 점이다. 그가 아주 기초적인 것은 가르쳤지만……

그러니 아들들을 가르치려 한 의사 선생의 노력이 완전히 헛된 건 아니었다. 그들 중 한 명은 그래도 라틴어를 잊지 않고 기억하니 말이다.

의사 선생의 애인이 내 편지를 받았는지 궁금하다.

아무래도 무슨 일이 일어날 것 같은 느낌이다.

### 살인자의 일기

안녕, 지니. 잘 잤어? 오늘은 나한테 전할 메시지 없어? 좋아,

그럼 나중에 봐.

## 지니의 일기(녹음기)

넌 절대 빠져나갈 수 없어. 이제 완전히 끝장이라는 거 모르겠어? 아직 물러날 시간은 있어. 보다시피 난 내 목소리를 숨기지 않아. 녹음기를 켜두지. 잘 들어. 네가 누구든 이 세상엔 너 같은 자를 위한 자리가 있어. 지금이라도 모든 짓을 멈추기만 하면 돼, 알겠어? 넌 분명 너 자신이 생각하는 것만큼 나쁜 놈은 아닐 거야.

## 살인자의 일기(녹음기)

사랑하는 지니, 우린 설교나 하라고 너한테 월급을 주는 게 아니야. 설거지하라고 돈을 주는 거라고. 내가 너한테 너무 많은 자유를 줬네. 그러니 이렇게 남용하잖아.

오늘 우리 아빠 애인이 나를 찾아왔어. 급히 할 말이 있다더라고. 그리고 이야기를 전해들었지.

누가 나에 대해 그토록 악랄한 얘기를 썼는지 알고 싶은 걸. 그 여자가 밑도 끝도 없이 더는 나를 보고 싶지 않다더라고. 곤란하게 되었지 뭐야. 그 여자를 위해서 재미난 일을 계획해두었는데, 네가 멍청하게도 그 즐거움을 앗아가버렸잖아. 어쩌면 그 여자 대신 너한테 그 즐거움을 선사할 수도 있지 않을까? 어떻게 생각해?

넌 절대로 내 목소리를 알아챌 수 없어, 지니, 이건 내 목소리가 아니니까.

**지니의 일기**

놈은 녹음기를 내 방문 앞에 가져다놓았다. 그것도 모르고 방문을 열다가 그걸 밟아버렸다. 걱정스러운 건, 놈이 그걸 가져다놓는 소리를 내가 듣지 못했다는 사실이다. 깜빡 잠이 들었을 때였을까. 요즘 나는 밤에 푹 잠들지 못하는데. 걱정이 너무 많아서…… 초인종소리가 들린다.


캐런의 엄마가 스스로 목숨을 끊었다. 머리를 오븐에 처박고 죽었단다. 남편이 며칠 집을 비운 사이에 일어난 일이다. 외로움을 견디지 못한 것이다.

우리에게 소식을 전해주려 온 경찰의 이야기는 다음과 같다. 제일 처음 그 여자를 발견한 사람은 정원사였다. 가스 냄새가 나서 발견했단다. (온 동네가 다 날아갈 뻔했다……) 이 집 아들들은 의사 선생과 같이 시내에 가고 없다. 부인은 계속 운다. 아무래도 부인에게 티슈가 잔뜩 필요해 보인다. 이제 이곳에서는 비극이 일상이 되어간다. 이번만큼은 놈의 짓이 아니라는 생각이 든다…… 아니, 어쩌면 혹시 낮잠 시간에? 위층에서 발소리가 들린다. 아니, 그럴 리가, 내가 꿈을 꾼 모양이다. 요즘 들어 신경이 굉장히 예민하다.

하지만 놈은 캐런 엄마의 죽음을 예견했다. 그런데 감히 그런 짓을 했을까? 그토록 순식간에? 집에 식구들이 다 있는데? 놈이 난폭한 미치광이가 아니고서야.

이 집 사람들이 돌아오는 소리가 들린다. 나는 부엌에 있다. 웃음소리, 우당탕 소리. 내리는 눈 냄새가 난다. 크리스마스 냄새도 난다. 가엾은 캐런. 가엾은 캐런 가족, 얼마나 참담한 운명이람.

그런데 나는 이 말도 안 되는 이야기 속에서 대체 뭘 하는 거지?

## 살인자의 일기

캐런의 엄마가 자살했다. 이토록 슬픈 소식이! 그 여자는 먼저 머리를 세게 박은 다음, 그대로 머리를 오븐 속에 들이밀고 가스 밸브를 완전히 열었다나…… 가엾은 여자 같으니, 슬픔이 그 여자를 죽인 거다.

봤지, 지니. 난 모든 걸 다 짐작해. 너한테 분명히 말했지, 그 여자한테 불행이 닥칠 거라고 말이야. 나를 자기 집 안에 들이다니, 도대체 무슨 생각을 한 거지…… 하여간 딸만큼이나 멍청하다니까. 눈 때문에 그 누구도 소리를 전혀 듣지 못하리라는 건 그 여자도 잘 알고 있었을 텐데. 너무도 평온하잖아, 안 그래? 하늘에서 내리는 눈은 모든 소리를 잠재우거든.

앞으로도 계속해서 내 일에 끼어들 작정이야? 그렇게 하지 않고는 못 배기겠어? 넌 내가 계속 살인을 저지르는 게 좋은 거지? 정말로 그걸 좋아하는 거야, 지니?

## 지니의 일기

놈이 허풍을 떠는 거라고 확신한다. 놈이 그 여자를 죽였을 리 없다. 그냥 우연일 뿐이다. 난 네 말 안 믿어, 알겠어? 이 더러운 돼지 새끼야. 난 속지 않는다고! 그 가엾은 여자는 이전에 내게 술도 나누어줬는데, 그 술병은 텅 비어버리고, 그녀에겐 이런 일이 생기다니? 감정이 북받쳐서 목이 탄다. 앞으로는 아무 생각도 하지 말고 그저 잠이나 자고 웃고 떠들고 그래야겠다. 가만있어보자, 내가 마지막으로 웃어본 게 언제였더라? 물, 물을 마셔야겠어⋯⋯

물을 마시니 구토감이 올라온다. 어쩐지 평생 갈증에 시달릴 것 같은 기분이다. 창문이 잘 닫혔는지 보고 와야겠다.

눈이 다시 내리기 시작했다. 아래층에서는 노랫소리가 들린다. 의사 선생은 그다지 기분이 좋지 않은지 술을 고래처럼 마셔댔다. 아마도 사랑하는 애인과 다투었겠지⋯⋯

난 너무 멍청하다! 이런 새대가리, 새대가리 두 배, 아니, 새대가리 수십 배만큼 바보, 바보. 그 여자한테 가서 네 형제 중 누구랑 했는지…… 직접 물어보기 약간 껄끄러우니 돌려서 물어볼 궁리를 해야겠다. 그런데 혹시 내가 그 여자 주변에서 얼쩡거리는 걸 놈이 보기라도 한다면, 그 여자도 변을 당하는 건 아닐까? 오, 이런 빌어먹을, 제기랄! 에라, 잠이나 자야겠다.

그토록 괴로워하던 캐런 엄마의 명복을 빈다.

## 살인자의 일기

오늘 아침, 애인이 사는 건물로 들어가는 아빠를 봤다. 만에 하나 아빠가 나랑 그 여자랑…… 아빠가 그 사실을 알게 된다면…… 하긴, 나도 남자다. 나도 욕구를 충족시켜야 한다고. 아빠는 바쁜 것 같았다. 불쌍한 아빠. 아무래도 엄마랑 아빠는 더는 그런 걸 하는 것 같지 않다. 아, 그런 생각은 하고 싶지 않다.

아빠가 나오나 보려고 잠시 기다렸다. 그 여자가 아빠한테 내 이야기는 하지 않았으면 좋겠는데. 만일 아빠가 서재로 나를 따로 불러서 그 이야기를 한다면…… 난 물론 전부 다 아니라고 딱 잡아뗄 거다. 하지만 성가시게 되는 건 틀림없다. 제일 좋은 건 그 여자가 이 도시를 떠나는 거다. 아, 할 수만 있다면 그 늙은 년을 그냥…… 아니, 그건 안 되지. 사람들이 샤론이나 다른 사건들과 연결 지을 수도 있으니까. 넌 운이 무지 좋은 편이야, 역겨운 할망구야. 난 너를 생각하기만 해도 구역질이 나거든.

그리고 너, 지니. 나를 가만히 내버려두는 게 좋을 거야. 지금 웃으면서 시시덕거릴 기분이 아니거든.

**지니의 일기**

어제저녁 술을 너무 많이 마셨다. 이젠 습관이 되어버렸다. 나도 안다. 벌써 오래전부터 자리잡은 습관이라는 거.

상황을 정리해볼 때가 되었다. 일단 지금까지의 상황을 깔끔하게 정리해본 다음 결정을 내려야겠다.

현재 상황.

크리스마스를 닷새 앞두고 있다. (형제들은 클러리스의 피아노 반주에 맞춰 맹연습중이다.)

이 집 식구는 여섯 명.

— 아빠: 의사.

— 엄마: 심장병 환자, 아이들이 하자는 대로 들어주는 편이고, 아들 하나를 잃었다.

— 마크: 변호사 사무실 인턴.

— 클라크: 의과대학 축구팀 선수.

— 스타크: 컴퓨터공학 학위 보유.

— 재크: 음악원 학생.

살인자는 자칭 마치 박사의 네 아들 중 한 명이라고 한다.


살인자의 프로필.

— 놈은 오로지 여자들만 죽인다.

— 죽이는 행위를 통해서 성적으로 흥분하는 듯하다.

— 무를 좋아한다.

— 감자튀김을 좋아한다.

— 가끔 침대에 오줌을 싸기도 한다.

— 갈증, 현기증, 떨림 같은 신체적 불편함을 털어놓기도
한다.

— 위스키라면 질색이다.

— 상냥하고 잘 웃는 인상이다.

— 라틴어를 구사한다(또는 라틴어 인용문을 모아둔 책을 가
지고 있다).

— 필체는 이 집 식구 어느 누구의 필체와도 비슷하지 않
다.

— '신비주의자' 같은 헛소리를 할 때도 있다.

— 누구인지 알아챌 수 없는 목소리를 지녔다.

— 내 생각을 전부 다 읽고 있다.

— 놀이를 즐긴다.

— 남들의 관심을 받기를 바란다.

— 자기 엄마를 죽이고 싶어한다.

— 자기 아빠의 애인과 잤다.

— 매번 다른 방식으로 사람을 죽인다.

— 악몽을 꾼다.

— 식욕이 왕성하다.

— 술을 (거의) 마시지 않는다(네 형제 가운데 술을 자주 마시는 사람은 한 명도 없다).

— 자기 집안을 굉장히 자랑스러워한다.

— 나를 증오하고, 무서워하며, 경멸한다.

— 소리를 내지 않고 돌아다닌다.

— 나의 과거를 모조리 알고 있다.

— 거짓말을 밥먹듯이 한다.

— 어렸을 때 자기 사촌 샤론을 죽이려고 했다(그로부터 십 년 후에 결국 성공했다).

— 자기 형제 가운데 한 명을 죽였다고 암시했다.

— 사람을 죽이는 주기가 점점 짧아진다.

— 항상 그럴듯한 명분을 제시하려고 애쓴다(처음엔 반대로 쾌감을 위해 살인한다는 걸 자랑스러워했다).

이상이 놈의 프로필이다. 나는 빠진 건 혹시 없는지 확인하려고 적어둔 내용을 다시 읽어보려 한다.


그 외 다른 특이 사항.

— 살인자는 자기가 쓴 글, 일기를 자기 엄마의 방 옷장에 걸린 모피 코트 단 속에 숨겨둔다.

— 이를테면 '주술 책'이라고 할 수 있는 물건을 지니고 있으며, 그 책 속에 자기가 죽인 자들의 얼굴을 그리고 그 위에 낙서를 하고 얼굴을 난도질한다.

— 자기 아빠의 애인과 가진 관계가 살인자가 언급한 유일한 성관계 경험이다.

— 살인자의 엄마는 살인자가 누구인지 알거나, 적어도 짐작은 하고 있는 것으로 보인다(그런데 부인은 그가 자기 형제들 가운데 하나를 죽였다는 사실도 알고 있나?).

— 서점 주인의 말로는 주술에 관한 책을 찾는 단골들이 있다고 한다.

— 내 방문을 여러 차례 열어보려 했다.

— 나에게 약물을 먹였다.

— 내 방문에 몸을 바짝 붙이고서 외설스러운 짓거리도 했다.

— 나는 놈을 한 번도 보지 못했다(다들 짐작하고 있겠지만!).

— 내가 이 집에서 지낸 잠깐 동안 놈은 벌써 여러 명을 죽였다(또는 죽였다고 허풍을 떨었다). 뎀버리의 여자, 캐런, 샤론, 캐런의 엄마까지 도합 네 명. 놈은 자기 아빠의 애인도 죽이려고 한다. 이런 추세로 볼 때, 놈이 아주 어렸을 때부터 남의 눈에 띄지 않고 그런 짓을 일삼아왔다고는 도저히 생각할 수 없다. 그러므로 이러한 광기가 나타난 건 최근의 일이라고 볼 수 있다. 혹시 내가 여기에 온 이후부터?

혹시 '놈'이 '나 자신'이라면? 나도 감자튀김과 무를 좋아하고, 위스키라면 질색이니까…… 하지만 의사 선생의 애인과 잠자리를 하진 않았다. 이게 무슨 해괴한 횡설수설이람.

자, 이 체크리스트를 계속 적어나가보자. (좋네, 이런 단어를 쓰니까 꼭 공항에 온 것 같잖아.)

— 헛간엔 의사 선생의 체크무늬 바지 한 벌이 있다. 캐런을 죽인 자는 체크무늬 바지를 입고 있었다……

— 살인자는 스키를 잘 탄다.

— 나는 놈이 살인을 저지른 뒤에 풀이 죽은 모습을 한 번도 '본' 적이 없으나, 샤론 때만은 예외였다.

하나 마나 한 이야기만 꼬리에 꼬리를 무니 이쯤에서 멈춰야겠다.

왜 나는 이 문제를 제대로 공략하지 못하는 걸까? 놈이 나한테 저주를 걸었다든가, 뭐 그런 걸까? 놈의 책을 태워버리

심사숙고

고 싶다. 아니, 그러면 단서를 잃게 되는 거지. 그리고 증거도.

아! 마지막으로 한 가지 더. 이들은 '쌍둥이'다. 하지만 사람들은 옷 입는 스타일과 머리 모양으로 누가 누군지 완벽하게 구별할 수 있다. 그렇긴 해도 생김새는 똑같다. 그렇기 때문에 일이 쉽지 않다.

놈은 내가 술을 마신다는 사실을 알고 있다. 굳이 숨길 필요도 없으니까 나는 보란듯이 마신다. 그래서 놈은 그걸 잘 안다. 잘 아니까 그걸 이용한다.

술 끊기.

맨날 똑같은 결심. 벌써 삼 년째 똑같은 결심을 하는데, 그렇다고 해서 해결된 건 아무것도 없다.

## 살인자의 일기

와, 굉장해! 너도 들었지. 정말 굉장해! 경찰이 캐런의 살해범을 체포했다잖아! 정말 웃겨 죽겠어요, 하느님…… 당신은 당신의 충실한 종들에게 상을 내리시는군요!

봤지, 지니. 넌 지금 줄을 잘못 선 거라고. 좋은 줄은 내 쪽이지. 내가 있는 쪽이 자유로, 쾌락으로 이끄는 길이란 말이야. 너희가 하는 그 시시하고 구역질나는 몸 비벼대기처럼 전채 요리에 불과한 그런 거 말고 진짜 쾌락. 악과 고통, 살점, 벌어져서 피를 철철 흘리는 상처, 뭐 이런 거라고 해야겠지. 너도 보다시피 하느님은 너를 사랑하지 않아. 하느님은 나를 사랑하고, 당연히 나에게 보상해주시지!

경찰이 잡았다잖아, 살인범을 체포했다잖아, 룰루랄라…… 꺽다리 형사가 오늘 아침식사 시간에 초인종을 울리더니 우리에게 그 소식을 알렸고, 지니는 낯빛이 완전히 창백해졌지. 그 얼간이 바보 지니는 그들이 나 때문에 왔다고 믿었나본데, 얼마나 놀랐겠어! 아주 기쁜 소식이야! 웬 정신 나간 젊은 놈이 한 짓이란다. 가족도 없고 집도 없이 동네에서 어슬렁거리던 저능아 녀석. 게다가 사람들은 능력 있고 수완 좋기로 이름 높은 우리 경찰이 해결하지 못한 다른 여러 사건들도 그놈이 저지른 건 아닌지 의심하고 있다더군······

놈은 아무것도 기억나지 않는다고 진술하고 있다 한다. 체크무늬 바지 차림에다 셔츠엔 핏자국까지 있는데도. 교육을 제대로 받지 못했는지 개한테 마구 발길질하는 모습을 본 사람도 있단다. 전기의자에 앉게 될 확률이 높다니, 차라리 놈한테는 잘된 일이다. 그런 끔찍한 짓을 저질렀으면 합당한 벌을 받아야 한다. 안 그래, 자기?

형사가 하는 말을 들으면서 지니는 점점 더 하얗게 질렸다. 너 참 볼만하더라, 지니. 넌 우리 모두를 노려봤지. 한 사람 한 사람씩 돌아가면서. 그래봐야 막 세수를 마치고 말끔하게 면도된 얼굴로 "아, 정말 다행이야"라며 안도의 숨을 내쉬며 미소 짓는 환한 얼굴들만 네 눈에 들어왔겠지만. 엄마도 마음이 놓인다는 표정이었다. 하긴, 그런 흉악한 놈이 주변을 배회하니 영 불안하셨겠지, 왜 아니겠어. 아빠는 헛기침을 하면서 "잘됐군, 정말 잘됐어"라고 말했다. 그리고 모두들 형사(경위)에게 고맙다고 인사했고, 인사를 받은 형사는 돌아갔다.

우리는 각자 챙모자와 털모자를 쓰고 집을 나섰다. 마크가 운전대를 잡았다. 나가는 길에 그 형사가 캐런의 아빠와 이야기하는 모습을 보았다. 아빠가 라디오를 틀었다.

나한테 남긴 메시지가 없네, 내 사랑. 이제 손 놓고 게으름이나 부리는 거야?

## 지니의 일기

오늘 아침 형사가 찾아왔다. 비쩍 마르고 콧수염을 기른 껑다리 형사. 경위라고 했던 것 같다. 드디어 살인자를 잡았다고 형사가 알려줬다…… 좋은 소식이라더니!

나는 형제들 모두를 유심히 살폈다. 마침 아침식사가 거의 끝나가는 중이었다. 모두들 "다행이로군요, 늦은 감이 없지 않지만" 같은 반응을 보였다. 순간적으로 나는 스타크가 비아냥거린다는 인상을 받았다. 그는 가방을 챙겨오더니 나를 물끄러미 쳐다보았는데, 그때는 완전히 멀쩡했다. 부인은 한숨을 내쉬었다. 분명히 안도하는 모습이었다!

모두들 집을 나섰다. 곧 자동차에 시동을 거는 소리가 들려왔다. 마크가 운전대를 잡았다. 창문으로 내다보니 방금 왔던 경위가 맞은편에서 캐런의 아빠와 함께 있었다. 캐런의 아빠는 팔을 내저으며 형사를 밀쳐냈다. 가엾은 사람. 부인과 딸을 그렇게……

나는 막 달려나갔다(코트도 걸치지 않아서 몹시 추웠다).

"저기요, 저기요!"

형사가 돌아보았다.

"네?"

"정말 그 남자가 확실한가요? 어떻게 그렇게 확신할 수 있으세요?"

"겁먹을 거 없어요. 놈이 자백했거든요. 그래도 혹시 뭔가 아신다면 우리에게 말씀해주셔야 합니다."

"그 남자 옷에 묻은 피는 캐런의 피가 맞나요?"

"그건 아직 모릅니다. 분석 결과를 기다리는 중입니다. 결과가 나오면 알려드릴 테니 걱정 마세요."

그러더니 형사는 차에 올랐다. 형사는 가벼운 고갯짓으로 인사를 대신하고는 미소를 가득 머금은 채 시동을 걸었다. 나쁘지 않아, 저 미소. 도저히 말도 안 되는 이런 상황만 아니었다면, 저 남자가 나한테 호감이 있다고 생각할 텐데. 그냥 하는 말이 아니라!

이제 2층으로 올라가서 놈이 나한테 메시지를 남겨두었는지 확인해야겠다. 오늘 아침엔 올라갈 시간이 없었다. 그럴 마음도 없었고. 그저 두 눈을 감고 기다리고 싶은 마음뿐……

머저리 같은 놈. 벌레 같은 자식. 그런 놈은 짓밟아버려야 해. 신발짝으로 납작하게 갈아뭉개야 한다고! 그만, 그 정도면 됐어. 진정해, 지니. 가서 식사 준비나 해. 앞치마 걸치고 복수할 때를 기다리라고. 그런데 만일 그게 캐런의 피가 맞다고 확인되면, 이 무슨 고약한 농담 같은 일인가!

아, 네, 고맙습니다, 고맙습니다. 경위가 방금 전화했는데, 캐런의 피가 맞단다. 오, 고맙습니다, 그가 맞군요. 그 앤드루 뭐라는 자가 그 아이를 죽였군요. 세상에, 이건 농담이야, 멍청하기 짝이 없는 농담이라고. 지금까지 내내 믿어왔는데! 세상에, 내 안에서 울음이 터져나온다. 이 소식을 저녁식사 때 이 집 식구들에게 알려줘야 할 텐데, 정말이지 바보, 바보, 이런 바보 놀음이 없다! 정신을 차리려면 얼굴에 물을 조금 끼얹어야겠다. 자, 얼른, 이러다 늦겠다.

## 살인자의 일기

캐런의 피가 확실하단다. 암, 당연하지. 살인범은 앤드루다. 드디어 수수께끼가 풀렸다. 브라보, 지니. 네가 이겼어. 도움을 좀 받긴 했지만, 어쨌든 네가 이겼지. 넌 나한테 당한 거야, 안 그래? 저녁때 식탁에서 이 소식을 전할 때 아주 만족한 것 같아 보이더군. 엄마, 아빠도 그랬고. 즐거움과 기쁨으로 가득한 축제였지. 그 바람에 오늘 저녁때 천사들처럼 노래까지 불렀지 뭐야. 이제 놀이는 끝났어, 그러니 뭐?

유감이야, 난 상당히 재미있었는데. 우리 모두 재밌게 잘 놀았어. 뎀버리 여자, 샤론, 전부 다. 그 멍청한 형사들이 모든 걸 엉망으로 만들어버리기 전까지는.

묘지에나 한번 가보지그래. 이 기쁜 소식을 축하하려고 그 여자들이 전부 관에서 튀어나왔을 거야. 어쩌면 오늘밤에 그들이 네 방까지 찾아올지도 모르겠네. 같이 샴페인이라도 마시자면서 말이지…… 아무튼, 대단히 저급한 취향의 농담이었을 뿐이야, 안 그래?

잘 자, 셜록 홈스. 편히 자라고, 모든 게 다 제자리를 찾았으니까! 바데 레트로,[1] 나쁜 생각들이여, 살인자는 이제 체포되었다, 할렐루야, 할렐루야!

언제나 눈을 내리깔고 입을 꼭 다물고서 걸스카우트 단원처럼 뾰로통한 표정을 짓는 클러리스가 마음에 들지 않아. 분명 침대에서는 그보다 덜 새침할 테지…… 이봐, 넌 어떻게 생각해?

**지니의 일기**

넌 다시는 나를 골탕 먹이지 못할 거야. 십오 분쯤 전에 네가 올라오는 소리를 들었어. 네 부모님은 아래층에서 대화중이

---

[1] '물러가거라'라는 뜻의 라틴어.

었고. 하필이면 그때 클러리스와 이야기하느라(클러리스가 내 방을 보고 싶다고 했다) 가서 볼 수가 없었다. 마음 같아선 커다란 소시지 덩어리 같은 클러리스를 한입에 다 털어넣고 싶었다! 당연하게도, 방문을 열었을 땐 아무도 없었다.

　복도 문들은 모조리 닫혀 있었다. 나는 얼른 보러 갔다. 그리고 읽었다.

　나는 놈에게 메시지를 남겼다.

　놀이는 끝났어. 너도 재미있었고, 나도 그래. 그러니 이제 끝내야지. 어쨌거나 앤드루 뭐라던가 하는 작자가 모든 범죄를 자백했어. 물론 샤론 건만 빼고. 샤론 건은 사고였어, 너도 알잖아. 물론 넌 그 사실을 기를 쓰고 부인하지만 말이야. 넌 그 아이를 사랑했으니까, 안 그래? (난 이 문장에 줄을 그어 지웠다, 마치 그런 걸 썼다는 게 후회스럽다는 듯이 말이다.) 지금부터는, 어쩌면 서로 얼굴을 마주하고 대결할 수도 있을 것 같은데…… 네가 너무 부끄러워하지만 않는다면 말이야.

　마침내 꿀잠을 잤다. 총도, 경련도, 두려움도 없이. 멋져, 멋져, 멋져. 놈은 클러리스 이야기로 나한테 겁을 줄 수 있다고 믿는 모양이다. 정말 어이가 없다.

　그런데 그 미친놈이 캐런의 엄마도 죽였을까? 그걸 형사한테 물어보려 했는데 깜빡했다.

아니다, 자살이라고 했다. 그뿐이다. 우연이 계속 이어진 거다. 죽음이라는 현실을 받아들이지 못해서 놈은 그걸 자기가 한 짓으로 꾸미는 거다. 자기가 죽음에 대해 권능을 가진 것처럼, 자기가 신이라도 되는 것처럼 떠벌린다. 그러거나 말거나 난 달려간다! 침대로, 침대로. 그동안 잠이 너무 부족했다!

아래층에서 무슨 소리가 들린다. 어쩌면 도둑일지도 모르겠다. 가서 봐야 하나? 아니, 난 잘래.

그래도 가봐야지. 우선 녹음기를 집어든다. 적어도 내 마지막 한숨소리 정도는 녹음해줘야 하니!

여보세요, 여보세요. 자정에 눈을 맞으면서 녹음기에 대고 속삭이고 있다니 우습기 짝이 없다. 불은 모두 꺼져 있다. 바깥에서 집을 보니 나름 재미있다. 몸이 꽁꽁 언다. 사람이라고는 하나도 보이지 않는다. 나는 서둘러서 집으로 돌아간다. 한바퀴 돌고 나니 기운이 되살아난다. 살아난다, 살아난다. 랄랄라. 난 아침저녁으로 노래를 부른다네, 나의 정원에서 노래를 부른다네, 추워죽겠네, 덜덜덜 덜덜덜, 돌풍이 나를 에워싸네, 덜덜덜 덜덜덜, 눈이 나를 덮어주네, 잠옷 바람의 지니는 한밤중에 도둑을 잡으러 나섰다네, 지니에게는 잘 어울리는 일이라네!

빨리빨리 들어가자. 이 멍청한 문은 매번 이렇게 닫힌다. 도대체 어떻게 된 거지? 문이 말을 안 듣는데 혹시…… 빌어먹을 추위! 앗, 죄송, 녹음중이지, 아무튼 그래도 빌어먹을 추위다. 그러지 말고 열려야지, 멍청한 문아, 응? 아무래도…… 손잡이가 돌아가지 않는다. 그들이 안에서 문을 잠갔다, 이 천하의……! 초인종을 누르는 수밖에 없다.

모두 귀가 먹은 거야, 뭐야? 아니, 정말 이러기야! 자기들이 자초한 거니까! 뭐야, 빌어먹을, 누군가가 이 망할 놈의 문을 확 들이받는다 해도 아무도 꿈쩍하지 않을 기세잖아!

춥다…… 영하 10도는 되는 것 같은데 실내복 하나만 달랑 걸쳤으니…… 아니, 도대체 어떻게 된 거람! 가만있자, 가만있어보자. 이러다간 저 귀머거리들을 몽땅 깨우겠네. 내가 이 망할 놈의 문짝을 날려버릴 거야. 제발 부탁이니 얼른 와서 문 좀 열어줘, 제발 이렇게 부탁할 테니까…… 놈이 자기 식구들은 모조리 죽여버리고, 나 같은 건 밖에서 꽁꽁 얼어죽게 만들 작정인가. "또 사고가 일어났어요. 유감입니다, 경위님……" 좋은 생각이 났다. 전화가 있잖아. 캐런 아빠한테 가봐야지……

그의 차가 보이지 않는다. 출장 간 모양이다. 이제 발에 감각이 없다. 손도 마찬가지다. 금방이라도 쓰러질 것 같다. 그러니 문을 열어야 한다. 놈은 고의로 이런 짓을 하는 게 틀림없다. 기절하기 직전이다. 몸이 너무 떨려서 말하기도 힘들다. 문 좀 열어요, 빌어먹을!

## 살인자의 일기

오늘밤은 날이 몹시 춥다. 밖에서 웬 짐승이 신음소리를 내며 현관문을 긁어대는 것 같다. 가엾어라. 이 추위에 어린 짐승이 얼마나 힘들까! 영원히 안녕, 지니.

## 지니의 일기

의사 선생은 문을 열어주며 이렇게 말했다.

"우리는 아무 소리도 못 들었어요, 알잖아요, 방문을 닫으면……"

"그런데 누가 안에서 문을 잠갔죠?"

"그야 나는 모르죠. 자, 늦었어요. 얼른 자요!"

"안녕히 주무세요."

비열한 늙은이 같으니! 놈을 해치울 수만 있다면! 난 녹음기에 담긴 내 목소리를 다시 들었다. 바들바들 떨리는 음성이 무지 웃긴다…… 굳이 말하자면 웃기다는 거다.

나는 뜨끈한 그로그[1]를 한 잔 마셨다. 문을 잠가버린 얼간이 놈을 잡기만 해봐라! 독감에 걸린 게 확실하다.

쉴새없이 재채기가 나온다! 몸이 덜덜 떨리는데, 열이 날까봐 겁난다. 식은땀을 흘리며 밤새도록 이리저리 뒤척이느라 끔찍한 밤을 보냈다! 새벽 동이 트면 아래층으로 내려갈 거다. 위층은 난방이 영 시원찮으니까!

## 살인자의 일기

지니가 계단을 내려가는 소리가 들린다. 기침을 콜록콜록하는 걸 보니 감기에 걸린 모양이다. 눈 속에서 걸어다닌다는 희한한 생각을 하다니, 여자들이란 참으로 예측할 수 없는 존재다……

너의 기침소리를 듣고 있어, 자기야. 그래서 몹시 마음이 아파. 너를 품에 끌어안고 위로라도 해줄까?

## 지니

난 말이지, 불능 애송이들하고는 안 자거든, 그러니 괜한 생각 하지 말고 혼자서 네 거나 실컷 주물러대, 네 나이 땐 다들 그러니까.

## 살인자의 일기

나쁜 년! 내가 너한테 무슨 짓을 하는지 두고 봐. 내가 너를 얼

---

❙  물이나 우유에 럼과 향신료 등을 넣은 칵테일.

휴식 시간

마나 세게 끌어안는지 알게 될 거야. 너무 세게 끌어안아서 너의 그 독사 같은 혓바닥이 입 밖으로 튀어나오게 될 테니까!

넌 항생제를 먹는 게 좋겠어. 네 기침소리를 듣고 있자니 너무 피곤해서 하는 말이야. 게다가 식탁에서 그러면 구역질이 날 지경이거든.

크리스마스에는 말이야, 클러리스를 죽일 거야. 걔는 피아노를 칠 때 입을 헤벌리는데, 그때마다 그 시커멓고 악취 나는 구멍을 들여다보면 토할 것 같거든. 찬송가에 집중을 할 수 없을 정도라니까. 그 여자한테서는 발정난 암컷 냄새가 나. 너처럼 말이야, 자기야.

있잖아, 내가 아주 관대한 제안을 할까 해. 클러리스 대신 너여도 좋아. 그러니 네가 선택해. 넌 착한 일이라면 다 좋아하잖아.

잊지 마. 나흘 뒤 크리스마스 저녁 만찬이야.

**지니의 일기**

놈이 다시 발동을 건다! 아니, 정말 지긋지긋하네! 경찰이 앤드루를 체포했다는 사실을 놈도 잘 알 텐데. 그 대단한 농지거리는 끝났다고! 나는 더이상 놈에게 대꾸하지 않는다. 완전히 무시한다. 하루종일 오르락내리락하느라 시간이 다 갔다.

이제 곧 방학인데, 그러면 나는 또다시 형제들한테 시달리겠지. 어쨌거나 난 결심했다. 계속 놈을 감시해서 기어코 놈의 상판을 보고야 말 작정이다. 이제는 위험할 것도 없으니 말이다. 크리스마스 저녁 만찬이라니. 웬 멜로드라마람. 새로운 걸 좀 시도해야 될 것 같구나, 꼬마야.

아, 그 책은 어쩌지? 잠깐, 좋은 생각이 떠올랐다. 놈을 위해서 뭔가 녹음을 하고, 그걸 거기 갖다놓아야겠다. 저녁식사가 끝나면 노골적으로(이 또한 상당히 어려운 단어다) 위층으로 올라가는 모습을 보여줘야지. 내가 다시 내려오면 놈은 서둘러 올라가볼 테고, 그때 다시 따라 올라가면 놈은 현장에서 딱 걸리는 거다…… 이렇게 콧물이 주룩주룩 흘러내리지만 않는다면 노래라도 부르고 싶은 심정이다!

**살인자의 일기**

지니가 방금 위층으로 올라갔다. 내가 봤는데, 교활한 표정으로 빈정거리는 것 같았다. 도대체 무슨 일을 꾸미는 거지, 지니? 아무튼 너의 그 형편없는 요리보다는 나은 것이었으면 좋겠네. 가서 뭔지 봐야겠군.

가정부의 꼼수로 파놓은 함정을 보러 갈 거라고. 그전에 약간의 대비책은 마련해두어야 한다. 번데기 앞에서 주름을 잡으면 안 돼, 지니. 내가 바로 그 번데기거든. 주름이 아주 많은 번데기.

어디 보자, 이거로군…… 그런데 이런 걸로 나한테 뭔가 영향을 끼칠 수 있다고 생각하다니. 네가 그걸 태워버리거나 말거나 난 상관없어, 알아? 상관없다고. 종이가 구겨지는 소리가 들리네. 종이가 불에 타는 소리. 내 책, 내 책. 오, 넌 지금 네가 무슨 짓을 하고 있는지 몰라. 그러니 그 멍청한 주문 좀 그만 외우라고. 넌 내 목숨을, 내게서 활기를 제거해버리고 싶은 거지, 지니.

녹음기를 껐다. 너한테 할말이 있어. 듣고 있지? 내 목소리가 들려? 이 쓰레기 같은 여자야, 넌 방금 네 사형 선고문에 서명한 거야. 그깟 말 따위는 내게 아무런 영향도 끼치지 못해. 분필로 둥그런 원을 그려놨거든. 나는 그 원 안에서 보호받고 있지. 보호받고 있다고. 지니, 놀리 메 탕게레.[1] 나도 폐부를 콕콕 찌르고 돌처럼 내려치는 말들을 알고 있어. 넌 내 책의 생명을 빼앗았어. 그와 동시에 혈관을 흐르던 네 목숨도 다 빠져나간 거야. 네가 지른 불이 타오르며 나는 소리 속에서. 얼간이 같으니. 심술쟁이, 넌 고약한 심술쟁이야. 누가 오고 있다. 너라는 걸 직감적으로 알 수 있지. 그래, 너야. 네 숨소리가 들려……

---

▌ '날 건드리지 마'라는 뜻의 라틴어.

**지니의 일기**

놈이 거기 있었다! 놈의 모습을 거의 볼 뻔했는데! 분명 녹음기 쪽으로 몸을 굽히고서 속삭이는 중이었다. 나는 그 미친놈의 목소리를 들었다. 작고 심술 많은 목소리. 놈은 내게 등을 보인 채였다. 아니, 사실은 그렇지 않다. 실제로는 이랬다.

나는 살금살금 조용히 위층으로 올라갔다. 두 사람의 목소리가 교차되는 듯 높아졌다 낮아졌다 하는 속삭이는 목소리가 들려왔다. 문 앞에 서서 나는 숨을 죽이고 벌컥 문을 열었다. 등을 돌리고 앉은 사람이 시야에 들어왔다. 등에 모피코트를 두른 채 녹음기에 대고 말하고 있었다. 일순간 그자의 모습을 보았다. 세워진 코트 깃 언저리로 보이는, 푹 떨군 고개를 보면서 나는 생각했다. 부인이야, 부인이라고. 달리 생각할 수가 없었다. 그 여자가 몸을 돌렸다. 여자는 가면을 쓰고 있었다. 한순간에 일어난 일이다. 핼러윈에 쓰는 가면. 웃는 얼굴 가면.

나는 앞으로 나아갔다. 부인도 앞으로 한 발짝 내디뎠다. 나는 손에 권총을 쥐고 있었다. 손으로 부인을 잡았는데, 어찌된 영문인지 모피 코트가 내 얼굴로 떨어졌다. 나는 버둥거렸다. 총은 쏘지 못했다. 복부에 펀치 한 방, 아주 강한 펀치 한 방을 얻어맞으며 떨어뜨렸기 때문이다. 식사 때 먹은 것들이 목을 타고 올라왔다. 몸이 반으로 접혔다. 누군가가 내 머리에 코트를 뒤집어씌웠다. 나는 "이딴 놀이는 그만할래" 하고 고함을 질렀다. "이제 그만, 난 그만두겠어!" 권총이 내 옆에 놓여 있었는데, 누군가 그걸 집어들었다. 나는 소리질렀다. "안 돼! 안 돼!"

"지니? (부인의 목소리다.) 지니, 어디 있어요?"

누군가가 나를 밀었고, 나는 넘어졌다. 코트를 떨쳐냈다. 이젠 총도 없었다. 나는 미친 사람처럼 달려 계단을 내려갔다. 아래층으로 내려온 후에야 뜀박질을 멈췄다.

부인은 차를 내가고 있었다. 의사 선생은 신문을 읽고, 마크는 텔레비전을 켜려던 참이고, 스타크는 잡지를 찾고 있고, 클라크는 현관 거울에 비친 자기 모습을 감상하는 중이고, 재크는 피아노 앞에서 〈별이 빛나는 깃발〉[1] 도입부를 연주하고 있었다. 나는 숨이 차서 헉헉거렸다.

"아니, 지니. 지금 꼴이 어떤지 알아요?" 의사 선생이 신문 너머로 묻더니 곧 다시 고개를 숙이고 신문을 읽었다.

한순간 모두가 나를 보고 웃고 있다는 느낌이 들었다. 그들은 모두 고개를 숙인 채 웃고 있었다. 나를 비웃었다. 반드시 복수할 거야. 하느님의 이름을 걸고 복수하고 말 거라고!

---

[1] 미국의 국가.

이제 내게는 권총이 없다. 놈이 가져갔다. 어떻게 해야 하지? 놈이 나를 해치우려나? 아니, 살인자는 놈이 아니잖아. 앤드루가 범인이라잖아…… 이놈의 기침이 멈추질 않는다. 피곤하다. 나는 코트를 정리해두려고 다시 위층으로 올라갔다. 방문 옆에 핼러윈 가면이 놓여 있었다. 나는 계단 난간 너머로 몸을 굽힌 채 물었다. "이 가면, 누구 거죠?" 모두들 어깨만 으쓱하기에 쓰레기통에 던져버렸다. 나는 녹음기를 가져와서 놈의 목소리를 들었다. 듣고 또 들었다. 딱하기 짝이 없는 미친 놈!

책을 태우고 남은 재를 버렸다. 이제 이런 건 다 필요 없다. 나는 영원히 놈이 누구인지 알지 못하겠지. 더이상 헛수고는 하지 않을 것이다. 중요한 건 악몽이 끝났다는 사실일 테니까.

## 시합 재개

### 지니의 일기

이틀째 아무 일도 없다. 지루하도록 조용하다. 형제들도 잠잠하다. 그저 곧 있을 파티를 준비하고 있다. 나는 구입했던 책들을 정리했다. 크리스마스가 지나면 이 집을 떠나야겠다. 놈이 나를 밀고할 것 같지는 않다. 그 협박 역시 게임의 일부였다. 다만 이 게임의 결말을 알지 못하는 것이 못내 아쉽다. 어쩐지 기분이 싱숭생숭하다. 아마도 인생의 한 부분이 끝났으니 새롭게 출발해야만, 다시금 미지의 세계를 향해 떠나야만 한다는 느낌 때문일 것이다. 나는 뱃사람의 정신을 가진 것도 아니고 당찬 붙박이 가정주부 체질도 아니다. 시시한 소리 그만하고 이젠 파티 준비를 하는 저들을 도우러 가야겠다.

왜 놈이 더는 일기를 쓰지 않는지 궁금하다. 틀림없이 놈에게도 게임이 끝났기 때문이리라. 내 배엔, 놈에게 맞은 부위엔 시퍼런 멍 자국이 크게 생겼고 제법 욱신거린다. 폭력을 쓰다니…… 놈은 어쨌거나 약간 정신이 돈 게 분명하다.

벌써부터 짐을 싸고 싶은 마음이 굴뚝같다. 전화벨소리가 들린다. 누군가가 수화기를 들었다. 지금이 몇시쯤이지? 11시. 전화를 걸기엔 다소 늦은 시간이다. 도대체 누가 걸었는지 궁금하다. 가봐야겠다. 잠시 후 계속.


참 이상하다. 의사 선생의 애인이 집에 돌아오지 않아서 남편이 걱정하는 중이란다. 의사 선생 역시 얼굴이 새하얗게 질렸는데, 내색하지 않으려 애쓰고는 있지만 누가 보아도 불안한 기색이 역력하다.

부인은 뭐라고 중얼거리고, 형제들은 기가 막힐 정도로 무심하다. 스타크가 뚝딱거리며 만든 비디오게임에 형제들은 모두 빠져 있다. 그 뚱뚱이 여자가 왜 가출을 했는지 궁금하지만…… 하기야 뭐, 내 알 바 아니지.

그렇지만 왠지 모르게 마음이 불편하다.


## 살인자의 일기

그 여자가 집에 돌아오지 않아서 남편이 걱정하는 중이라고 한다. 내 사랑스러운 일기장아, 넌 어떻게 생각해? 좋지 않다, 좋지 않아…… 어쩌면 어떤 썩을 놈이 그 여자한테 매운 맛을 보여줬을 수도 있겠지. 가령 다리 근처 같은 데서 말이야. 그런 곳이라면 기차 지나가는 소음 때문에 아무 소리도 안 들릴 테고. 여자들이 어슬렁거리기엔 그리 좋은 곳이 아니지…… 무방비 상태의 가엾은 여자한텐 특히.

스타크가 만든 비디오게임은 진짜 무지 재미있다. 클라크가 연전연승, 마크는 꼴찌, 재크는 잘하지만 금세 산만해진다. 자, 난 이제 잠이나 자둬야겠다. 힘든 날을 맞이하게 될 것 같으니까.

## 지니의 일기

새벽 3시다. 날이 몹시 춥다. 난 아직도 기침을 달고 산다. 자꾸만 눈에서 눈물이 난다. 잠도 못 자겠고 숨도 못 쉬겠다. 담요로 몸을 둘둘 말고 생각에 잠긴다. (녹음기를 가져와야겠다. 그 편이 훨씬 쉬울 것 같으니까. 왜냐하면 손가락이 다 얼어버렸거든.)

무엇에 대해서 생각하느냐고? 사실 그건 나도 잘 모르겠다. 코나 풀어야지. 시끄럽긴, 꼭 얼굴 한가운데 나팔을 달아놓은 것 같다! 아래층에서 누군가가 걸어다닌다. 형제들 중 하나가 목이 마른 모양이다. 나는 나라를 가로지르는 버스에 탈 것이다. 해가 쏟아지는 곳으로 가야지. 멕시코 모자를 하나 사서 쓰고 외치는 거다. 올레, 멋진 인생!

전화벨소리. 아무도 전화를 받지 않는다니 무슨 일이지? 나는 받고 싶지 않다. 특히 이런 시간에 전화를 받으러 가고 싶진 않다고. 심장이 두근거린다. 아, 드디어 누군가가 내려가고, 전화벨소리가 멈춘다. 심장은 왜 이렇게 빨리 뛴담……

아무 소리도 들리지 않는다, 하지만 어째 분위기가 심상치 않다……

"지니, 지니, 얼른 와봐요!"

의사 선생의 목소리다! 왜 나를 불러대는 거야. 새벽 3시에 사람을 불러대다니 미쳤군! 내 실내복은 어디 있지?

"지니, 큰일났어요, 차를 한 잔 준비해줘요, 당장 나가봐야 하니까!"

그깟 차는 좀 스스로 끓이면 안 되나! 내 슬리퍼는 또 어디로 갔지? 아, 찾았다!

"지금 가요, 선생님. 갑니다!"

## 살인자의 일기

전화벨이 울렸다. 지금 시각은 새벽 3시 15분. 아빠가 전화를 받으셨다. 나는 아래층에서 어슬렁거리고 있다가 부랴부랴 올라왔다. 지니의 방에서는 속삭이는 듯한 소리가 들리더군. 아빠가 부르는 바람에 지니는 지금 부엌에서 바쁘다. 아빠는 옷을 입고서 엄마를 깨웠다. 엄마는 아무 소리도 못 들었다고 한다(수면제를 먹은 엄마는 바로 옆에서 대포를 쏜다 해도 깨지 않을 거야). 엄마는 하품을 하면서 아빠에게 나지막한 소리로 이것저것 물었다. 우리는 모두 눈치만 보았고. 분명 안 좋은 소식인 것 같았다. 요새 우리는 운이 나쁜가봐. 집밖에도 불빛이 환하다. 불빛이 깜빡거리는 걸 보니 경찰이 틀림없다. 혹시 아빠가 무슨 나쁜 짓을 했나? 가엾은 아빠, 아빠가 감옥에 가기라도 하면 어쩌지⋯⋯

지니 방 앞을 지나가다, 문이 조금 열려 있기에 슬쩍 들어갔다. 창가에 놓인 테이블 위에 공책이 한 권 있어서 그걸 슬쩍 집어왔다. 지니, 네 공책엔 정보가 그득하더군, 이 가엾은 여자야. 가엾은 멍청이. 이제 나한테 아무것도 숨길 수 없어. 무기도 없고 비밀도 없단 말이야. 그렇다면 너한테는 뭐가 남아 있을까? 대문짝만한 엉덩이뿐이지!

아빠는 밖으로 나가 경찰차에 올라탔다. 엄마와 지니가 뭐라고 얘기를 주고받는 동안 다른 사람들이 웅성거리며 움직이는 소리가 들린다. 어디, 우리도 거기 끼어볼까.

## 지니의 일기(녹음기)

완전히 녹초가 되었다. (내 공책이 사라졌다. 그래서 여기에 대고 말하고 있다.) 아래층으로 내려가면서 방문을 조금 열어두었는데, 그 틈을 타서 놈이 내 공책을 가져간 게 틀림없다. 놈은 모든 걸 다 읽었겠지. 내가 생각한 것, 내가 감추고 싶어한 것, 내 계획, 내가 떠나려는 날짜도 다 알았을 거야. 그리고 나를 감방에 보낼 방법까지도. 젠장, 정말 아름다운 밤이네! 그런데 그 얼간이 놈은 이 멍청한 게임에 영영 싫증을 내지 않는 걸까? 다른 소식으로 넘어가자, 좀더 즐거운 소식 말이다.

의사 선생의 뚱뚱이 애인이 사라졌다. 아니, 사라졌다가 다시 발견되었다. 다리 근처, 공장의 화물 철도 뒤에서. 강독 아래쪽에서 발견되었는데, 샤론처럼 몸이 산산조각으로 부서진 채였다. 하느님 품안에서 고이 잠들길! 경찰은 내가 그 여자에게 보낸 편지를 발견했다. 그래서 경찰이 의사 선생을 데리러 온 것이다. 그녀의 남편은 벌써 현장에 도착했다고 하고…… 분위기야 당연히 엄청 험악했겠지. 어쩌면 경찰은 남편이 여자를 죽였다고 생각할지 모르겠네…… 어쩌면 정말 그럴 수도 있고. 어쩌면 그 여자가 스스로 목숨을 끊었다고 믿을 수도 있다. 잔뜩 겁을 집어먹었거나, 너무 창피해서라거나, 잘은 모르겠지만 내 편지 때문에 남편이 모든 걸 다 알아버렸기 때문이라든가…… 하지만 누가 그 여자를 죽였든 아니든, 그건 내 책임이 아니야…… 아니, 도대체 내가 무슨 얘기를 하는 거지?

놈은 지금 내가 가장 비밀스럽게 간직하고 있던 것을 읽고 있을 것이다. 마치 강간당하는 기분이다. 고공에서 추락하는 듯한 기분. 지금 생각났는데, 아주 어렸을 때 아빠가 나를 자기 머리 위로 던진 적이 있다. 뱃속이 뻥 뚫리는 듯한 느낌이었지…… 기계에 대고 말을 하려니 절망스럽네. 꼭 〈스타워즈〉 속 정신 나간 여자가 된 것 같은 기분이야. 의사 선생은 집으로 돌아올까? 지금은 새벽 4시가 넘었고 전화벨이 울리기를 초조하게 기다리는 중이다. 아래층에서 차를 마셨는데, 그 때문인지 신경이 곤두섰다.

잠을 자려고 노력해봐야겠다. 침대에 누웠다. 방문은 열쇠로 잠갔고, 녹음기는 켜놓은 채 잠깐 눈이나 붙여봐야겠다…… 멍청한 소리 같지만, 기계가 웅웅거리는 소리를 들으니 마음이 좀 놓인다.

전화벨…… 전화벨…… 아냐. 현관문소리야. 얼른 가봐야지, 얼른!

이건 또 무슨 해괴한 농담이지? 쓰레기통에 던져버린 가면이 현관문 앞 깔개 위에 놓여 있잖아. 그걸 들고 방으로 올라왔다. 그 안에 메시지가 적혀 있다. (지금 몇시지? 6시!) 읽을 수가 없네. 불을 켜야지.

이봐, 지니, 아주 흥미진진하던데, 너의 그 자잘한 고백들 말이야.

네가 얼마나 진실에 근접했는지 알았다면 좋아했을 텐데. 자기야, 하지만 어쩌지, 그걸 누릴 시간이 없을 테니……

죽음 속에서, 너의 애인

이 따위 것 때문에 새벽 6시에 깨다니! 의사 선생은 아직 돌아오지 않았다. 경찰이 체포했나봐. 여자는 그의 애인이었으니까. 언제나 애인을 체포하기 마련이지. 자동차 소리. 차 소리가 들린다. 차가 멈춘다. 부인이 잠에서 깬다. 부인이 내 방 앞을 지나간다. (부인의 발소리는 구별할 수 있다, 슬리퍼를 끌면서 걸으니까.) 방금 초인종이 울렸다. 의사 선생이 열쇠를 깜빡했을까? 모두들 부산하게 움직이네. 어디, 나도 가봐야겠다. 이번엔 열쇠로 방문을 잘 잠가야지. (이 망할 놈의 계단을 하도 오르락내리락한 덕분에 뉴욕 마라톤에 나가도 될 판이야.)

## 살인자의 일기

경찰은 아빠를 체포하지 않았다. 행운이지…… 누군가가 그 불쌍한 여자에게 험악한 내용의 편지를 보냈고, 그래서 여자가 다리에서 뛰어내린 거란다. 너무 겁이 나기도 하고 후회스럽기도 해서…… 아빠도 그 편지를 읽었고, 그렇게 우리 가운데 하나가 자기 애인을 따먹었다는 사실을 알았으며, 또다른 누군가도 그 사실을 알고 있다는 것까지 전부 알게 됐다. 아빠는 자신을 신고한 게 엄마라고 믿는 것 같다. 아니면 그 지니 년이거나. 그래도 지니는 쫓아내버릴 필요 없어요, 아빠. 가만히 두면 제 발로 나갈 거라고요. 멀리, 아주 멀리 떠날 테니까 걱정 마세요.

이 집에 들이닥친 형사들은 집안을 샅샅이 뒤져서 자기 아빠와 한 여자를 공유하는 지지리 운좋은 아들을 찾아내려 할 테지. 그런데 내가 그 편지를 빼돌리지 않은 게 과연 잘한 일일까?

그 여자는 내가 비밀을 누설했다고 믿었어. 무슨 뜻인지 알겠어? 그 여자는 사태에 대한 설명을 원했다고. 그래서 우리는 거기서 만나기로 약속했지. 산책하는 사람도, 남의 일에 관심 갖는 사람도 없는 조용한 곳이니까……

대화를 하다보니 그 여자가 점점 흥분하더라고. 난 예의 바르게 행동하고 싶었는데. 더구나 시간도 별로 많지 않았고. 그 여자가 내 손목을 잡아서 손을 빼내려 했는데 여자가 놓아주지 않았어. 고민할 겨를도 없이 나는 주먹으로 그 여자의 배를 때렸지. 그랬더니 글쎄, 그 여자가 바로 배를 움켜쥐고 몸을 숙이더니 토하기 시작하더군. 아무 생각도 들지 않았어. 그저, 이제 이 여자는 너무 많은 걸 안다고, 내가 생각만큼 상냥하지 않다는 것도, 내가 아주 몹쓸 짓을 할 수 있다는 것도 다 안다는 생각만 했지. 그런 건 아무도 알면 안 되는 건데 말이야. 내 말이 무슨 뜻인지 넌 잘 알겠지. 누구든 내 얼굴을 알아서도 안 되고.

그 여자가 몸을 일으키더니 비명을 지르려고 했어. 입을 막 벌리는 순간, 나는 그 여자의 양 발목을 잡아 들어올렸지. 여자는 필사적으로 다리 난간에 매달렸는데, 여전히 정신을 못 차린 듯했어. 난 그대로 여자를 밀어버렸지. 쿵! 돌아보니 주위엔 고양이 한 마리 얼씬거리지 않더군. 화물 열차만 지나가고 있을 뿐. 난 홀가분한 마음으로 자리를 떠났어. 워낙 높은 곳이라 그 여자가 살아날 위험은 없었으니까. 그렇지만 아무런 쾌감도 못 느꼈어. 모든 게 너무 빨랐거든. 게다가 너무…… 말끔했고. 그래서 그보다 더 오래가는 뭔가에 대한 욕구가 솟구쳤어. 비유하자면 내 식욕에 불을 당겼다고 할까.

말해줄 테니 잘 들어, 지니. 너는 내가 아니라고 믿는 거지. 넌 그 얼간이 앤드루 어쩌고가 범인이라고 믿어? 한심한 자식, 그 자식이 분명 캐런의 시신을 뒤적거렸을걸. 뭐라도 집어가려고. 그 자식이 좀 모자라다는 건 누구나 다 아는 사실인데 뭐……

아무튼 자기야, 넌 그래서 내가 이 일련의 살인 사건의 유일한 유력 용의자라고 믿지 않는다는 거야? 그렇다면 잘 들어. 아니, 수면부족으로 빨갛게 충혈된 네 작은 두 눈을 가지고 똑똑히 읽어(내가 남긴 메시지는 찾아냈어? 네가 너무 빨리 문을 여는 바람에 하마터면 들킬 뻔했잖아), 이 추잡한 술주정뱅이야. 내일 아침 신문을 아주 찬찬히 읽어봐. 신문 1면에 아주 신선한 고깃덩어리가 나올 테니까. 난 그 고깃덩어리가 몸에 딱 붙는 분홍색 바지를 입고 있다는 사실까지도 말해줄 수 있어. 그다음은 네 차례야. 난 네 메시지는 완벽하게 이해했거든.

추신. 일이 너무 빨리 끝나버려서 실망했다고 얘기했잖아…… 그래서 어떻게든 만회해야 했지. 그렇다고 너무 질투하진 마, 네 몫도 있을 테니까…… 쪽!

## 지니의 일기(녹음기)

에취! 젱장! 젱장할 강기! 지금은 오후 3시. 코가 줄줄 흐른다. 난 지금 내 방에서 이불을 뒤집어쓰고 익다. 이 젱장할 녹응기 때문이다. 아, 코가 막 떨어지네! 오한이 나능 걸 보니 열이 잉나보다. 부인은 나보고 가서 누워 있으라고 했다. 나는 손에 답히는 대로 아스피린을 상켰다, 괜찮아지능지 두고 보면 알 객지!

그래서 난 디금 뭐가 뭔지 정신이 없다…… 어쩌면 곧 헛소리가 튀어나올지도…… 오늘 아칭, 깜짝 놀라 깼다. 8시역다. 내내 앙몽을 꺽지 뭐야. 강밤에 일어낭 일을 생각하멍 이상할 것도 없지!

의사 성생이 돌아오자 모두들 아래층으로 내려각다. 표정이 몹시 나쁜 의사 성생은 여자에게서 편지 항 통이 발견되억다고 설명핵지. 그 여자에게는 애인이 여러 명 있억고, 스캔들이 두려워서 자살을 항 게 틀림없을 거라고도 말핵어.

그런데 왜 의사 성생이 소황댕는지, 그 이유에 대해서능 항 마디도 안 핵다! 경찰이 여자의 남편은 붙잡아두억다니까, 의사 성생은 혐의가 없는 것으로 잉정된 모양잉데. 긍데 이제 의사 선생이 자기가 애지중지하는 아들 녀석들 가운데 항 명이 자기 애잉과 장 걸 알았으니…… 시끄러워지겡네! 설명을 마친 다음 의사 성생이 자러 올라가자, 우리도 모두 위층으로 올라각다. 그러는 와중에 미친놈의 메시지에 빌어먹을 크리스마스 만찬까지, 정말 못살겡네.

그러고 보니 오늘 아침 잠에서 깨어나 아래층으로 내려갔을 때, 애송이 놈의 메시지를 발견행능데 아직 읽지 않았다는 사실이 생각낙다. 그럴 시간이 없억지. 이제 모두들, 아이고 어디 있는지 나도 모르겍고 알고 싶지도 않다. 난 하루종일 코를 닦느라 정싱이 없으니까…… 그걸 읽어봐야겠다. 점심땐 먹지도 못핵는데, 토할 것만 같다…… 어디 보자……

젱장할! 싱문을 읽어야 한다, 이럴 수는 없어.

모등 것이 다시 시작되는 걸 원하지 않아. 그렁 건 정말 싫어. 제발 부탁이에요, 주닝. 이건 그냥 우연이어야 해요. 정말 싫다니까요, 싫어요. 이젠 지긋지긋하다고요.

쟁장할 싱문, 거지같은 싱문, 겨우 열일곱 살짜리 여자아이, 열일곱 살이라고요. 내 말 들려요, 주닝? 목이 잘럭다고요. 목이 잘리는 게 어떤 겅지나 아세요? 감방에 여자아이가 있억능데, 그애가 자기 남편 목을 자르고는 비명을 질럭대요. "피, 피 좀 봐, 피가 자꾸만 솟아올라." 그래서 사람들이 그 아이한테 징정제를 놓악다더라고요.

그 죽은 여자아이는 분홍색 바지를 입고 있억다고 신문에 보도되억다. 나이는 열일곱 살, 이름은 제이미, 근처 공장에서 일핵고. "또다시 공격에 나선 성벙죄자". 대문짝만한 제목. 싱문에서는 앤드루가 아마도 곧 풀려날 것이며, 경찰은 이벙에도 동일범이 저지른 짓으로 보고 익다고 이야기핵다. 그렇게 생각해야 해요, 제발 부탁해요, 형사닝들. 효율적으로 생각해야죠, 이번 항 벙만이라도.

놈은 어떻게 싱문이 인쇄되기도 전에 그걸 알았을까? 어떻게 그럴 수 있억지? 난 어떻게 된 건지 안다. 하지만 그렇지 않기를 바랑다, 그렇지 않기를 바랑다고!

경찰이 다시 오면 난 모등 걸 말하리라. 하느닝의 은총이 함께하기를!

새벽 6시에 놈이 몰래 제일 처음 나온 싱문을 사러 각다면 또 모를까? 그렇지, 바로 그거야, 그랬을 거야, 모두들 자러 갈 때 놈이 혼자 나가서 그걸 보고서 나를 겁줄 건수를 하나 잡았다 생각한 거지! 그럭고말고! 내가 이렇게 멍청하다니까! 또 바보같이 당할 뻔했잖아! 참내, 또 코 풀어야겠네. 아, 이제 좀 낫네. 그래, 분명 그렇게 된 거야, 다른 답은 없어. 그러니 이제 좀 쉬자.

## 살인자의 일기

아, 정말 아름다운 오후로군! 온통 잿빛이다. 음울한 잿빛, 아주 두텁고 숨이 턱 막히는 잿빛. 하지만 나는 이런 걸 좋아한다. 주위가 온통 어둡고 눈보라까지 몰아치면 더 좋고. 아빠가 점심을 먹을 때 아주 묘한 표정을 하고 있었다⋯⋯ 못마땅한 눈초리로 모여 앉은 사람들을 전부 째려보더라고. 우린 영문을 몰라 당황했다(물론 나는 빼고). 모두들 지난밤에 벌어진 일, 경찰서에 끌려가 형사들의 신문까지 받은 일 때문이라고 생각했다. 우리 소중한 아빠가 궁금해하는 것은, 우리 가운데 과연 누가 깜찍하게도 아빠의 애마와 말타기 놀이를 했느냐였겠지만⋯⋯

　가엾은 아빠⋯⋯ 엄마도 잔뜩 토라진 듯 이상해 보이는 건 마찬가지였다. 뭔가 알아차린 게 분명하다. 더구나 형사들이 오늘 아침에도 전화를 했고, 그들이 아빠에게 뭐라고 얘기했는지 엄마는 알 테니까. 가엾은 엄마…… 지니는 계속 흘러내리는 콧물 때문에 쉴새없이 훌쩍거린다. 불결한 사람처럼 말이다.

오늘 아침에 네가 나를 깨워가면서까지 분주하게 뒤적거리는 소리를 들었어. 하지만 네가 신문을 읽지 않았다는 걸 알았지. 신문이 종이 띠가 둘린 채로 서재에 그대로 놓여 있는 걸 봤거든.

내 깜짝 선물은 마음에 들어? 이제 여기서 누가 주인인지 확실히 깨달았겠지? 지니, 넌 우리를 위해 일하려고, 우리가 너를 필요로 하니까 여기 있는 거야. 그 점을 절대 잊어서는 안 돼. 지금 농담하는 거 아냐, 너한테 설명해줄 게 있어. 하지만 네가 평소처럼 귀담아듣지 않을 거라는 것도 잘 알지. 또 그래서, 늘 그렇듯, 너만 또 큰 코 다치게 될 거고.

냄새를 맡는답시고 내 일에 공연히 코를 들이밀지만 않았어도!

## 지니의 일기

너무 늦었어! ……애송이, 네놈이 잊고 있는 점이 있는데 말이지, 내가 네 일에 코를 들이민 건 완전히 우연이었다는 사실이야. 너 같은 놈이 싸놓은 똥이나 치우는 게 내 일은 아니거든. 내 일은 말이지, 그건, 근데 그게 뭐지? 늙은 할망구 주머니 터는 거. 그렇지, 난 노파들 주머니나 털지 시체를 털지는 않는다고, 알겠어?

을씨년스러운 저녁. 우선 놈의 쪽지를 읽었다. 그다음으로는 굳은 표정의 의사 선생과 문에 손가락이 끼인 것처럼 얼굴을 잔뜩 찌푸린 부인의 식사 시중을 들었다. 클러리스도 마지막 연습을 위해 집에 들렀다. 형제들은 활발한 식욕으로 노래를 불렀다. 이런, 내가 지금 무슨 소리를 한 거지? 아무 일도 없었다는 듯이 활발하게 노래를 불렀다고 쓴다는 것이 그만. 아무려나 열일곱 살짜리 여자애가 살해된 사건은 형제들과는 아무 상관이 없으니까. 놈에게 뭐라고 답장을 해야 할지 잘 모르겠다. 이제 게임은 할 만큼 했으니 그 정도로 충분하다. 더는 재미도 없다. 완전히 바보 멍청이 같지만, 어쩔 수 없지, 뾰족한 생각이 떠오르질 않으니.

**살인자**

자정. 방금 네 메시지를 발견했어, 지니. 엄마가 침실로 들어가시기 직전에 말이야. 멍청한 메시지더군.

어째서 게임이라고 하는 거지? 그게 게임이라니, 말이 되냐고. 너나 샤론, 캐런, 분홍 바지 소녀, 클러리스의 목숨이 달렸는데, 그게 게임이라고?

어째서 더는 재미가 없을까? 재미가 없으면 넌 지금 여기서 뭐하는 거지? 어째서 이 집에서 멀리 떠나 자화자찬이나 하지 않는 거야?

정말이지 이건 아니야, 이건 엄청나게 아둔한 여자가 남긴 엄청나게 아둔한 메시지라고.

그러지 말고 내가 클러리스를 죽이지 못하게 나서보는 건 어때. 그건 좀 재미나잖아.

그리고 제발 술 좀 그만 마셔. 알코올은 반사작용을 죽이거든. 난 너의 반사작용만 죽이진 않을 거지만, 자기야.

내가 "자기야"라고 불러주면 좋지? 그렇지, 자기? 내가 왜 너를 자기라고 부르는지 그 이유를 좀 생각해봐. 갑자기 꿀 먹은 벙어리라도 된 거야? 그건 네가 내 연인이기 때문이야! 메리 픽퍼드[1] 기억나? 사람들은 그 여자를 '미국의 연인'이라고 불렀지. 너는 죽음의 연인이야. 어때, 훨씬 멋지지 않아? 정말이지 맹세컨대, 난 너를 위해 이토록 노력한다니까! 이건 네 방문 밑으로 밀어넣을게. (사실 네가 쓴 일기 몇 대목을 다시 읽어봤는데, 아주 좋더라. 그거 알아, 뚱뚱이? 네 일기 말인데, 꼭 책으로 내야 할 것 같아……)

## 지니의 일기(녹음기)

잠을 잘 수가 없네. 놈의 이야기 때문에 꽤 걱정이 돼…… 누

---

[1] 캐나다 출신 배우이자 영화 제작자, 사업가. 무성영화 시절부터 할리우드에서 활발히 활동하며 1929년 영화 〈코켓〉으로 아카데미 여우주연상을, 1976년 공로상을 수상했다.

가 방금 어느 방문을 열었다…… 누군가의 발소리가 난다.
누, 누, 누구, 결심했어, 문을 열어봐야겠어.

아무도 없다. 복도는 조용하다. 그렇지만 분명 발소리가 들렸
다. 유령일 리는 없는데. 놈은 숨은 거야. 분명 몸을 숨긴 거
지. 그런데 어디에 숨었을까? 서랍장 밑에? 놈을 봤어야 했는
데. 이건 말이 안 돼.

　놈이 거기 없었다는 것만이 유일하게 가능한 설명이다. 놈
이 없으니 내가 놈을 보지 못하는 거다. 나 때문이야. 내가 이
상한 사람이라서, 내가 모든 걸 다 지어냈기 때문이라고. 어쩌
면 내가 그 여자들을 다 죽였기 때문일지도 몰라.

　그건 그렇고, 아무튼 아무도 없었다. 놈이 이곳을 지나갔
다고 말해주는 거라곤 아무것도 없었어. 어쩌면 화장실이나
복도 반대편으로 갔을 수도 있지. 부모님의 침실이 있는 쪽으
로 말이다. 그것도 아니면 녹아서 벽 속으로 스며들어갔으려
나. 벽을 뚫는 남자라. 가서 봐야겠네. 어쨌거나 내가 잃을 게
뭐 있다고.

　잃을 건 목숨 정도일까?

난 지금 아주 나지막하게 말하는 중이다. 누군가가 내 목소리
를 듣지 않았으면 하니까. 방금 재크의 방문을 열었는데, 아

　　　　　　　　　　　　　　　**시합 재개**

무도 없다. 침대는 흐트러져 있는데 녀석이 없다. 그러고 보니 다른 방문들도 열려 있네. 반쯤 열린 문들을 차례로 밀어보았지만 역시 아무도 없고. 침대란 침대는 모두 텅 비었다. 믿을 수 없는 노릇이네. 반대로 의사 선생과 부인의 방문은 둘 다 닫혀 있어서, 차마 열어보지 못했고.

이 집 형제들은 다들 어디 있을까? 한밤중에 지금 무슨 일이 벌어지고 있는 거지? 녀석들은 아래층에 있을 거야. 그래도 차마 내려가보지는 못하겠어. 바보 같은 소리지만 좀 겁이 나서. 다른 한편으로는, 지금이 진실을 알 수 있는 기회일 것도 같은데…… 아, 어째야 좋을지 결정을 내릴 수 없네…… 아, 누가 온다, 아래층에서 발소리가 들리고, 불이 꺼진다. 녀석들이 올라온다. 녀석들의 그림자가 보인다. 얼른 문을 잠가야 해. 녀석들이 오고 있다. 빈정거리는 소리가 들린다. 도대체 무슨 모의를 한 걸까? 녀석들이 내 방문 앞을 지나간다. 뭔가가 내 발에 닿는다. 종이 한 장. 녀석들이 방문 밑으로 종잇장을 밀어넣었다. '녀석들'일까, '녀석'일까? 그걸 무슨 수로 알아낸담?

모든 것이 마음에 안 들어. 클러리스…… 그런 일이 일어나서는 안 돼. 저 녀석들은 아래층에서 무슨 짓을 했을까? 잠을 자야 해. 열 때문에라도 쉬어야 한다. 클러리스를 위한 대비책을 마련해야 할 텐데, 놈의 말이 농담이더라도 조심해서 나쁠 건 없으니까…… 머리가 깨질 것 같아서 미치겠어!

## 살인자의 일기

너는 분명 위층에 있었어. 내 말 맞지, 이 더러운 쥐새끼야? 서둘러서 네 방으로 들어가는 너의 그림자를 봤거든. 나의 부엌데기 천사 지니, 왜 우리를 경계하는 거지? 정말 웃겨! 여럿이 같이 있을 땐 난 전혀 위험한 존재가 아니거든. 그건 너도 잘 알 텐데. 얼이 빠진 네가 되는 대로 아무 짓이나 하는 거겠지. 오늘은 크리스마스 전야. 이따가 만찬 땐 칠면조를 죽일 거야. 너도 상상해봐. 그 칠면조 이름은 바로 클러리스야. 난 네가 이번에도 한심하게 굴 거라고 굳게 믿어.

## 지니의 일기

내가 그 정도로 한심하진 않아, 애송이. 네 엄마한테 나도 손님을 한 명 초대해도 되겠느냐고 물었고, 네 엄마가 내 청을 거절하지 않았거든. 이 집 사람들은 너무도 친절해서 나 같은 불쌍한 가정부의 부탁은 거절하지 못하지. 오늘 아침에 네놈의 그 거지발싸개 같은 글을 읽고 나서 전화를 한 통 걸었어. 너희가 밖에서 눈싸움을 하는 동안 난 안에서 전화를 걸었다고.

너도 그 경위를 기억하지? 비쩍 마르고 예의바른 형사 말이야. 그 사람에게 저녁을 함께 먹자고 했어. 그 사람이 나를 마음에

둔 것 같은데다(그래, 나 같은 뚱뚱이한테도 그럴 때가 있어), 나한 테 여기엔 새로 와서 아는 사람이 한 명도 없다는 말도 했거든.

경위는 유감스럽게도 근무 때문에 식사는 안 되겠지만 그래도 저녁식사 후에 잠깐 들러서 술도 한잔하고 너희 노래도 듣겠다 고, 재밌을 것 같다고 하더라. 자, 이게 내가 크리스마스를 맞아 너를 위해 준비한 깜짝 선물이야, 이 코흘리개야. 마음에 들어?

나는 부엌에 있다. 이 메시지를 장 볼 목록을 적은 종이 뒷 장에 흘려 적었는데, 곧 위층에 올려다놓을 것이다. 그 딱한 경위에게 전화를 걸어 성가시게 군 것이 못내 창피했다. 분명 나를 색정광으로 여겼겠지…… 그런데 솔직히 그 경위 정도 면 나쁘지 않지. 좀 마르긴 했지만, 아니, 아빠, 세상 남자들이 전부 100킬로그램이나 나갈 순 없잖아. 그리고 적어도 그자 는 하마처럼 맥주를 마셔대는 배불뚝이는 아니라니까. 사실 그러거나 말거나, 난 신경 안 써, 경위가 자기 임무만 제대로 완수해준다면 말이지……

오늘 저녁에는 무슨 옷을 입어야 하지? 새 앞치마? 매혹 같은 소리 하네. 내 목에 '수집가용, 기체는 수리 필요, 거칠 게 몰아줄 조종사 구함'이라고 적힌 표지판을 걸고 있는 건 어떨까.

## 살인자의 일기

우리는 모두 같이 선물을 사러 마을로 외출했다…… 집에 지니 혼자 남았으니, 아마 온 집안을 샅샅이 뒤지고 다녔을 것이다. 내 말 맞지? 잘 뒤졌어, 지니? 네 선물은 없어. 넌 우리 가족이 아니잖아. 우리는 흩어져서 각자 쇼핑을 했다. 어떤 선물을 받게 될지 미리 알면 재미없으니까. 진열장엔 금색 단추가 달린 청재킷이 걸려 있었는데, 샤론이 전에 크리스마스 선물로 그걸 받고 싶다고 했었다. 하지만 하느님이 그 아이를 당신 곁으로 데려가셨으니……

샤론에겐 관심 없다.

나는 무기상에 들렀다.

지금 우리는 각자 방에서 선물을 포장하는 중이다. 아마 아빠와 엄마가 기분좋게 깜짝 놀랄 일이 있을 것이다. 우리가 오늘 밤을 위해 준비했거든.

그 경위인지 뭔지 하는 사람에 관한 멍청한 이야기를 읽었다. 도대체 언제부터 사디스트가 원하는 방식으로 원하는 곳에 나타나지 못하도록 경찰이 가로막았을까? 도둑년 지니가 도움의 손길을 내민 이후로? 웃기는 소리 좀 작작 하시지……

무기상은 나에게 접이식 사냥칼을 한 자루 팔았다. 날이 아주 예리하다. 방금 내가 한 말 들었겠지, 아주 예리하다고. 좋아, 내 사랑, 이제 그만 가봐야겠어. 벌써 시간이 꽤 늦은데다 준비해야 할 게 많으니까. 벌써 5시나 되었네! 어쩜 이렇게 시간이 빨리 가는지. 저녁때 보자고!

## 지니의 일기

5시 30분. 방금 거기로 달려가 놈이 내 메시지를 봤는지 확인했다. 놈은 읽었다. 그리고 나는 놈이 남긴 글을 읽었고. 우리는 간발의 차이로 어긋난 것이다. 아주 예리한 칼날. 그걸 말이라고. 놈은 자기가 얼굴을 버젓이 드러내고 무기상에 들렀다는 사실을 나에게 주지시키려 하는데, 그렇다면 만일 살인 사건이 발생해도 아무 문제 없이 십 분 만에 범인을 찾을 수 있다는 말이 되는 건가? 놈은 정말이지 나를 미련한 곰처럼 취급한다. 왜 이런 거짓말을 하는 걸까? 형제들의 방을 뒤져봐야겠다. 마침 침대 시트도 갈아야 하니까. 어제는 그럴 시간이 없었지만……

# 반칙

**살인자**

우리 방을 뒤졌더군. 종이란 종이는 죄다 건드리고는 아무렇게나 놔뒀더라. 도대체 뭘 찾으려 한 거야? 아, 그렇지, 칼! 있잖아, 네가 조금만 더 똑똑했으면 방을 하나만 뒤져봤을 텐데. 그다음 네가 방을 뒤진 사실을 내가 언급했다면, 그 방의 주인이 저절로 드러났을 거잖아. 내 말 무슨 뜻인지 알아들어? 뭐, 네가 다른 방들까지 뒤졌다는 사실을 내가 모를 줄 알았지?

내가 잘못 생각했나?

**지니의 일기**

6시 15분. 술 좀 훌쩍이려고 방금 방에 돌아왔는데 방문 아래 종이가 한 장 놓여 있었다. 놈은 내가 방을 전부 뒤진 걸 어떻게 알았을까? 혹시 그냥 떠보는 걸까? 혹시 놈은 다른 사람들과 이야기하는 척하면서 내내 나를 지켜보기라도 하나?

노인네들을 위한 깜짝 선물이라니, 그건 또 뭘까? 전기의자?

그런데 술이 어디 있지? 여기 있군. 오늘 저녁에 나는 녹음기를 몸에 지니고 있을 작정이다. 혹시 모르니까. 수다는 이쯤해두고, 이제 다시 내려가야겠다.

## 살인자의 일기

모두들 잔뜩 흥분했다. 크리스마스트리는 온통 불빛이 반짝인다. 정말 예쁘다. 엄마는 꽃단장하러 갔고, 아빠는 멋지게 차려입는 중이다. 우리는 캐런의 아빠, 베어리 부부와 아기, 클러리스, 밀리우스 박사와 같이 저녁을 먹을 거다. 가엾은 밀리우스 박사. 그런 (또하나의) 비극을 겪은 박사를 오늘 같은 날 혼자 둘 순 없잖아!

무슨 옷을 입을까? 괜히 군침 흘리지 마, 지니. 내가 입을 옷을 미리 묘사해줄 만큼 멍청하진 않거든. 멋질 거라고는 장담하지. 우리는, 그러니까 내 모습은 아주 근사할 거야. 혹시 사람 속으로 들어가서 그 사람을 갉아먹는 존재에 대해 들어본 적 있어? 난 어쩌면 너를 갉아먹는 중일지도 몰라, 지니. 그래서 넌 너도 모르는 사이에 나처럼 되는 거지. 너는 나를 죽이고 싶으려나? 엄마가 그러는데, 오늘은 크리스마스니까 너도 같이 저녁을 먹을 거래. 정말 친절도 하셔, 안 그래? 식사가 끝나면 우리는 찬송가를 부를 거야. 네가 부른 형사도 와 있겠지. 후식을 먹을 때쯤엔 클러리스가 시체가 되어 있을 거고…… 고오오오한 밤, 거어 어룩한 밤. 얼간이 어린양들아, 메에메에 울어라. 너희의 목자는 너희 따위는 신경 안 써. 그리고 너희가 따라가는 하늘의 별은 내 칼에서 반사된 빛이 너희 눈에 비친 것에 불과하단다!

## 지니의 일기(녹음기)

오 분간 휴식. 코가 새빨개졌다. 끔찍해라! 샤워하고 옷 갈아 입을 시간밖에 없네.

샤워부터 해야지.

또 메시지가 있다…… 맨날 똑같은 소리! 내가 보기에는 형사가 올 거라니까 놈이 겁먹은 것 같다. 빨간 원피스를 입어 야겠다, 예쁘기도 하지만, 가진 옷이라곤 그것밖에 없으니까.

그런데 만약 놈이 나를 수월하게 죽이려고 일부러 내 신경 을 클러리스에게 집중시키는 거라면?

이 녹음기를 주머니에 넣으면 남의 눈에 띨까? 아냐, 괜찮 아, 난 이 나라에서 제일 우아한 비밀요원이거든!

가자, 안 그러면 불쌍한 칠면조(진짜 칠면조다!)가 다 타버릴 라. 아, 테이블에 초도 몇 자루 더 놓아야지!


메리 크리스마스! 이렇게 속삭이는 난 지금 화장실에 앉아 있 다! 만찬은 대성공이다. 밀리우스 박사와 블린트 씨는 내내 입을 다물고 금방이라도 울음을 터뜨릴 것 같은 표정인데다 이미 곤드레만드레 취했다. 요령 좋은 의사 선생은 평소처럼 많이 웃고 음담패설을 늘어놓는다. 형제들은 오늘따라 아주 멋지다. 꼭 새신랑들 같네. 부인은 걱정 많은 사람처럼 눈꺼풀이 자주 파르르 떨린다. 매일 그렇게 여러 가지 약을 삼키니⋯⋯ 아기와 함께 온 부부는 대단히 상냥하다. 아기를 부인의 방에 재워놓은 그들은 농담도 잘하고 술도 즐긴다. 나는 약간 취했는데, 그래서 그런지 자꾸 오줌이 마렵다!

한순간 누군가가 나를 관찰하고 있다는 느낌이 들어서 고개를 돌렸다. 하지만 나를 쳐다보는 사람이라곤 아무도 없었다. 딸꾹질이 나네. 딸꾹질을 해대고 콧물을 흘리는 나는 참 섹시하기도 하지!

오! 깜짝 선물을 깜짝 잊었네! 형제들이 마련한 깜짝 선물 말이다!

그건 움직이는 성탄 구유였다. 아기 예수부터 동방박사들, 소에 이르기까지 무엇 하나 빠진 것 없이 모든 인형이 움직이고 음악도 나왔다. 형제들이 전부 직접 만들었다니, 다들 몇 시간은 족히 투자했겠던데. 놈들이 악마를 불러낸다고 생각했는데 바로 이걸 만들고 있던 거구나! 초인종이 울린다. 틀림없이 경위님일 거야. 빨리, 빨리, 후다닥 아래로 내려갑니다⋯⋯

## 살인자의 일기

메리 크리스마스! 여러분, 모두 메리 크리스마스! 샴페인을 좀 마셔서 그런가, 머리가 빙빙 돈다. 그래도 짧은 메시지 하나는 써야지! 모든 것이 순조롭다. 정말로 형사가 와서 지니는 지금 아주 기고만장했다. 클러리스는 쉬지 않고 그 큰 입을 열고. 아기를 데려온 사람들도 있다. 아기는 위층에서 잔다······ 아빠와 엄마는 우리가 선물한 구유를 대단히 마음에 들어하셨다. 아주 좋은 생각이었지, 안 그래? 벽에 몸을 기대고 글을 쓰자니 힘드네. 난 다시 손님들 있는 곳으로 가야 한다. 중요한 건 이목을 끌지 않는 거니까.

## 지니의 일기(녹음기)

결과적으로 매우 성공적인 파티였다. 경위, 밥, 시시, 의사 선생, 부인은 카드놀이를 하고, 밀리우스 박사와 블린트 씨는 계속 부어라 마셔라 하는 중이다. 클러리스와 형제들은 비디오게임을 하고, 나는 머리를 다시 손질하러 왔다(머리 손질은 무슨, 빗도 안 보이는데). 녹음기 마이크에 입을 대고는 자, 시작! 우리 모두 완전히 취했다. 형제들마저 바보 같은 농담을 쉴새 없이 떠벌리면서 이리저리 정신없이 돌아다닌다. 오늘 저녁 네 사람은 모두 똑같은 옷을 입고 머리 모양도 똑같이 다듬어서 클러리스는 계속 녀석들을 혼동한다. 그럴 때마다 모두들 재미있어한다. 형제들은 노래를 아주 잘해서, 눈으로 보기에도 귀로 듣기에도 아주 근사했다. 내가 자꾸만 딸꾹질을 해댄 것이 유감이었지만……

오늘 저녁처럼 정상적인 사람들이 모여 살면서 정상적인 농담을 주고받는 정상적인 이 집이, 지금까지 내가 지내온 집과 같은 곳이라고는 도저히 믿을 수 없다! 흡혈귀 저택 안에 잘못 들어왔다는 찝찝한 기분은 이것으로 끝났다.

근데 아빠, 아빠가 들려준 어느 여자애 이야기 때문에 내가 얼마나 무서웠는지 아빠는 알기나 해? 여자애 하나가 어쩌다 식인귀의 집에 들어갔는데, 식인귀들이 그애를 일부러 살찌웠다는 이야기 말이야. 난 식인귀들이 그 아이를 잡아먹지 않기를 바랐는데 아빠는 "잡아먹는다니까, 그냥 옛날이야기인데 뭐"라고 했잖아. 이런, 여기 너무 오래 있으면 내가 어디 아픈 줄 알 테니 다시 사람들 있는 곳으로 가야겠어. 어어, 비틀거리네, 똑바로 방향을 잡아야지. 자, 앞으로, 전속력으로!

티퍼레리까지 가는 길이 멀구나, 참으로 먼 길이 남아 있네……ᐟ

---

ᐟ 제1차세계대전 때 병사들 사이에서 불린 행진가 〈티퍼레리까지 가는 길이 멀구나〉의 가사.

**살인자의 일기**

마음이 아프다.

　지니는 완전히 취해서 내 눈앞에서 비틀거린다. 우리는 수
수께끼 놀이를 하고 있는데, 지니는 내가 수수께끼 답을 찾
으려 뭔가 끄적거리고 있다고 믿는 듯하다. 하지만, 아니야, 지
니. 난 지금 여느 때처럼 너한테 줄 글을 쓰고 있어. 너무 덥고
구역질이 인다. 멋들어지게 노래를 부르는 우리는 아주 근사
했다. 그리고 클러리스는 지금 나한테 딱 붙어서 실없는 미소
를 흘리고 있다. 이 시간을 잘 즐겨. 너희를 위해서 깜짝 선물
을 준비해두었거든…… 어라, 누가 나한테 말을 건다. 그렇다
면 대답을 해야지. 대답하면서 실수하지 않도록 조심할 거야.

**지니의 일기(녹음기)**

어머나, 죄송합니다, 죄송해요, 정말로. 그런데 변기 뚜껑은 어
디에 있는 거지? 잘 들어, 잘 들으란 말이야, 내 녹음기야. 여기
는 지니, 지니가 보고한다. 모든 것은 순조롭다, 애송이 신참
아. 경위님이 나한테 윙크한다…… 나는 머리가, 머리가 끔찍
하게 아프다, 우우우우웩! ……혀가 깔끄럽습니다, 부인! 이
상, 보고 끝. 나는 거실로 돌아간다. 사람들은 또 리큐어를 따
르고 있다. 나만 믿으시라, 제군들, 내가 간다!

## 살인자의 일기

손님들은 모두 돌아가려는 참이다. 시간도 많이 늦었고, 우리도 이제 피곤하니까. 우리는 클러리스를 데려다주기로 했다. 넌 참 운도 좋아, 클러리스. 사람들이 아기를 찾는 소리가 들린다. 모두들 부산스럽게 움직인다. 지금 몇시쯤 됐지? 아주 늦은 시간일 텐데, 사람들이 너무 시끄럽고, 너무 소란스럽다. 그까짓 성가신 아기 때문에 왜 이토록 법석을 떨어야 하는 거지?

## 지니의 일기(녹음기)

이제 헤어질 시간이다. 사람들이 자리에서 일어난다. 아, 아기를 데리러 위층으로 올라가야 하는데. 끔찍해, 아무것도 안보이잖아. 이게 다 술 때문이다. 눈앞이 깜깜해. 나를 걱정해주는 사람은 한 명도 없어. 누군가가 나를 지켜보는 게 느껴진다. 나를 해하려는 사람이다. 클러리스, 클러리스, 내 곁으로 와줘요. 사람들이 나를 혼자 내버려뒀어요. 코트냄새가 나는 걸 보니 지금 복도에 있나봐. 코트 속에 파묻힌 것 같네. 반대 방향으로 가야겠어……

　다들 뭘 하는 거지? 이 소리는 다 뭐야? 코끼리떼라도 몰려온 것 같네. 다들 고함을 지른다. 그래, 그거다. 사람들이 고함을 지르는군, 다들 미쳤어!

아주 늦은 시각이니 큰 소리를 내선 안 돼요. 이보세요! 내 목소리 들려요? 조용히 하라고요! 아무도 내 말을 안 듣네. 뭐가 뭔지 하나도 모르겠다. 재미나게 잘 놀았는데 어째서 지금…… 술에서 깨야 해. 정신을 차려야 해. 앞을 똑바로 봐야 한다고. 지금 암흑 속에 있지만 제대로 보고 싶어. 놈이 나를 잡을 수도, 내게 무슨 짓이든 할 수도 있다고. 안 돼, 건드리지 마. 나를 건드리지 말라니까. 다 말할 거야, 다 녹음되었다고. 경찰, 경찰!

사람들이 아기 이야기를 한다. 아기 이야기를 하는 게 맞나? 아기는 아프다. 나도, 나도 아프다고. 오, 사람들은 사고라고 말하는데 그건 거짓말이다. 사고가 아니야, 여기선 절대 사고가 일어나지 않아, 절대…… 아기가 떨어져서 머리가 깨졌다. 아기의 머리가 깨졌다고. 오, 딱하기도 해라! 사람들이 달리다 나와 부딪친다. "여보세요? 여보세요?" 누군가가 외친다. "여보세요?" 의사 선생이다. 웬 여자가 우네. 당연하지, 누군가가 자기 아기 머리를 박살냈으니. 근데 아기는 왜 울지 않지? 아프면 울어야 하는데, 난 이렇게 우는데, 난 아기가 아니야.

나는 아기가 아니야! 암흑에서 나갈 수 있게 도와줘요. 출구가 어디죠? 출구는 어디 있어요? 여자가 울부짖는다. 넘어질까봐 겁이 난다. 이 벽에서 손을 떼면 난 넘어질 거야. 사이렌소리, 사이렌소리가 들려. 불빛 때문에 눈이 아파. 타일 위로 쏟아지는 불빛…… 욕실이구나! 잘 알아맞혔어, 지니. 착하기도 하지, 대체 이 젠장…… 찬물 수도꼭지는 어디 있지?

이제 좀 낫다. 거의 정상적으로 보인다. 물체가 셋으로 보이지만 앞이 보이긴 해. 이 문을 열기가 무섭다. 고함소리, 비명소리도 다 무섭다. 지금 머리는 취하지 않았는데 몸이 여전히 비틀거려. 경위는 어디 있는 거지? 내가 그자한테 무슨 얘기를 했더라? 이 사이렌소리는, 구급차로군. 아기를 태우러 온 구급차. 이 문을 열어야 해. 가서 놈이 한 짓을 낱낱이 다 말해야 한다고!

## 살인자의 일기

후련하다! 구급차는 아기를 싣고 출발했다. 경위가 우리더러 진술서에 서명하라고 했다. 사람들이 화장실 문 뒤에 쓰러져 있는 지니(당연히, 이 지니는 바로 너야!)를 발견했는데 술냄새가 진동했다는 내용이었다. 엄마가 경위에게 말했다. "맙소사, 경위님. 지니가 아기를 안으려고 하지만 않았다면, 그래서 아기를 떨어뜨리지만 않았어도……"

경위는 지니를 쳐다보았지만 아무 말도 하지 않았다. 아기 아빠가 얼굴을 들었는데, 두 눈엔 벌겋게 핏발이 서고 그새 턱수염이 조금 자란 모습이 마치 영화 속 한 장면 같았다. 그들은 병원에 갔고, 아기는 분명 두개골 골절일 것이다. 침대

다리 모서리에 세게 부딪쳤으니까. 그러게 어린아이들이 있을 땐 항상 조심해야 한다니까.

틀림없이 너에 대해서 조사가 시작될 거야, 지니. 집안에 사람이 그렇게 많은데 아기를 죽이려 하다니, 그다지 영리하지 못한 생각이었어. 그들이 네 일기를 몇 장 손에 넣게 된다면 더욱 그럴 테지…… 왜, 있잖아, 네가 너 자신이 이중인격일 가능성에 대해서 의문을 제기하는 대목 말이야…… 그러니까 내가 미리 경고했잖아.

그래도 네게 기회를 줄게. 내일 저녁까지 내 정체를 밝혀봐. 그게 정말로 마지막 기회야!

## 지니의 일기

오늘 아침, 경찰서에서 연락이 왔다. 나는 2시에 출두해야 한다. 부인이 와서 나를 흔들어 깨웠다. 내가 잠들어 있었기 때문이다. 자초지종을 이해하는 데에는 시간이 좀 걸렸다. 사람들이 나를 욕실에서 찾아냈는데, 그때 나는 잡아당겨야 하는 문을 밀면서 도와달라고 외치고 있었다는 모양이다. 아기는 오늘 아침에 죽었다고, 의사 선생이 점심때 침울한 표정으로 나를 노려보며 알려주었다.

간밤의 일이 잘 기억나지 않는다. 조각조각 떠오르고 기억에 구멍이 많다. 녹음테이프를 다시 들어보니 간간이 기억이 난다. 녹음된 내용은 정말이지 을씨년스럽다. 누군가가 내 머리를 망치로 두들기는 것 같은 기분이다. 그러니 최대한 빨리 글을 쓰고 가서 누워야겠다.

경찰에서는 나한테 수십만 가지 질문을 했다. 경위도 거기 있었는데, 몹시 당혹스러운 눈치였다. 난 그에게 말을 걸지 않았다. 얼핏 보아하니 그들은 아직까지 아무것도 찾아내지 못했지만, 내가 교양 없고 천박하니까 그 사고에 책임이 있을 거라고 생각하는 듯했다. 그게 전부였다. 나는 맹세컨대 위층에 올라가지 않았으며, 다른 누군가가 올라가는 것도 못 봤다고 말했다. 하지만 그들은 내 말을 전혀 믿지 않는다. 나한테 열심히 노력해서 기억해내보라고, 그러면 마음이 편해질 거라며 끊임없이 닦달했다. 난 멍청하게 있을 수밖에 없었다. 계단을 올라간 기억이 전혀 없으니까. 도대체 뭣 땜에 그랬겠는가? 맙소사! 혹시 내가…… 난 그때 너무나 취한 상태였는데…… 아니, 그건 불가능해! 이 사람들이 어째서 내 짓이라고 철석같이 믿는지 이해할 수가 없다.

나는 뚱보 형사에게 물었다. 그들 주변에 그토록 많은 시체들이 차례차례 쌓여가는데, 이게 정상적인 가족에게 일어나는 일이겠느냐고. 그는 나를 바라보면서 우물거렸다. "그러게요……" 그리고 더이상 아무 말도 덧붙이지 않았다. 어쩌면 그들은 보기보다는 덜 멍청한지도……

나는 마을을 떠날 수 없다.


## 살인자

쥐뿔도 도움이 안 되는 참견쟁이 지니가 이번주 화요일 자정에 생을 마감하는군…… 안녕, 자기야, 괜찮아? 오늘 오후엔 내게 다정한 말을 전해주지 않을 거야? 경위와 이야기하느라 너무 바빠서? 저런, 유감이야, 나의 천사 지니. 네가 아기가 있는 방으로 올라가는 걸 본 사람이 있다는 것 같더라고. 실은, 네가 그렇게 좋아하는 경찰들 앞으로 내가 익명의 편지를 보냈거든. 네가 위층으로 올라가서 십 분쯤 있다가 묘한 표정으로 내려오는 것을 봤다고 증언하는 편지 말이야. 하지만 네가 정신이 이상해져서 살기등등한 기세로 공격할까봐 두려워서 내 신분은 밝히고 싶지 않다고 했고, 너무 구구절절해서 거의 눈물을 짤 뻔했다니까! 이 모든 내용은 시립 도서관 타자기로 작성했지.

어쩌면 언젠가 경위가 나까지 수사할 수도 있겠지. 하지만 그때쯤이면 넌 이미 땅속 깊은 곳에 있을 거야. 그러니 엄청나게 많은 내 더러운 세탁물들에 대해서는 아무것도 알 수 없을 테지, 내 이름도 듣지 못할 거고. 내가 널 어떻게 죽일지 상상해봤어?

지금은 8시. 식탁에 앉아야 할 시간이지. 그러면 그렇지, 지니가 우리를 부르는 소리가 들려. "식사하세요, 다 차갑게 식겠어요."

지니 너 역시 차갑게 식어버릴 거야! 이 모든 게 미치도록 재미있군. 자기야, 내가 그렇게 마음에 들어? 나를 따라다니기 시작한 지 꽤 됐잖아, 언제든 내게 고백해도 괜찮은데……

## 지니의 일기

휴식의 필요성, 휴식의 절대적인 필요성, 놈이라면 절대적인 휴식의 필요성이라고 말할 텐데, 그놈, 나…… 방문 밑에 종이가 있었다. 삼 분 전만 해도 없었는데. 분명해. 어디 보자.

머리가 아프다. 이런 게임은 이제 그만두고 싶다. 우리집으로 돌아가고 싶다. 아니, 아무데나 좋다. 그저 모든 게 멈추기를, 아기가 다시 살아나기만을 바랄 뿐이다.

도대체 가능한 일인가? 여기서 일어나는 이 모든 악행 말이다. 내가 그 모든 악행과, 이 끔찍한 일들과, 차마 입에 담을 수도 없는 이런 추악한 일과 맞닥뜨리게 되는 것이 가당키나 한 일인가? 이건 벌인가? 내가 그런 벌을 받아 마땅한 인간인가?

이런 상황을 순순히 받아들일 수는 없다. 그깟 보석 몇 개 때문에, 그깟 돈 몇 푼 때문에 이럴 수는 없다. 그러니 그 모든 일을 따로 떼놓고 생각하시죠, 제발.

죽음의 순간이 다가온다. 그런데도 내가 할 수 있는 거라곤 아무것도 없다. 아직 바다는 구경도 못 해봤는데. 난 아직⋯⋯

지니, 너 완전히 나사가 풀렸구나. 그게 다 무슨 헛소리야? 넌 죽지 않아, 지니. 자, 그러지 말고 정신 차려. 스스로 죽기를 원하지 않으니 죽지 않을 거야. 넌 살아남을 거야, 용감한 지니. 그 사람들에게서 돈을 훔친 다음 즉시 바하마로 도망치면 돼!

밥 먹으러 내려가야겠다.

## 살인자

오늘 저녁 지니는 침울해 보이더라. 슬픈 얼굴이었지. 하지만 식사는 썩 괜찮았어.

우리는 흰색과 파란색 줄무늬가 있는 새 잠옷을 입었어. 새파란 창공의 색. 거기에 피(내 덕분에 뿌려진 이 감미로운 피)로 빨갛게 물든 내 손까지 더하니 마치 깃발처럼 눈이 부실 지경이야! 하느님이 우리 조국과, 그 조국의 비옥한 땅에 내가 뿌린 죽음을 축복하시기를!

새 잠옷이 아주 마음에 들어.

모든 건 완벽하게 준비해야 해. 내 계획을 망치고 싶지 않으니까.

지니, 그거 알아? 이젠 너 아니면 나야.

이런 권총을 사다니, 이게 무슨 멍청한 생각이람.

이 글을 읽고 바로 방문을 열어보면, 아주 깜짝 놀라게 될 거야.

**지니의 일기**

거짓말쟁이! 놈은 내 방문 밑에 직접 쪽지를 밀어넣었다. 잠옷을 입다가 고개를 돌렸더니 쪽지가 눈에 들어와서, 그걸 집어들었다…… 제일 마지막에 놈은 나에게 문을 열어보라고, 그러면 깜짝 놀랄 일이 있을 거라고 했고 나는 머뭇거렸다. 머뭇거리다가 결국 열었다. 문을 활짝 열었지만 암흑만, 밤의 어둠만 있을 뿐 아무것도 없었다. 놈이…… 그놈이 어둠 속에 도사리고 있는 게 아니라면, 어둠과 하나가 되어 나를 바라보고 있는 게 아니라면. 나는 황급히 도로 문을 닫았다. 그리고 열쇠를 돌려 문을 잠갔다.

온몸에서 진땀이 난다. 몸이 영 안 좋다. 현기증도 나는데, 아마 아래층에서 마신 진 때문인 것 같다. 술기운이 필요했다. 어쩔 수 없었다, 술이라도 마시는 수밖에.

전화벨이 울렸다. 마침 식구들은 다 식탁에 앉아 있었다. 경찰이었다. 내일 아침 다시 경찰서에 출두해야 한다.

# 제자리에

**지니의 일기**

오늘이 내가 이 땅에서 보내는 마지막 밤일까? 살아서 보내는 마지막 밤? 아무것도 할 수 없는 채로 그냥 기다리기만 하는 사형수들, 그러니까 모든 것을 너무나도 그만두고 싶어하지만 그마저도 불가능한 처지의 사람들을 자주 생각한다. 다 끝났다…… 그런 상태를 표현하는 말이 분명히 있을 것이다. 뒤로 돌아갈 수 없다. 도망갈 수는 없다. 지나가버린 상황을 바꿀 수도 없다. 정말로 내 자신, 이 상황, 이 장소, 자기 몸의 포로가 되어버린 것이다……

이 모든 게 다 어리석다고 생각할지라도 이젠 너무 늦었다. 모든 것은 이미 다 새겨져 있다. 닥칠 일이 닥친 것이다. 한쪽에선 기차가 달려오고 철길 위엔 고장난 자동차가 서 있다가 그 둘이 충돌하는 영화 속 장면처럼. 그날은 그랬다. 저만치 멀리서 시작되었고, 아무도 어찌할 수 없었다.

놈은 총으로 나를 죽이려는 걸까? 그건 멍청한 짓일 텐데. 아무도 사고라고 믿지 않을 테니…… 혹시 내가? 그러면 그렇지…… 비열한 놈, 비열한 놈, 그런데 내가 왜 스스로 목숨을 끊겠는가? 사람들은 도대체 왜 자살을 할까? 나는 그 이유를 잘 안다. 스스로 목숨을 끊는 건, 그럴 의도가 전혀 없었으나 술에 취하는 바람에 아기를 죽이고 말았기 때문이다. 바로 이거, 아닌가? 후회, 회한 때문에? '그 여자는 후회로 미쳐버렸어요, 그러다가 스스로 목숨을 끊은 거죠……'

그렇다면 난 어디에 있어도 안전할 수 없다. 내 방에서라면 더더욱 그렇고. 반면, 놈은 내 방 자물쇠를 날려버릴 수 없다. 수상해 보이지 않겠는가, 자살하는 여자가 자기 방문을 부순다니……

## 살인자

지니는 더이상 나에게 메시지를 전하지 않네. 내겐 말도 걸지 않네. 삐친 거야. 너 삐쳤어, 똥자루? 너는 네가 지은 모든 죄로 인해 마침내 벌을 받게 될 거야. 네가 내뱉은 모욕적인 언사와 신성모독, 그 경멸스러운 눈초리로 인해서. 우리 가족은 깨끗하게 씻길 거고, 아무도 감히 내게 교수형을 받게 할 수 없다는 말이지.

교수형을 받는 건 너야…… 몸이 덜덜 떨리네, 아무래도 감기에 걸렸나보다. 지니, 요새 몰골이 말이 아니더라. 눈가의 커다란 다크서클 때문에 밤새도록 술판을 벌인 행실 나쁜 여자 같아. 혹시 진짜로 밤새 술판을 벌였어, 지니? 네가 아기를 박살냈어?

무슨 생각을 하고 있지? 네가 그 얄은 꼼수를 다 써놓을 때까지 내가 얌전하게 기다려줄 거 같아? 주인은 나야. 게임을 주도하는 건 나란 말이지.

지금 자고 있어? 네가 자는지 보러 가야겠군…… 아니면 지금 일기 쓰고 있어? 녹음기에 대고 속삭이는 중이야? 그것도 아니면 혹시 고주망태가 되어버렸나?

## 지니의 일기

문 열리는 소리가 들린다. 복도에 불빛이라고는 없다. 점점 다가온다, 숨소리도 들린다…… 누군가가 방문을 두드린다. "누구세요? 박사님?" 답이 없다. 그렇지만 분명 누군가가 방문을 두드렸다. 얼른 문을 열고 주변을 둘러보자…… 또 메시지가 와 있다! 끈질긴 놈이네. 또다시 나를 물고 늘어진다. 내가 그리운가봐, 그런 거야? "지금 자고 있어? ……혹시 고주망태가 되어버렸나?" 비열한 놈, 미친놈. 넌 내가 고주망태가 되어버리면 신이 나는 모양이구나!

자물쇠에 꽂은 열쇠를 돌려놓는 걸 깜박했네…… 이제 잠갔다. 놈이 불러도 응답하지 않을 작정이다. 그런데 망할 놈의 펜은 어디 있지? 진을 조금 마셔야지, 딱 한 잔만. 술병은 어디 있을까? 한 모금, 딱 한 모금만 마셔도 기분이 좋다, 목이 타들어갈 것 같긴 하지만 그래도 기분좋아.

좋은 생각이 떠올랐다. 역습에 나서야지.

이봐, 애송이. 난 너를 죽일 거야. 내일 자정이 되기 전에 너를 죽일 거라고. 네가 죽으면 모두들 흡족해하겠지.

두번째 아이디어가 떠올랐다. 이 쪽지를 복도에 놔둬야지. 놈이 나와서 이걸 집는 순간 술병으로 놈의 머리를 내려치는 거다. 그래, 그래, 그렇게 하자. 방문은 반쯤 열어놓고 난 화장실에 숨어 있는 거야. 놈은 자기 확신으로 가득하니까, 난 놈을 잡을 수 있어! 자, 가자.

안녕, 지니. 너의 건강을 위하여 건배!

이건 내가 쓴 게 아니다. 내 침대에 놓인 종이에 그렇게 적혀 있었다.

놈이 내 방에 들어온 거다. 놈이 여기 들어와서 내 침대, 내 물건들을 만지고, 내 원피스에 고의로 진을 쏟았다. 그 짧은 시간에! 혹시 놈은 사람이 아니라 귀신인가?

자초지종은 이렇다. 나는 깜깜한 어둠 속으로 나왔다. 혹시 놈이 나에게 총구를 겨누고 있을지도 몰라 불은 켜고 싶지 않았다…… 쪽지는 서랍장 위에 놓았다. (난 놈이 문이 다시 닫히는 소리, 열쇠 돌아가는 소리를 듣기 전까지는 모습을 드러내지 않으리라는 사실을 잘 알고 있었다.) 그리고 화장실로 가서 문을 잡아당기고 열쇠를 돌렸다. 아무런 기척이 없었다……

이윽고 문이 조금 열리는 소리가 들리기에 나는 살금살금 열쇠를 돌렸다. 그런데 문이 하나 더 열리더니 발소리가 나고 손잡이를 흔드는 소리가 들린 것이다.

"안에 누구 있나?" (의사 선생 목소리였다.)

"네, 저예요, 지니."

그는 밖에 우두커니 서 있었다. 그가 코를 훌쩍거리면서 조바심을 내는 소리까지 전부 귀에 들렸다. 나는 변기 물을 내리고 나왔다. 불은 켜져 있고, 달랑 의사 선생만 서 있었다. 내가 "안녕히 주무세요, 박사님" 하고 인사하자 의사 선생도 줄무늬 바지 차림에 무뚝뚝한 표정으로 "잘 자요, 지니" 하며 대꾸했다. 당연히 다른 문은 모두 닫혀 있고, 서랍장에 놓아둔 쪽지는 자취를 감추었다. 내 방문이 열려 있는 걸 보니 놈이 여기 들어와 그 더러운 손으로 오만 군데를 다 만지고 다닌 게 분명하다. 내 원피스는 왜 더럽혀놓았을까?

옷이 이렇게 됐으니, 내일 아침 경찰서엔 뭘 입고 가지? 이게 옷이야, 걸레야?

잠이 싹 달아났다. 또다시 구토감이 올라온다. 방금 전에

제자리에

마신 진이 역류한다. 정신이 몽롱하고 너무 피곤하다. 머리가 빙빙 돈다. 내 머리는 끊임없이 빙빙 돈다. 다람쥐 쳇바퀴가 쉬지 않고 돌아가듯이. 미치지 않으려면 그래야 하듯이.

## 살인자

예전처럼 쾌감이 느껴지지 않아. 사람을 죽일 때의 느낌이, 어렸을 때 느끼던 것 같지가 않다고. 그…… 그건 느껴지지 않고 그냥 분노만 가득할 뿐이야. 난 그 사람들을 죽여야만 해. 그 여자들을 없애버려야 해. 그러지 않으면 숨이 막힐 것 같거든. 난 목 좁은 셔츠만 입어도 항상 숨이 막힐 것 같다고, 알겠어?

그런데 너는 달라. 네가 죽어가는 걸 보면 쾌감을 느낄 수 있을 것 같아. 난 너무 오랫동안 너를 기다렸거든. 넌 내가 너에게 애착을 갖기를, 너를 사랑하기를, 너만은 그대로 놓아주기를 바랐을 테지. 나를 유혹하고, 나를 지배하고, 너의 법을 나에게 강제하고 싶었겠지만 난 어린아이가 아니야. 난 너한테 복종하지 않을 거야, 절대!

아빠가 화장실에 가려고 방문을 열고 나왔을 때 얼마나 아차 싶었을까! 네 방에서는 제대로 보살핌을 받지 못한 암소 냄새가 나더라. 네게서는 악취가 나. 네 옷가지들에서도. 네 원피스에서는 진냄새가 나고. 난 네가 무슨 소리를 지껄였는지 들어보려고 녹음기를 들고 왔어. 버림받은 개처럼 죽기 전 네가 마지막 감정을 쏟아낼 수 있도록, 이 녹음기는 네게 돌려줄 참이야. 가엾은 우리 지니, 넌 내가 너한테 '그 짓'을 해주기를 원할 테지, 안 그래? 네가 얌전히 있어주기만 한다면, 그러면 아마도 네가 죽어가는 동안 그 짓을 할 수도 있을 거야⋯⋯

## 지니의 일기

방금 놈이 정말로 녹음기를 들고 갔다는 걸 알아차렸다.

시간이 꽤 늦었을 텐데⋯⋯ 벌써 새벽 2시다. 7시에 일어나야 하니까 서둘러서 잠자리에 들어야 한다. 이성적이어야 하겠지만, 내일 저녁 죽는다면, 지금 잠자리에 드는 게 뭐 그리 중요하단 말인가?

복도에서 무슨 소리가 들린다. 아, 끔찍하다. 쉴새없이 소리가 들린다. 난 듣고 싶지 않은데. 누군가가 속삭이는 소리다. 병자 같아 보이는 사람이 속삭이는 소리. 희한하기도 하지, 혹시 나한테만 이 소리가 들리는 걸까? 술 취한 누군가⋯⋯ 난 이 목소리를, 이렇게 말하는 사람을 안다. 놈이 복도에서 병이 났나? 가서 봐야겠다. 어쩌면 죽어가는 사람일 수도 있잖아. 놈이 그 사람들을 전부 죽였나?

혹시 놈의 엄마? 여자 목소리다, 여자가 신음하는 소리, 탄식하는 소리. 그런데 저 사람들은 여기서 움직이지 않을 건가? 바로 내 방문 뒤에서⋯⋯ 인어들의 노랫소리. 아빠는 항

제자리에

상 나한테 인어 이야기를 해주었다. 난 듣고 싶지 않았는데, 난…… 그런데 이건 내 목소리잖아! 내가 방문 뒤에서 말을 한다. 분명 나다. 내가 탄식한다…… 다른 사람들은 절대 들으면 안 된다……

아, 녹음기를 다시 손에 넣었다. 놈이 그걸 들은 게 틀림없다. 메시지가 있다……

넌 신이 나서 내가 신음하는 소리를 들었겠지. 낄낄거리고 아주 즐거워했겠어. 거기, 여러 방 가운데 하나, 네 방에서 말이야. 내가 방문이란 방문을 모조리 기세 좋게 열어젖힌다면 네놈을 볼 수 있을 테지. 줄무늬 잠옷을 입고 앉아서 뭔가를 쓰고 있는 네 녀석을. 너의 창백하고 추잡한 면상을, 진짜 미소와 진짜 눈동자를 볼 수 있을 거야. 어느 방구석에서 광기 어린 눈으로 나를 바라볼 네놈을 말이야. 내 흐느낌을, 나의 술주정을 들으면서 재미 좀 봤겠지…… 언젠가 놈이 내 일기장을 가져갔을 때처럼 꼭 그놈에게 강간당하는 것 같은 기분이야. 놈을 죽여버리고 싶어. 너무도 죽이고 싶다고.

녹음기를 다시 손에 넣게 되어 기분이 좋다. 큰 목소리로 말하고 나면, 나의 목소리를, 내가 생각하는 소리를 들으면 기분이 많이 나아진다. 그럴 때면 내가 내 머릿속에 갇힌 채 모든 걸 상상해내고 있는 것 같지는 않으니까.

### 지니의 일기

눈이 온다. 엄청 많이. 잿빛 하늘이 낮고 음울하게 드리운다. 주변이 어둡다. 아래층으로 내려가기 전에 한마디만 적어야지. 춥다. 잠이 오고, 머리도 아프고, 신경이 곤두서 있는 상태다. 깜짝깜짝 놀라고 몸에 쥐가 나는 통에 잠도 제대로 못 잤다. 잠을 못 이룬 지 벌써 얼마나 되었을까? 부인의 발소리가 들린다. 내려가야지.

### 살인자의 일기

눈이 온다. 굵은 눈송이가 푹푹 쌓이고 있다. 아직 컴컴한 밤 같은데 벌써 새벽이다. 날이 춥다. 지니가 움직이는 소리가 들린다. 엄마도 일어났는지 두 사람이 부엌으로 내려간다. 지니에게 메시지를 남겨야겠다.

안녕, 지니. 너도 얼마나 눈이 많이 내리는지 봤어? 죽기에 딱 좋은 아름다운 아침이야! 마치 하늘이 너를 위해서 수의를 짜주는 것 같잖아…… 너도 봤지, 점점 시 쓰는 실력이 늘어가고 있어. 너 혹시 날 사랑하니? 경찰서에 가거든 내 생각 많이 해줘. 그리고 얼른 너를 감방에 가두게 해달라고 기도도 드리고……

곧 보자.

## 지니의 일기

8시 45분. 나는 경찰서에 갈 채비를 한다.

녀석들은 8시쯤 내려갔다. 십 분쯤 전에 다시 방으로 올라왔다가 방문 밑에 놓인 쪽지를 발견했다. 그러니까, 놈은 아침 식사를 하러 내려가면서 느긋하게 그 쪽지를 밀어넣은 것이다. (그나저나 형제들은 잼을 곁들인 크레이프를 잔뜩 먹었는데, 그러면서 여기저기 잼을 묻혔다. 짐승 같은 놈들. 녀석들은 짐승처럼 먹어댄다. 며칠 굶은 사람들처럼 말이다, 누가 보면 굶주린 흡혈귀라고 할 법하다. 입 주위에 덕지덕지 묻힌 빨간 잼은 보기만 해도 구역질이 난다. 특히 클라크는 이틀 동안 아무것도 못 먹은 사람처럼 크레이프를 여섯 개나 게걸스럽게 먹어대더니 결국 화장실로 직행했고, 화장실에 다녀오더니 또 여섯 개를 먹었다! 혹시 미친놈들은 비정상적으로 식욕이 왕성한가?)

이유는 잘 모르겠지만, 아무튼 뭔가 적대적인 분위기를 느꼈다. 얼른 달음박질쳐서 도망가고 싶은 심정이었다. 설거지 따위는 내팽개치고 달아나고만 싶었다.

틀림없이 놈이 내 생각을 하고 있기 때문이겠지. 틀림없이 놈의 증오심, 남에게 고통을 가하고 싶어하고 나를 괴롭히려는 욕구가 피부에 와닿아서일 것이다. 놈이 내 주위를 배회하면서 나를 지켜보고, 뭔가를 꾸미고 있는 느낌이 든다. 경찰들이 나를 붙잡아두게 해주세요. 내 삶을 감방에서 마칠 수 있게 해주세요. 어떻게든 좋으니 나를 여기서 데려가줘요!

그들이 나를 부른다, 이제 집을 나설 모양이다. 의사 선생은 자동차에 시동을 걸었다. 나도 나서야 한다. 나는 놈의 쪽지를 찢어서 복도에 내버렸다. 사실 그런 쪽지 따위가 무슨 대수란 말인가. 자, 가자. 금방 가요, 간다고요!

## 살인자의 일기

우리는 지니를 마을 경찰서에 데려다주었다. 아빠가 운전하는 동안 지니를 봤는데(아빠는 빙판 때문에 차를 아주 천천히 몰았다) 완전히 하얗게 질려 있었다. 내가 보기엔 아기의 죽음에서 아직 헤어나지 못한 것 같았다.

지니는 다른 여자들과 똑같다. 별것도 아닌 일로 소란을 피우거든. 난 이 도시 사람들 절반쯤은 다 죽일 수 있다. 하지만 제대로 보이지도 않으면서 커다랗기만 한 두 눈과, 침을 질질 흘리는 역겨운 입을 가진 천진한 아기는 아니다.

정말이지, 사람들은 아무것도 이해 못한다니까. 만일 내가 체포된다면 단언컨대, 다른 사건들보다 아기 때문에 더 큰 벌을 받게 될 거다. 그러니까 엄밀히 말하자면, 그건 내가 하기 싫은데 어쩔 수 없이 저지른 유일한 살인이라고 할 수 있지!

아빠는 계속 침울하다. 경찰서로 가는 내내 앙다문 입을 벌리려 하지 않았다. 우리는 그래도 날씨며 축구 시합, 곧 있을 개강 등 이런저런 얘기를 했다. 재크는 자기 피아노 교수에 대해서 떠들었는데, 음탕한 얘기라서 그런지 지니가 재크를 한참 동안이나 째려봤다. 가엾은 지니, 그래도 뭔가 이해를 해보겠답시고……

마크는 정신없이 서류들을 훑어보느라 바쁜 것 같았다. 클라크는 우리한테 자기 팀 사진을 보여줬는데, 그중 사진 한 장 속에서 녀석이 공을 들고 어릿광대 같은 표정을 짓고 있어서 우리는 깔깔 웃어댔다. 스타크는 새 소프트웨어를 사기로 했다는데, 우리는 그 가격 등에 대해 이러쿵저러쿵 논쟁을 벌였다. 그러고 보니 아빠와 지니만 아무 말도 하지 않았다. 어쩌면 아빠는 애인이 죽어서 슬픈 걸까?

이제 정오다. 카페테리아에서 스크램블을 먹는 중이다. 나는 시내에 나가는 걸 좋아한다. 무지 짧은 미니스커트를 입고 더러운 무릎을 다 내놓은 아주 천박한 종업원이 나한테 미소를 짓는다. 입술은 새빨갛고 번질거린다. 여자들은 항상 내 뒤를 따라다니지. 그래서 좀 성가시기도 하고. 난 글을 끄적거리면서 화난 표정을 지었다.

창문 너머 경찰서가 보인다. 우리는 1시쯤 지니를 태워 갈 거다. 그때까지 지니의 볼일이 끝난다면 말이지만. 여의치 않으면 아빠가 우리를 집에 데려다줄 거고. 아빠는 일이 어떻게 진행되는지 보려고 삼십 분 전쯤 경찰서 안으로 들어갔다.

이 빌어먹을 종업원이 자꾸 내 신경을 긁네. 요즘 내가 좀 거칠어졌는데 엄마는 그런 걸 질색한다. 아무래도 스스로 조심해야겠다. 하지만 거칠고 난폭한 면이 마치 입안에서 이빨이 솟아나듯 불쑥 튀어나와서 주변 사람들을 다 물어뜯어버릴 것만 같다.

거스름돈을 주러 온 종업원이 슬쩍 내 다리를 건드리기에 얼른 그 여자에게서 먼 쪽으로 내 다리를 치웠다. 난 사람들이 나를 건드리는 게 싫다. 여자가 계속 나를 힐끔힐끔 곁눈질해대는데, 아마도 자기가 몸에 딱 달라붙는 스웨터를 입었으니 내가 자기한테 작업을 걸어올 거라고 믿는 모양이다…… 딱하기 짝이 없는 멍청이 같으니, 난 다른 사내자식들하곤 다르다고! 내가 다른 남자들하곤 다르다는 건 전혀 모르는 주제에, 내가 무슨 짓을 할 수 있는지 보여주기를 원하는 거지. 맞아, 그런 거라니까. 하지만 지금은 아니야, 지금은 너무 위험하거든. 그러니 기다려야지, 조금만 기다리면 돼. 지니가 죽고 나면 그땐 좀 수월할 테니까. 특히나 경찰이 그 얼간이 같은 앤드루를 데리고 있잖아. 그들이 놈을 처형하고 나면 좀 나아질 거야, 한결 잠잠할 거라고.

지니와 아빠가 방금 경찰서에서 나와서 자동차 쪽으로 향하고 있다. 나도 이만 가봐야지.

## 지니의 일기

어라, 놈이 이걸 내 코트 주머니에 넣었다. 그러니까 놈이 내 옆에 앉아 있었다는 건가? 난 마크와 재크 사이에 앉아 있었고, 그다음엔 스타크와 클라크 사이에서 걸었다. 하지만 코트엔 여기저기 큰 주머니가 있으니 누구라도 쪽지를 넣을 수는 있었을 것이다.

그건 그렇고, 나는 과실치사 혐의로 기소될 예정이다.

난 내 가짜 서류를 경찰에 제출했다. 하지만 그들은 곧 사실을 알아챌 것이다. 그러니 도망쳐야 한다. 경위는 미안해했다. 그는 나에게 유리하게 증언했으나 그의 상사는 내가 범인이라고 확신한다는 것이다. 하지만 어쨌거나 사고였다고 생각하기 때문에 나를 구속하지 않는다고 했다. 관련 있는 사람들을 다 만나서 조사를 할 거라는 말도 했다. 혹시 모르니까…… 그리고 사실 그날은 모두들 취한 상태였고. 경위는 나에게 변호사를 선임하라고, 시내에 사무실이 있는 사람들 가운데에서 고르라고 조언해주었다. 그깟 애송이들이 나를 이

구렁텅이에서 빼내줄 수 있기라도 하다는 듯 말이다!

그러니까, 놈은 카페테리아에 있었단 말이지. 카페테리아는 광장 오른쪽에 있다. 재크는 왼쪽에서 왔고 그로부터 삼 분 후에 클라크가 같은 쪽에서 나타났는데, 그때가 1시 정각이었다. 그리고 광장 저멀리서 스타크가 워크맨 이어폰을 귀에 끼고서 나타났고, 마크도 가방을 손에 들고 달려왔다. 어느 한 사람도 카페테리아에서 나오지 않은 걸 보니 놈은 미리 나와 한 바퀴 빙 돌아 우리에게 온 모양이다.

자동차 안에서 재크는 자기 수업에 대해서 말했는데, 수업이 12시 30분에 끝났다고 했으니, 그는 정오 무렵에 카페테리아에 갈 수 없었다.

스타크는 쇼핑을 했다. 그런 다음 11시 30분에 스케이트장에 가서 입장권을 끊었다. 그걸 똑똑히 기억하는 이유는 그가 두 시간짜리 입장권을 사는 바람에 이용 시간이 아직 남았다고, 그보다 짧은 시간만 탈 수 있는 표가 없는 건 정말 말도 안 된다고 투덜댔기 때문이다. 하지만 그가 몇시에 나왔는지는 알지 못한다.

마크는 마지막까지 고객과 있었다고 했다. 검증할 길이 없다. 의사 선생은 경찰서에 있었으니까 그는 확실히 아니다. 돼지 같은 클라크의 경우, 일요일 시합 때문에 훈련이 길어졌다고 했는데 이 또한 그의 말 외에는 아무런 증거가 없다.

게다가 놈이 카페테리아에 있었다는 말이 반드시 진실인 것도 아니다. 놈은 길모퉁이에 있었을 수도, 공중변소에 있었을 수도 있으니까.

## 살인자의 일기

엄마가 만들어준 당근을 넣은 소고기 스튜를 먹었다. 무지 맛있었다. 이번엔 익힌 정도가 완벽했다. 지니가 요리할 때와는 다르네. 지니가 한 스튜는 늘 핏물이 흥건하거든.

지니가 대문을 열어주기를 기다리면서 자동차 근처에서 서성거리는 동안, 아빠는 지니가 곧 기소당할 거라고 우리한테 재빠르게 속삭였다. 그 익명의 편지 때문이라는 것 같다. 그런 거짓말을 할 수 있는 사람은 도대체 어떤 사람인지 궁금하네.

## 지니의 일기

나는 경위에게 익명의 고발 편지를 받았는지 물었다. 그는 거북해했다.

"수사 진행중인 사항입니다."

"아니, 경찰서로 그런 편지를 보낸 사람의 정체를 알고 계시냐고요? 제발 부탁이니, 말 좀 해주세요. 그게 제게 얼마나 중요한지 경위님은 모르시죠!" (나는 그의 소매를 잡아당겼다.

딱하게도 그의 얼굴이 새빨개졌다.)

"아시겠지만, 그날 완전히 취하셨더군요."

"누군지 말해줘요. 제발 말해주세요. 그럼 다 설명해드릴 테니까."

그때 경감이 왔다.

"전화 드리겠습니다." 경위가 내 귀에 대고 속삭였다. "최대한 빨리 전화 드릴게요, 저만 믿으세요."

그래서 기다리는 중이다.

어렸을 때 나는 항상 언젠가 내가 좋아하는 누군가를 구하기 위해서라면 사람들, 가령 경찰관이나 의사, 소방관들과 맞닥뜨렸을 때 무슨 짓이든 할 거라고 다짐했다. 좋아하는 사람들을 빨리 볼 수 있게 일을 신속히 해결하려면, 사무실에서 죽치고 뻗대든지 고함을 지르든지, 어떻게든 상대가 납득할 때까지 싸울 거라고. 그런데 지금 나는 스스로를 구해야 하는데도 아무 짓도 하지 않고 있다.

전화벨이 울린다. 어쩌면 경위일지도 몰라. 누군가가 수화기를 들었다. 가서 봐야지.

## 살인자의 일기

전화벨소리가 들린다. 누군가가 수화기를 든다. 지니가 내려오는 소리도 들리고. 쿵쿵쿵, 꼭 계단에 코끼리 정찰대가 나타

난 것 같다. 아래층에서 이야깃소리가 들린다. 우리도 내려가
봐야 하는 건가? 지니가 다시 올라온다. 지금 내 방문 앞을 지
나서 자기 방으로 들어가는군. 오후 내내 기다리기만 하자니
나도 조바심이 날 지경이다. 어디 보자, 다시 한번 전부 확인
해봐야겠다.

## 지니의 일기

샤론의 아빠였다. 그는 의사 선생과 통화했다. 의사 선생은
곤혹스러운 표정이었다.

　나는 결심했다. 저녁식사 후에 차고로 가서 자동차를 몰고
내뺄 것이다. 내일이면 난 벌써 멀리 가 있을걸. 어차피 감방으
로 직행하게 될 몸이니 도주 시도라도 해봐야지. 밤새도록 달
리면 새벽 무렵엔 비행기를 타고 어디로든 갈 수 있을 거다.

　그런데 무슨 돈으로? 지니, 너도 생각이란 걸 하라고 머리
가 달려 있잖니. 그러니 생각을 좀 하렴, 짐승 같으니라고!

　의사 선생은 양말 상자 안에 현금을 감춰둔다(사람들이 돈
을 속옷 안에 감춰두기를 좋아한다는 건 참 생각할수록 희한하다).
그 돈을 슬쩍해야겠지. 그리고 영원히 안녕, 친구들…… 혹시
의사 선생이 왜건 열쇠를 열쇠통에 넣어두던가? 그런 것 같다.
내려가면서 확인해야지. 짐도 챙겨야겠다. 최소한으로.

　문제는 놈이다. 놈에게 속마음을 감추는 거 말이다. 그렇

지만 놈은 분명 내가 제단에 바쳐질 희생양처럼 얌전히 때가 되기만 기다리진 않을 거라고 예상하고 있을 거다. 그러니 나를 철저하게 감시할 테지. 뭔가 그럴듯한 속임수를 고안해내야 한다. 놈이 다른 쪽으로 의심하도록 해야 하는데, 다른 쪽이라면 어떤 쪽? 궁리를 좀 해봐야겠다.

## 살인자

따분해 죽겠어. 오후가 너무 길어. 눈은 점점 더 많이 내리고. 흔적을 지우기엔 안성맞춤인 눈이지. 지니, 혹시 도망갈 작정이라면, 이 눈 속에서는 멀리 갈 수 있을 거야, 사람들이 네 흔적을 찾아내기 전까지만 말이야. 물론 넌 여자니까 숲속을 무턱대고 달릴 수는 없을 거고, 기차나 버스, 비행기, 자동차 같은 걸로 이동할 테지…… 자동차라……

그런데 지니, 정말 그렇게 할 거야? 네가 나한테 그런 짓을 한다고? 황금처럼 진실된 네가 정말로 도망칠 궁리를 하는 거야? 언제라도 너를 사살할 준비가 된 경찰들이 네 뒤에 벌떼처럼 따라붙을 텐데, 심지어 무슨 돈으로? 땡전 한 푼 없이 어디로 갈 작정인데, 응?

아, 그렇지, 내가 깜박했네. 넌 원래 도둑년이었지…… 더러운 도둑년! 난 언제나 그렇게 말했잖아. 몇 번이고 말했다고. 그 여자가 우리집 돈을 몽땅 들고 튈 거라고. 이 무슨 경솔한 처사람, 의사 선생께서는 현금을 이 서랍 안에 넣어두셨으니……

어쨌거나 우리는 그 여자를 잡아 죽일 거니까…… 발정난 암캐 같은 년, 그 여자를 죽여라. 그 여자는 아기를 죽였고, 돈도 훔쳤으니, 반드시 죽여야 한다……

그자들에게 내 할일을 맡길 수도 있을 것 같아, 곰곰 생각해보니 말이야. 그게 훨씬 더 확실할 거야. 넌 어떻게 생각해, 희생양 지니? 아니, 난 완수해야 할 임무가 있어. 그리고 너무 오래 기다렸거든. 난 네가 죽어가는 꼴을 보고 싶어, 알겠어? 그리고 아직 따끈따끈한 시체 위에 눈물도 흘려주고 싶어, 나의 천사 지니…… 하느님 앞에 설 때를 대비해서 깨끗한 속옷 한 벌 정도는 가지고 있겠지?

## 지니의 일기

놈이 다시 시작했다. 또 메시지를 보냈다. 아무 소리도 듣지 못했는데 어느 틈엔가 문 밑으로 쪽지를 밀어넣었다.

놈은 악마다.

놈은 어떻게 내 머릿속을 다 들여다보는 걸까? 어떻게 나와 같은 생각을 할 수 있는 걸까?

답이 없는 이런 질문은 견딜 수가 없다.

계획을 변경할 수는 없다. 계속 여기 머물 수 없다. 그들은 내일 나에게 선고를 내릴 것이다. 도주죄, 조건부 석방 취소,

아기의 죽음에 대해서는 최고형을 받을 것이다. 빼도 박도 못한다. 이렇게 될 걸 예상 못했어? 네놈이 줄을 바짝 잡아당기면 끊어지리라는 걸 예상하지 못했느냐고. 난 더는 잃을 게 없는 몸이야. 그러니 이번엔 네가 실수한 거야, 이름 모를 밀고자 양반……

또 한 가지. 놈은 더이상 자기 엄마 방을 거의 이용하지 않는다. 놈은 이제 나와 소통한다, 놈의 일기는 순전히 나를 위한 거다.

## 살인자의 일기

우리 사랑스러운 하마 지니, 정말로 날 죽일 계획을 세우고 있는 거야? 하지만 오늘 아침에 넌 혼자가 아니라서 무기를 살 수 없었을 거야. 식칼? 네가 그런 걸 사용할 줄 알까?

네 멍청한 메시지를 다시 읽어봤어. 누구에게 겁을 주려는 거지? 넌 나를 죽이지 못해. 존재하지도 않는 자를 죽일 수는 없잖아. 종이를, 글자들을, 순간적인 움직임 같은 걸 죽일 순 없지. 하지만 반대로, '그것'은 너 하나쯤 얼마든지 죽일 수 있어……

눈이 너무 펑펑 쏟아져서 아무것도 보이지 않는다. 극지방에 와 있는 것 같아. 북극 어디쯤에서 길을 잃은 기분이라고 할까. 그곳에서 오지도 않는 구조대를 기다리는 심정이다.

그들이 언젠가 나를 잡게 될까?

아니, 그건 불가능해. 난 너무 영악하거든.

## 지니의 일기

루카스 경위님께,

경위님, 저는 아기를 죽이지 않았습니다. 여자들을 죽인 건 앤드루가 아니고요. 그리고 재커라이어스 마치는 사고로 죽은 게 아닙니다. 이 집엔 살인마가 있습니다. 마치 박사의 네 아들 가운데 한 명이죠. 제가 그의 일기를 발견했는데, 그자가 거기에 다 적어놓았어요. 하지만 그 일기를 그가 도로 가져갔습니다. 제발 부탁이니 수사해주세요. 그러면 제 말이 진실이라는 걸 아실 거예요. 맹세해요, 그자는 미쳤어요. 그런데 그자가 저를 죽이려고 합니다. 그래서 도망가는 겁니다. 경위님은 제가 체포될 거라는 사실을 잘 알고 계실 테죠. 하지만 저는 잃을 게 없어요. 이런 말씀을 드리는 건 이것이 진실이기 때문입니다. 다시 한번 말씀드려요. 제게 증거는 없지만 전 알아요. 이 집을 샅샅이 뒤지세요. 이 집 식구들을 조사해보세요. 그러면 제가 거짓말을 하는지 아닌지 아실 겁니다.

저를 고발한 자가 바로 뎀버리의 어느 아가씨와 캐런, 캐런의 엄마, 샤론, 매춘부, 의사 선생의 애인, 또 아기와 자기 친형제, 또 제가 모르는 다른 사람들을 죽인 그자입니다. 하느님 앞에 맹세합니다.

도망쳐서 경위님을 곤란하게 만든 건 정말 죄송합니다만, 그래도 제 운을 시험해볼 작정입니다. 용서해주세요.

지니

추신. 제가 받은 쪽지 전부와 저의 모든 소지품을 동봉합니다. 잘 살펴보시기 바랍니다!


자, 이제 됐다. 집배원 미키가 6시에 우편물을 수거하러 오는데, 그때 이 편지를 보면 십중팔구 경찰에게 직접 가져다줄 것이고, 그러면 오 분 후에 경찰들이 들이닥칠 것이다. 그런 다음에 조사를 하든지 말든지 하겠지만, 적어도 나는 확실히 수갑을 차겠지! 차라리 출발하면서 직접 부칠까 싶다. 그게 더 확실할 테니까. 게다가 조금 후에라도 경위가 전화를 할 수도 있고……

그러지 말고, 거짓 편지를 한 통 준비하는 건 어떨까. 경찰들 앞으로 쓴 거짓 편지를…… 잘 보이는 곳에 던져놓는다면……

그 (거짓) 편지가 발송되지 않고 남아 있는 동안은, 놈은 내가 아직 떠나지 않았다고 생각할 테지. 그렇다면 뭐 때문에 내가 열쇠통을 열어 자동차 열쇠를 챙기겠는가. 누군가가 내가 열쇠를 가져갔다는 사실을 알아챌 위험(예를 들어 의사 선생이 긴급 왕진을 가야 한다면)까지 감수하면서 말이다. 아니야, 내가 편지를 부치지 않는 한 놈에겐 아무런 위험이 없다. 그러니 나의 유일한 복수가 되어줄 편지를 발송하지 않고 떠날 순 없다. 브라보, 지니, 이제야 머리가 제대로 돌아가는구나. 계속 궁리해봐, 머리를 짜내보라고…… 이 편지를 놈의 코밑에 들이미는 건 너무 위험하겠지. 어딘가에 감춰둬야 해, 어디 보자…… 나는 방문을 잠그는 걸 종종 잊어버린단 말이야…… 편지를 종이 더미 제일 아래에 섞어놓고 방문 닫는 걸 깜빡 잊는다면, 아냐, 아냐. 편지를 코트 아래쪽에 넣는 편이 좋겠어. 물론 코트 밖으로 살짝 빠져나오게 해야겠지……

자, 실시! 여기로 올라와야지, 그래야 놈이 살펴보러 갈 테니까. 그런 다음 다시 내려와서 줄행랑치는 거다. 설거지만 끝내놓고서. 이 집 식구들이 거실로 모여들자마자.

모든 게 너무 억지스럽다. 옷가지는 물론이고 아무것도 없이 떠날 수는 없다…… 그리고 돈은 또 어쩌고. 놈이 서랍에서 돈을 다 치워버렸으면 어떡하지. 지금이라도 가서 보고 올까? 하지만 위험천만한 일이야. 지금 아래층에 의사 선생이 있는데 어떻게……

방법이 떠올랐다.

거짓 편지를 내일 부칠 다른 편지들과 함께 아래층 테이블 위에 놓는 거야. 식사를 하고 나면 식구들은 거실로 가고, 나는 차 열쇠를 꺼내는 거지. 돈은 식사하기 직전에 꺼내둘 거고. 내 방으로 가서, 미리 챙겨둔 짐을 들고 창문으로 빠져나가는 거야. 그래, 그거야, 침대 시트를 찢어서 줄을 만들면 완벽하잖아. 내려간 다음에 차고로 가서 부르릉! 영원히 안녕!

눈보라 때문에 저들은 아무 소리도 듣지 못할 거야. 언덕 길이니 기어는 중립으로 놓고 내려가면 될 테지…… 지니, 이 정도면 너한테는 최선인 것 같아. 그런데 문제는 놈이 나를 죽이겠다고 한 것이 바로 오늘 저녁이라는 거야. 분명 놈도 뭔가 계획을 세웠을 테고, 날 감시할 텐데. 혹시 놈이 자기 계획을 내일로 미룰 수도 있지 않을까, 무슨 일이 생겨서 놈이 계획을 내일로 미룰 수밖에 없다면……

지니, 좋은 생각이 떠올랐어.


잘 들어, 멍청아, 너한테 전해줄 소식이 있어. 경위가 그러는데 앤드루가 무혐의로 풀려났대.

경찰에서는 진범을 잡으려고 이 내용을 아직 발표하지 않았는데, 아마 수사에 상당히 진전이 있는 것 같더라고. 넌 네가 꽤 영리하다고 생각하지, 안 그래? 그런데 이제 보니 그렇지도 않은가 봐. 게다가, 내가 경위에게 얘기를 좀 흘렸거든. 그랬더니 굉장히 관심을 보이더라. 우린 이제 친한 친구가 되었지. 경위하고 나 말이야. 그 사람은 이 집을 수색하러 올 기회만 기다리고 있을 거야…… 하긴 뭐, 그거야 내 알 바 아니지만, 안 그래, 이 천치야?

**이젠 짐을 싸고, 시트를 이어서 줄을 만들자.**

### 살인자

지니, 지니, 너를 보고 있자니 마음이 아파. 넌 너무 말이 많아…… 너무 교활하고, 너무 못됐지. 언제나 너한테 골치 아플 일만 벌인다니까……

앤드루가 여전히 혐의를 받고 있는지 확인하려고 내가 경찰에 전화하지 못하리라는 걸 넌 너무 잘 알고 있어. 그러니까 난 잠자코 얌전히 있는 게 신상에 좋은 사람인 거지, 맞지? 네 살길을 찾고 있구나, 우리 아가? 정말 웃겨. 공포심에 소스라치는 네 모습이 웃긴다는 말이야. 뭐랄까, 마치 내가 네 머리를 물속에 처박아서 버둥거리는 네 모습을 보는 거 같다고 할까. 그러고 보니 가엾은 재커라이어스가 떠오르네……

아무튼 그만하면 묘안이야. 그런데 내가 그런 위험을 무릅써야 할까? 사람들이 너를 거기로 안전하게 데려갈 때까지 기다려주고, 그래서 결국 교수형을 당해줘야 하는 거냐고?

그건 너무 멍청하잖아, 너도 그렇게 생각하지 않아?

너, 혹시 집행유예 같은 거 기대하는 거야? 이보세요, 지니, 그자들이 네가 도주중인 도둑년인 걸 알아내는 데 시간이 얼마나 걸릴 것 같아? 내일, 아니면 모레…… 네가 그 모든 죄(도둑질, 거짓말, 거기에다가 이젠 살인까지!)를 저지른 범인만 아니었어도 나도 조금은 기다려줄 수 있었을 거야, 하지만 지금 상태에서 그건 곤란해, 지니. 너도 그 정도는 이해하지, 나도 어쩔 수 없다는 거 말이야……

유예 같은 건 없어.

그리고 이젠 서랍장 위에 쪽지를 흘리는 일 따위는 하지 마. 신경에 아주 거슬리니까.

## 지니의 일기

유예는 없다. 커피 타임도 없어, 지니. 총알을 피하기 위해 그저 유령으로 변신하는 수밖에 없다고. 간단하잖아, 아니야?

벌써 저녁식사를 준비할 시간이다! 이 집 식구들이 부산스럽게 움직이는 소리가 들린다. 부인은 텔레비전을 켰다. 그렇지, 형제들은 떠들어대면서 발걸음을 재촉한다. 네 개의 문이 열리고 네 개의 목소리가 뒤섞이면서 녀석들이 아래로 내려간다. 위층은 순식간에 사막처럼 텅 비어버린다. 밤이 깊어지기 전엔 아무도 올라오지 않을 것이다. 그렇지, 돈. 바로 지금이다.

됐어, 손에 넣었어.

왜 놈은 내가 그걸 가져가도록 내버려두었을까?

그들이 잠들 때까지 기다리진 않을 생각이다. 식사가 끝나는 대로 곧바로, 이 집 식구들이 텔레비전 앞에 모여 있는 사이 출발할 것이다. 그들이 상황을 파악했을 땐 나는 이미 꽤 멀리 가 있을 테고, 눈까지 내려주니 도주에 성공할 가능성도 높을걸.

아래로 내려간다. 시트로 만든 줄도 준비되어 있다. 짐도 싸두었다. 거짓 편지도 준비됐다. 진짜 편지는 내 주머니에 들어 있다. 미치도록 긴장된다.

## 살인자의 일기

근사하다! 모든 게 예상보다 훨씬 더 멋지게 진행되었다! 그 여자는 이제 끝났다! 넌 완전 끝장이라고! 지금 너무 흥분해서 글을 제대로 쓰지 못할 지경이다. 이제 네 명줄을 완전히 끊어버릴 거야. 그리고 이 종잇장들을 전부 태워야지. "고엽들이 하염없이 쌓이고, 지니들도 쌓이네……"[1] 승부는 끝났다.

## 지니의 일기(녹음기)

도와주세요…… 도와주세요…… 아프다. 말할 기운도 없다. 열쇠로 잠긴 문 너머에 놈이 있는 것이 느껴진다. 놈은 호시탐탐 기회를 노리고 있다. 정신을 잃고 싶지 않다. 그런데 너무 아프다……

식구들은 나도 같이 식사를 해야 한다고 우겼다. 의사 선생은 와인, 그것도 아주

---

[1] 자크 프레베르의 시에 곡을 붙여 이브 몽탕이 부른 유명 샹송 〈고엽〉의 가사 일부를 패러디한 것이다. '종잇장'을 뜻하는 프랑스어 단어 'feuille'는 '나뭇잎'이라는 뜻도 있다.

독한 와인과 샴페인, 리큐어를 계속 따라주면서 "자, 지니, 마셔요, 그렇게 풀죽으면 안 돼요, 우린 지니 편이에요" 하고 말했다. 그러면서 내 잔을 채우고 또 채웠다. 무섭다, 무섭다. 밖은 깜깜하다. 모든 것이 암흑 속에 잠겼다. 전기가 끊긴 탓이다. 그렇다. 돌풍 때문에 전기가 끊어졌지만, 그까짓 것쯤은 상관없다. 어쨌든 난 떠날 거니까. 편지를 아래층에 가져다놓았다. 또 한 통은 여기, 내가 가지고 있다. 내가 고이 간직한 편지엔 우표를 붙이지 않았지만, 그래도 목적지에 잘 도착할 것이다. 작은 비닐봉지를 한 장 챙겨야지…… "자, 마셔요, 마셔." 그래, 아주 진탕 마셨다! 찬바람을 쐬면 기분이 좋아질 거야.

벅벅, 문 긁는 소리가 난다…… 그러거나 말거나 난 열지 않을 거야. 그럴 시간은 없어. 내 가방, 가방이 어디 있더라? 아무것도 안 보여. 분명 그 사람들을 잘 속였는데. 마시라는 대로 술도 마셔가면서 말이야!

놈은 이제 내가 아무것도 못 해낼 거라고 믿고 있을걸. 천만에. 그건 완전 오산이지, 내 수호천사. 난 늘 술에 취해 있어서 금세 제정신을 차릴 수 있거든. 완벽하게 정신 차리고말고! 문제는, 문제는 말이야, 시야야. 이상하게 흐릿하게 보여. 시야가 온통 어둡고 뿌옇게만 보인다니까…… 쉬잇, 저 사람들이 큰 소리로 말하는데 뭐라고 떠드는 거지? 의사 선생 목소리가 들려……

의사 선생이 차를 몰고 가야겠다고, 차를 몰고 마을로 간다잖아. 응급 환자라……

이제 시간이 없다. 모두 다 글렀다. 차가 없으니 다 틀렸어. 할 수 없지, 경위에게 전화를 걸어서 데리러 오라고 하는 수밖에 없겠어. 경찰! 나는 절도죄로 수배중인 사람이에요. 위험인물이라고요. 그러니 빨리 나를 감방에 넣어요. 이곳에 일분일초도 더 머물지 못하게 하란 말이에요. 참, 돌풍 때문에 전화가 끊겼지. 그러면 도망치는 수밖에, 눈 속을 뚫고 걸어가야겠네……

웃음소리가 들린다. 사람들이 웃고 있다, 농담을 하면서 웃고 있어. 누가 웃는 걸까? 얼른 창문으로, 불이야. 아니지, 불이 아니야. 내가 지금 무슨 말도 안 되는 소리를 하는 거야?

저 사람들은 내가 뻗었다고 믿고 있다. 한심한 멍청이들…… 혹시 나한테 약이라도 먹였나…… 놈이 계단을 올라오네. 낄낄거리면서 계단을 올라오고 있어. 그런데 누굴까? 누가 계단을 올라오는 거지? 누가 내 방문 너머에서 웃는 걸까? 늑대. 그래, 늑대야. 그러니 서둘러야지. 정신 바짝 차려야 해. 누군가가 문손잡이를 돌린다. 분명 열쇠로 잠갔는데, 누군가가 손잡이를 돌리고 있다고. 난 알아, 난 미치지 않았어!

도저히 못하겠어. 아래로 떨어지고 말 거야. 눈 속에서 얼어죽을 거라고. 아, 침대 시트, 그걸 꽉 잡아야지. 놈이 문을 걷어차네. 두드리고, 또 두드린다. 난 떠난다. 봤지, 내가 너보다 한 수 위거든……!

자, 이제 다 내려왔다. 추위 때문에 숨을 쉴 수가 없네. 그래도 기분이 훨씬 낫다. 구토감도 사라지고, 눈앞도 잘 보여. 하지만 눈발이 너무 세서…… 내 방 창가에 누군가가 서 있다. 창가에 웬 실루엣이 보여. 거기서 빠져나와서 어찌나 다행인지. 안 그랬으면 놈이 나를 죽였을 테니까. 이제 정원 출입문으로…… 너무 추워…… 어디 있는 거야. 나를 도와주러 와줄 사람은 정말 아무도 없어? 아무도 나를 도와주지 않을 거냐고. 문 쪽으로 달려야 해.

아!

아, 아파. 아프다고. 가슴께가 아파. 온통 암흑뿐인데. 난…… 눈이 너무 차가워. 눈 속에 갇히고 말았어. 눈 속으로 자빠졌다고. 내 몸 아래에서 뭔가 뜨듯한 것이 느껴져. 뜨듯한데, 그게 손가락을 타고 흐르네…… 부당해. 지면 안 돼. 억울하다고, 불공평한 승부야. 아빠…… 내 잘못이 아니야…… 난…… 아니, 난 원하지 않아. 무슨 소리가 들려. 얼굴로 눈이 쏟아지네. 아주 가까이에서 소리가 들리는데, 누가 오고 있어, 놈이야!

이제야 알겠다. 비아냥거리는 소리…… 그래, 놈이다. 숨소리, 이젠 알 수 있어. 죽다니, 그러고 싶지 않아. 한 번만 기회를, 한 번만 더…… 바보, 사람들은 눈 속에서 나를 찾아낼 거야. 그리고 내가 자살하지 않았다는 걸 알게 될 거라고. 그러면 널 체포하겠지. 넌 교수형을 당할 거야!

저기, 자동차 주변에, 불러야 해, 불러야 해. 어서, 돌풍 때문에 목소리가 닿지 않을 거야. 이거 놔, 이 나쁜 놈아, 이거 놓으라고! 저기, 의사 선생과…… 아니, 이럴 순 없어, 저 사람들은……

"안녕, 지니, 난 네가 부활을 믿으면 좋겠어."

이래서 샤론이 그렇게 말했구나, 그 아이가 나더러 어리석다고 말했거든. 맞아, 난 언제나 어리석었다. 그건 나도 알고 있었지. 하지만 이제 너무 늦었어. 안녕, 지니, 안녕. 저 길까지만 갈 수 있다면…… 다 소용없어. 끝났어, 끝났다고……

*

12월 28일 새벽, 31세의 가정부 지니 모건이 자신의 방에서 죽은 채 발견되었다. 사망한 여인은 자신의 흉부에 총을 쏴서 자살한 것으로 추정된다.

경찰은 그녀가 곧 자신이 받게 될 범죄 혐의에 대한 부담감을 이기지 못하고 자살한 것으로 결론지었다. 지니 모건은

녹아웃

실제로 주거침입 및 절도죄로 수배중이었으며, 음주 상태에서 육 개월 된 영아를 살해한 용의자로 지목되기도 했다.

지니 모건은 비극이 일어난 동네의 작은 공동묘지에 묻혔다.

장례식은 세찬 눈보라가 몰아치는 가운데 진행되었다. 이 여성을 고용한 마치 박사 일가가 참나무 목재로 만든 검은 관을 마련했고, 관은 박사의 네 아들이 운구했다.

지역신문 기자가 찍은 장례식 사진이 몇 장 있는데, 사진에서 장례 미사에 참석해 고개를 숙이고 있는 마치 박사와 그의 부인, 그리고 네 아들의 모습을 확인할 수 있다.

그런데 그 사진 가운데 한 장에선 희한하게도 의사와 그의 부인, 네 아들이 모두 고개를 들고 카메라를 응시하고 있는데, 어찌된 영문인지 그 사진을 보는 사람들마다 그들이 미소 짓고 있다는 인상을 받는다.

# 에필로그

어둠 속 흐릿한 조명 아래에서 남자는 빙긋 미소 지었다. 그는 서류를 툭툭 쳐서 정리한 다음 테이블 위에 가지런히 놓았다. 나는 그에게 물었다.

"자, 당신 의견은 어떤가요?"

그가 지체 없이 대답했다.

"완전히 멍청한 소리라고 생각합니다. 마치 박사의 네 아들이 이 여자 죽음의 공범이 될 수 없다는 건 명백합니다. 말씀해보세요, 어디서 이 자료를 찾은 거죠?"

"친구가 보내주었습니다. 그런데 당신은 왜 이게 완전히 멍청한 얘기라고 생각하시죠?"

그는 뚝뚝 소리를 내며 손가락을 꺾었다.

"왜냐하면, 생각해보십시오. 마치 박사의 아들은 존재하지 않습니다. 하나든 둘이든 다섯이든, 이 세상에 없다고요. 오래전에 다들 죽었거든요. 지니는 그 집의 가정부였어요. 헌신적이긴 했지만 정서적으로 불안한 여자였죠. 게다가 심각한 알코올 의

존중을 보이기도 했고요.

어느 날 아침, 그 집 사람들 모두 꽁꽁 언 호수로 스케이트를 타러 갔습니다. 지니는 술을 마셨고, 그 탓에 아이들을 까맣게 잊어버렸어요. 아이들은 호수에서 출입이 금지된 구역까지 들어갔는데, 얼음이 깨지고 만 겁니다. 다섯 아이들, 귀여운 다섯쌍둥이…… 아시다시피 다섯쌍둥이는 아주 드물죠, 안 그렇습니까? 그 무렵 아이들은 열 살 남짓이었던 것으로 기억하는데, 전부 다 물에 빠져 죽었어요.

그후로는 모든 게 완전히 달라지고 말았습니다. 가엾은 마치 부인…… 그리고 마치 박사도 이상해졌고요. 하지만 지니는 훨씬 더 심각했죠. 내가 보기엔 원래도 정신이 온전치 못했는데 무거운 죄책감을 견디지 못한 것 같았습니다. 지니는 섬망장애를 겪으며 아이들이 여전히 살아 있다고 상상했어요. 그 아이들이 자신을 괴롭혀서 자기가 사람을 죽이기 시작했고, 지금도 계속 죽이고 있다는 이야기를 지어냈죠."

"그건 좀 억지네요. 그렇게 생각하지 않으세요? 그러니까, 모든 게 다 거짓말이었다, 이런 뜻입니까?"

"네, 모든 게 다요. 게다가 이 필체만 비교해도…… 아무튼 인간의 정신과 관련된 모든 것은 다소 억지스러운 것 같아요, 안 그렇습니까?"

나는 인정해야만 했다. 그의 말이 구구절절 옳았으니까. 그는 흡족한지 미소를 지으며 의자 깊숙이 고쳐 앉았다. 온화한 날씨였다. 밤이 내렸다. 나는 《디텍티브 스토리스》 기자증을 지갑에 넣고 자리에서 일어났다. 방을 나서기 전에 나는 몸을 돌려 그에게 손짓하고는 부드럽게 말했다.

"안녕히 계세요, 재커라이어스."

그는 대답하지 않았다.

나는 이제 막 떠오르는 달빛 아래 그의 얼굴을 바라보았다. 흔들리지 않는 눈빛이 번득였다. 빨간 입술은 흉측하고도 강박적인 웃음으로 일그러지면서 이를 드러냈다. 두 손은 몹시 떨렸다.

나는 스미스 박사 쪽으로 몸을 돌렸다. 박사는 어깨만 한 번 들썩했다.

"자, 우리가 끌어낼 수 있는 건 이게 전부입니다."

"하지만 저 사람은 너무도 평온해 보이는데요."

"저자의 평온해 보이는 태도를 믿으면 안 됩니다. 굉장히 위험한 인물입니다. 절대 저 사람과 단둘이 있으면 안 돼요."

나는 당황스러웠다.

"아니, 그러면 저 사람이 정말로……"

"정말로 죽였느냐고요? 그럼요, 정말로 스무 명이 넘는 사람을 죽였습니다. 그것도 아주 난폭한 방식으로요. 그 지니 모건이라는 가엾은 여인까지 포함해서 말입니다. 뭔가 이상하다는 걸 눈치챈 사람은 그 여자가 유일했죠! 녹음된 음성을 들어보셨습니까? 혼란 그 자체예요!"

나는 창백한 남자의 얼굴에서 시선을 뗄 수 없었다.

"네, 그 여자가 쓴 일기도 읽었습니다…… 그러니까 그 여자가 살인자를 알아낼 가능성은 없었던 거죠. 지니는 그가 죽었다고 믿고 있었으니까요."

"그는 번갈아가면서 차례로 자기 형제들 행세를 했습니다. 그렇게 해서 남의 눈에 띄지 않으면서 마음대로 돌아다닐 수 있었죠. 이를테면 400미터 계주를 아주 복잡한 방식으로 달리는 셈이라고 하면 이해하기 쉬울까요…… 아무튼 그래서 음식이 종종 사라졌던 거죠. 그가 식탁에서 식사할 수 없을 땐 한밤중에 몰래 숨어서 먹었거든요. 실제로, 외부에 드러나는 행동을 하려면 그는 자기 형제들 가운데 한 명이 자리를 양보해줄 때까지 기다려야 했습니다. 머리 모양을 바꾸고 옷을 바꿔 입으면 다른 사람들의 눈을 속일 수 있었으니까요. 하지만 개인적인 삶은 전혀 허용되지 않았습니다. 그는 다른 형제들을 위해 정해진 역할을 연기하는 수밖에 없었죠. 광적인 살인 충동을 표출할 때만이 예외였습니다."

나는 순간적으로 자신의 '쌍둥이 형제들'의 호의에만 의지해야 하는, 그 안에 갇혀 살아야 하는 그의 처지를 머릿속에 잠시 그려보았다. 그 병든 정신에 축적된 증오심과 회한을. 나는 수첩을 펼쳤다.

"집안에서는 어떻게 숨어 있었답니까?"

"어머니의 방 옆에 붙은 작은 골방에 살았습니다. 옷장 구석을 통해 거기로 갈 수 있었죠."

피에 굶주린 정신병자가, 강박적인 미소를 지으며 옷장 구석에서 가엾은 지니 모건을 지켜보는 모습을 상상하니 등에 식은땀이 솟았다. 지니와 살을 스칠 수 있을 정도로 아주 가까운 거리에 그가 있었다니……

스미스 박사가 다시 입을 열었다.

"산 채로 보일러 속에 던져져 죽음을 맞은 어린 여자아이 사건 외에도, 특별히 가학적인 성향이 두드러진 몇 건의 사건으로 그의 모친은 아들이 정상이 아니라는 사실을 알았습니다. 그래서 그의 아들이 체포되어 평생 정신병원에서 살게 되기 전에 그를 감추기로 결심한 거죠. 그녀는 아들을 보호하기 위해서라면 무슨 짓이든 할 준비가 되어 있었습니다. 그리고 그렇게 된 건 아마 그 아들이 태어나면서 죽을 고비를 넘겼기 때문이었으리라고 봅니다. 어쨌거나, 그들은 있지도 않은 호수 사건을 꾸몄습니다. 아이의 사체는 얼음이 녹기 전까지는 건져올릴 수 없다고 해놓고, 막상 얼음이 녹은 다음에는 사체가 물길을 따라 흘러가버렸다고 둘러댄 거죠. 불쌍한 지니 모건은 이런 사실을 알 리가 없었죠. 그 집 사람들은 빈 관을 묻었고, 재커라이어스는 숨어 살기 시작했으니까요."

"그런데 그 집 사람들은 어째서 지니 모건을 집에 들였죠?"

"마치 부인의 심장 질환 때문이었어요. 도와줄 사람이 필요했으니까요. 자기들이 조금만 신경을 쓰면 지니는 식구가 한 명 더 있다는 사실을 알아차리지 못할 거라고 생각한 겁니다. 그들은 재커라이어스에게 일기를 쓰는 습관이 있고, 지니가 그것을 발견했다는 사실을 까맣게 몰랐습니다. 재커라이어스에게 지니의 등장은 청천벽력이었죠. 그전까지는 외부 사람들에게만 죽은 사람으로 되어 있었는데, 지니가 이 집에 오면서 가족과의 생활이 아예 사라져버렸으니까요! 때문에 그의 허약한 정신 상태는 한층 더 허약해졌을 테고, 그에 따라 살인 충동은 가속화되었을 거라고 봅니다. 그가 그토록 자신을 자기 형제들과 동일시하는 경향을 보인 것은, 그가 그들을 통해서만 존재할 수 있었기 때문입니다. 그 자신이 지니에게 대놓고 그렇게 말했죠. '나는 존재하지 않는다'라고요."

"그의 형제들은 어떻게들 되었나요?"

"그들은 재커라이어스가 저지른 범행을 전혀 몰랐다고 진술했습니다. 그저 그의 정신이 약간 이상하다고만 알고 있었다고 주장했죠. 결국 형제들은 무혐의 처분을 받았습니다. 의사 선생과 부인은 스스로 목숨을 끊었어요. 선생은 목을 매고, 부인은 약을 먹었죠.

사실 당시 경위였던 루카스 경찰서장이 그를 체포하지 못했다면, 그는 언제까지고 범행을 계속했을 겁니다. 하지만 지니 모건의 태도가 이상해 보였던데다, 그 집 인근에서 살인 사건이 빈번하게 발생한 것이 뭔가 수상했던 거죠. 물론 당시엔 그도 쪽지와 녹음테이프의 존재에 대해선 전혀 모르고 있었……."

나는 그의 말을 가로막았다.

"누가 그걸 가지고 있었죠?"

"마치 박사의 서재에서 찾았습니다. 그가 목을 맨 후에 말입니다. 아마도 의사 선생은 아들을 끝까지 보호하려 했던 모양입니다. 결국 뜻대로 되지는 않았지만. 그런데 그가 왜 그것들을 없애버리지 않았는지는 의문입니다."

"루카스가 저자를 체포한 건 그 증거품들과는 무관하죠. 그럼요. 저자가 체포된 건, 따지고 보면 가엾은 지니 모건 덕분입니다!"

"틀린 말이 아닙니다. 그날 밤에 지니는 창문을 통해서 도망치려고 시도하다가 재커라이어스가 쏜 총에 맞았습니다. 그럼에도 지니는 루카스 경위에게 알릴 방도를 마련했죠. 수중에 경위에게 보내는 편지를 지니고 있었거든요, 그걸 재커라이어스가 먼저 빼돌리긴 했어요. 하지만 지니는 비닐봉지로 감싼 작은 종이 뭉치도 보관하고 있었지요. 그건 말이죠, 교도소나 학교 같은 곳에서 연락을 취할 때 쓰는 방법이랍니다. 자, 이게 바로 그 내용을 옮겨적은 겁니다"

스미스 박사가 건넨 종이를 나는 재빠르게 훑었다.

루카스 경위님께,

경위님이 이 편지를 읽게 될 때쯤이면 저는 벌써 이 세상 사람이 아닐 것 같아요. 그런 생각은 하고 싶지 않지만 어쩌겠어요, 인생이 원래 그런 것을.

위장을 편지함으로 사용하는 게 그다지 우아하지 못하다는 건 저도 잘 알아요. 그렇지만 살인자의 손이 미치지 않으려면 이 방법밖에 없으니까.

지금쯤이면 경위님도 제가 자살하지 않았다는 걸 아실 테지요. 복수해주세요.

영원히 안녕, 난 이제 가봐야 해요.

당신의 지니

짧은 순간이었지만 나는 지니 모건이 여기에, 아주 가까이에 있다는 느낌을 받았다. 하지만 그 느낌은 곧 사라졌다. 내가 종이를 다시 내밀자 스미스 박사는 그걸 받아들었다.

"자신이 곧 죽을 처지라는 것을 깨달은 지니는 종이 뭉치를 삼켰습니다. 그리고 법의학자보다 더 양심적이고 성실한 집배원은 세상에 없을 겁니다. 쯧쯧쯧! 저자를 좀 보십시오. 잘생겼죠, 안 그렇습니까? 웃는 얼굴에 침착하고 예의바르고…… 순수한 광기가 깃든 평화로운 얼굴이죠. 암흑세계의 감미로운 미소."

육중한 문에 설치된 작은 감시창이 천천히 닫히면서, 그 안에서 석양을 등지고 앉아 미동도 하지 않은 채 나지막이 찬송가를 흥얼거리는 남자의 실루엣도 멀어졌다.

밖은 벌써 여름이었다. 나는 내 등뒤에 꽂히던 육식동물의 예리한 시선을 떨쳐내기 위해 숨을 한번 크게 들이마셨다. 그러자 세상은 다시금 뜨겁고 즐겁고 활기찬 모습으로 되살아났다.

이제 가도 된다. 기사를 완성했으니까.

# 브리지트 오베르

Brigitte Aubert

브리지트 오베르는 1956년 3월 프랑스 칸에서 태어났다. 영화의 도시 칸에서 영화관을 운영했던 부모님 덕분에 그는 문화와 예술로 가득한 유년 시절을 보냈다. 오베르는 히치콕의 서스펜스 영화와 조지 로메로의 좀비 영화를 특히 좋아했고, 오노레 드 발자크와 기 드 모파상의 소설도 즐겨 읽었다. 이후 니스 대학에서 노동법을 공부하여 석사 학위까지 취득했지만 그의 열정은 창작을 떠나지 않았다.

1977년부터 오베르는 영화계에서 경력을 쌓기 시작했는데, 시나리오 작가와 프로듀서 등 여러 자리를 거쳤다. 소설가로 데뷔한 것은 1984년 TV 시리즈 〈세리 누아르 Série Noire〉와 방송국 TF1에서 주최한 단편 소설 공모전에서 「검은 밤 Nuits noirs」이 당선되면서다. 작가 브리지트 오베르는 복잡한 플롯, 능숙한 복선 제시와 회수로 독자를 예측하지 못한 결말로 안내하는 것이 장기다.

## 장르를 넘어 재미를 추구하다

프랑스 문학계는 전통적으로 문학성과 사회성을 중시하는데, 이는 브리지트 오베르가 작품 활동을 시작한 1990년대에도 마찬가지였다. 하지만 그는 대담하리만치 오락성을 중심에 두고 "일단 나 자신이 읽어봐도 재미있는 이야기를 쓴다"[1]고 말하며 매 작품마다 새로운 장르에 도전하고 흥미진진한 이야기들을 보여준다.

데뷔작 『마치 박사의 네 아들』(1992)에서 주인공인 가정부 지니는 집안에서 우연히 사이코패스 살인마의 일기를 발견한다. 그는 살인마의 정체를 알아내서 신고하려 하는데, 문제는 마치 박사에게 네쌍둥이 아들이 있다는 점이다. 살인마를 찾으려는 지니의 기록과 살인마의 일기를 번갈아 배치한 구성은 서스펜스를 자아내는 동시에 독자를 함정에 빠뜨린다. 게다가 지니는 툭하면 술에 취해 있는데다 절도 이력까지 있는 '믿을 수 없는 화자'로, 작품의 서스펜스를 한층 강화하는 요소로 작용한다.

브리지트 오베르에게 프랑스 추리소설 대상 수상의 영광을 가져다준 작품 『숲의 살인La Mort des bois』(1996)은 차량 폭탄 테러로 자신의 몸에 갇힌 사지마비 장애인 '엘리즈 앙드리

---

[1] 『세계 미스터리 작가 사전(世界ミステリ作家事典)』 국서간행회 펴냄, 1998.

올리'가 주인공이다. 그는 움직임뿐만 아니라 발화 능력과 시각도 박탈당해 다른 사람의 말에 손가락 하나를 들어 보이는 것으로 간신히 의사소통을 하며 하루하루를 살아가고 있다. 어느 날, 세간을 떠들썩하게 만든 연쇄 아동 살인범의 정체를 알고 있다는 소녀가 접근해오며 그의 인생은 또 한번 뒤집어진다. 일인칭 주인공 시점으로 전개되는 이 작품은 탐정 역할의 주인공이 '볼 수 없다'는 사실을 스릴러의 요소로 훌륭하게 활용하며 "브리지트 오베르는 잔혹 동화와 암울한 소설을 절묘하게 섞는 데 재능이 있다"는 찬사를 받았다.

그후 엘리즈를 주인공으로 하는 후속작 『눈의 살인La Mort des neiges』(2000)과 『칸 영화제의 살인La Mort au festival de Cannes』(2015)이 발표되었다. 첫번째 작품이 수수께끼를 푸는 데 집중했다면, 『눈의 살인』에서는 그로테스크한 공포에, 『칸 영화제의 살인』에서는 유머러스한 스릴러에 좀더 초점이 맞춰져 있어 같은 시리즈임에도 매번 새로운 재미를 느낄 수 있다.

작가 브리지트 오베르는 1992년 데뷔 후 삼십 년이 흐른 지금까지 거의 매년 작품을 발표하며 활발히 활동하고 있다. 그는 심리 서스펜스, 모험, 스파이, 공포, 블랙유머 등 다양한 장르를 종횡무진 활보하며 뛰어난 스토리텔러로서의 면모를 유감없이 드러낸다.

의심할 여지 없이, 브리지트 오베르는 프랑스 추리소설계의 위대한 선구자다. 그는 모든 작품에서 빼어난 스토리텔러임을 증명하며 문체를 바꾸는 능력까지도 보여준다. 가히 '스릴러 장르의 프레골리'라 불릴 만하다.[II]

브리지트 오베르는 매번 문체와 장르, 주제를 바꾸는 능력이 탁월하다. 그녀는 자신을 가두지 않고 두루 탐구한다. 이는 프랑스 문학이 중시하는 가치 중 하나다.[III]

이처럼 찬사가 끊이지 않는 브리지트 오베르의 작품 세계는 여전히 현재진행형이다.

(이송, 편집자)

## 작품 목록

Les quatre fils du Docteur March (1992) - 『마치 박사의 네 아들』(양

---

[I] 1920년대에 활동한 이탈리아의 연극배우. 무대 위에서 외모를 빠르게 바꾸는 능력으로 유명하다.

[II] 자크 보두, 『르 폴라(Le Polar, Guide Totem Larousse)』 2001.

[III] 폴 모장드르, 프랑스의 문학평론가, 추리소설 전문가.

영란 옮김, 엘릭시르 펴냄, 2024)

La Rose de fer (1993) - 『철의 장미』(고은경 옮김, 고려원 펴냄, 1995)

Requiem Caraïbe (1997)

Transfixions (1998)

Éloge de la phobie (2000)

Rapports brefs et étranges avec l'ombre d'un ange (2002)

Funérarium (2002)

Le Chant des sables (2005)

Une âme de trop (2006)

Reflets de sang (2008)

Le Souffle de l'ogre (2010)

Freaky Fridays (2012)

La Ville des serpents d'eau (2012)

Mémoires secrets d'un valet de cœur (2017)


## 잭슨빌 시리즈

Ténébres sur Jacksonville (1994)

La Morsure des ténébres (1999)


## 엘리즈 앙드리올리 시리즈

La Mort des bois (1996)

La Mort des neiges (2000)

La Mort au festival de Cannes (2015)

## 모르텔레 리비에라 시리즈

Le Couturier de la mort (2000)

Descentes d'organes (2001)

## 기자 루이 당페르 시리즈

Le Miroir des ombres (2008)

La Danse des illusions (2008)

Projections macabres (2009)

Le Secret de l'abbaye (2010)

Le Royaume disparu (2013)

## 단편집

Coïncidences (2001)

Nuits noires (2005)

Scénes de crimes (2007)

Totale angoisse (2009)

# 트릭과 반전을 뛰어넘는 강렬한 플롯과 스토리텔링 ─

(주의: 이 글에는 매우 강력한 스포일러가 있으므로 반드시 작품을 다 읽고 난 뒤에 읽어주시기 바랍니다.)

10. 독자에게 적절한 방식으로 그 존재를 미리 암시하지 않았다면, 쌍둥이 형제나 똑같이 생긴 인물을 등장시켜서는 안 된다.

로널드 녹스는 일찍이 그의 '십계'를 통해 작가들에게 쌍둥이를 미스터리 소재로 쓰는 것에 대하여 경고했다. 미스터리는 독자와의 공정한 규칙 아래 쓰여야 스토리의 동력을 얻으며 진상에 다다랐을 때 진짜 감동을 전달할 수 있다. 또한 독자에게 아무런 복선이나 실마리를 제시하지 않은 채 쌍둥이의 존재를 트릭으로 삼는 것은 작품의 완성도를 떨어뜨리고 독자를 허탈하게 만들기 때문이다. 진상이란, 독자가 사건에 관한 모든 단서를 알고 있었음에도 미처 깨닫지 못했을 때 파괴력을 지닌다. 기분좋게 무릎을 치며 속았다고 외칠 수 있을 때 작가의 속임수는 성공한다. 하지만 작가만 알고 있는 사실로 독자의 뒤통수를 친다면 기분이 좋은 독서가 될 리 없다. 쌍둥이 트릭의 핵심은 간단명료하다. 쌍둥이의 존재를 들키지만 않는다면 알리바이 공작이 너무나 쉽기 때문이다. 즉, 쌍둥이 가운데 한 명이 범죄를 저지르는 동안, 다른 한 명이 같은 시각 범죄 현장과는 멀리 떨어진 장소에서 누군가 자신을 목격하게 만들면 되는 것이다. 한 사람이 동시에 전혀 다른 장소에 존재할 수 없으므로. 그러니까 미스터리에서 진상이 '사실 쌍둥이 가운데 한 명이 범인이었다'는 '모든 것이 사실 꿈이었다'라는 구운몽식 결말에 버금가는 반칙이다.

그런데 브리지트 오베르는 쌍둥이 트릭을 쓸 거라는 사실을 독자에게 선언을 하고 이야기를 시작한다. 심지어 둘도 아니고 네쌍둥이다. 처음에 이 작품을 접한 것은 일본어 번역판이었는데, 그 책의 표지는 "마치 박사의 네 아들"이라는 제목 아래로 '네 아들'로 보이는 인물의 실루엣을 보여주면서 "당신은 이미 표지에서부터 속고 있다"라는 띠지 문구로 독자를 도발한다. 그뿐이 아니다. 작품의 시작부터 '살인자의 일기'가 등장하며 일기의 주인은 살인을 고백한다. 그리고 가족을 소개하면서 자신이 **쌍둥이 형제 가운데 한 명**이라고 선언한다. 이쯤 되면 작품을 본격적으로 읽기도 전에 첫번째 챕터부터 '독자에의 도전장'으로 뺨을 맞은 기분까지 든다. 사지선다형 문제도 아니고, 형제 소개를 하더니 시작부터 넷 가운데 누가 살인자인지 알아맞혀보라는 건가? 이런 미스터리가 있었다고? 그런데 여기서 끝이 아니다. 느닷없이 '지니의 일기'가 등장한다. 마치 집안의 가정부인 지니는 우연히 살인자의 일기를 발견하고 읽게 되는데, 자신의 안위를 위해 일기의 주인이 누구인지 밝혀내기로 결심한다.

> 우리 형제는 넷이다. 아들 넷. 아빠는 의사다. 우리의 이름은 각각 클라크, 재크, 마크, 스타크.
> (중략)
> 클라크는 의사가 되고 싶어한다. 재크는 음악학교에 다닌다. 마크는 변호사 사무실에서 인턴으로 일한다. 스타크는 전자공학 관련 학위를 준비중이고.
> 그리고 나는 그들 가운데 한 사람이다. (본문 10~11쪽)

『마치 박사의 네 아들』은 사이코패스 살인자와 가정부의 일기를 번갈아 보여주며 오로지 두 사람의 공방을 통해 독자에게 진상을 추궁하는 작품이다. 진상을 '추궁'한다고 말한 것이 맞다. 오베르는 처음부터 자신이 어떤 속임수를 쓸 것이라고 독자의 눈앞에 공개한다. 녹스의 쌍둥이 트릭의 경계에 관해 얘기를 했지만, 처음부터 이런 식으로 쌍둥이 트릭이라

선언한 이상 반칙이라고 말할 수도 없다. 미스터리를 조금 읽어본 독자라면 서술 트릭의 한 종류이겠거니 짐작할 수도 있으리라. 이렇게까지 처음부터 독자를 도발하는 작품은 흔치 않은데, 오로지 범인과 탐정 역할을 하는 인물의 기록으로만 구성된 작품 또한 찾아보기 힘들다. 그만큼 『마치 박사의 네 아들』은 여러 면에서 기묘한 작품이다.

살인자와 공방을 벌이는 가정부 지니는 살인자가 누구인지 찾기 위해 분투한다는 측면에서는 탐정의 역할을 하고 있는 게 맞긴 하지만, 다른 한편으로는 살인자가 벌이는 살인의 간접적인 목격자이기도 하고 살해 위험을 안고 있는 잠재적인 희생자이기도 하다. 때문에 전반적인 작품의 흐름은 단서를 쫓아 범인을 특정하는 미스터리의 구조가 아니라, 어떻게 하면 살인자의 눈길을 피해 계속 일기를 확인하여 그가 누구인지 무사히 밝혀내고 자신의 안위를 지킬 수 있을까에 초점이 맞춰진 심리 스릴러의 구조를 띤다. 실질적인 탐정의 역할은 독자에게 넘긴 셈인데, 살인자와 가정부의 일기를 통해 작가는 계속해서 단서를 제시한다. 살인자의 일기는 직접적인 단서로 작용하고 지니의 일기는 그 단서를 독자와 공유하는 동시에 나름의 가설을 통해 행동하는 독자의 사이드킥 같은 역할까지 맡는다. 지니는 마치 집안의 네쌍둥이가 가진 특징을 독자에게 보여주고, 때로는 살인자의 일기에 쓰인 내용과

비교해가며 독자의 추리를 돕는다. 이렇게 단순하지만 독특한 구조를 통해 '누가 살인자인가'를 끊임없이 추리하게 만드는 데 이 작품의 스토리텔링이 가진 동력의 핵심이 있다.

다양한 정보가 제시되는 반면 '용의자'는 한정되어 있으므로 매우 명확하게 살인자를 특정할 수 있을 것 같지만, 두뇌 싸움이 그렇게 수월하지는 않다. 살인자와 지니 모두 어떤 면에서는 '신뢰할 수 없는 화자'이기 때문이다. 어느 시점을 넘어가 살인자 또한 지니의 존재를 알아차리게 되면서 쉽사리 자신의 의도를 드러내지 않을 뿐 아니라, 이를 통해 지니를 휘두를 만큼 교활함을 발휘한다. 지니는 경찰에게 살인자의 존재를 알리지 못할 만한 개인적인 사연을 가진데다 정서적으로 불안한 알코올 의존자다. (독자를 위해) 살인자의 프로필을 서른 가지로 정리하고, 열세 가지 특이 사항 또한 확정하여 보여주지만 여기에 어떤 미스디렉션이 있을지 고민에 빠질 수밖에 없다.

사실 『마치 박사의 네 아들』을 본격 미스터리로서 평가하자면 아마 높은 점수를 주기는 어려울지도 모른다. 트릭의 대담함과 독창성은 훌륭하지만 과장된 설정으로 인해 작품의 리얼리티는 다소 결여되어 있다. 이 작품에서 말하는 진상이 과연 현실적으로 지속 가능한 것인가 떠올리면, 그 부분에 대해서는 뒷받침할 만한 설명이 부족하다고밖에 말할 수 없다.

그것이 살인자와 가정부의 일기라는 제한적인 기록을 통해서 내보인다는 점을 감안해도 말이다.

하지만 다른 한편으로, 리얼리티와 개연성을 어느 정도 무시함으로써 얻을 수 있는 재미가 있다. 그렇기에 얻을 수 있는 진상의 강렬함이 있다. 그것이 이 작품을 그저 본격 미스터리로서만 평가할 수 없는 이유가 된다.

이에 대한 근거는 오베르의 다른 작품에서도 확인할 수 있다. 시나리오 작가이면서 미스터리를 쓰기 시작한 브리지트 오베르는 트릭의 정교함이나 개연성에 집중하는 대신 개연성을 다소 희생하더라도 이야기가 가진 재미를 극대화하는 데 애쓰는 작품 스타일을 보여준다. 독자와의 공정한 대결보다는 흥미로운 스토리와 설정을 구축하는 데 트릭을 이용하는 작가라고 할 수 있다. 그러니까 본격 미스터리로서의 '페어플레이'나 정교한 '논리'를 중요하게 생각하는 독자보다는, 이야기의 긴장감과 의표를 찌르는 진상 자체를 즐기는 독자에게 잘 맞는 작가라는 점에서 호불호가 갈릴 것은 분명하다.[1]

하지만 부정적이든 긍정적이든 결말의 강렬함은 누구나

---

[1] 여담이지만, 2018년 『마치 박사의 네 아들』의 결말 때문에 살인미수 사건이 벌어진 적도 있다. 남극의 한 과학기지에서 동료끼리 말다툼을 벌이다 흉기로 가슴을 찌르는 사건이 발생했는데, 『마치 박사의 네 아들』을 읽고 있던 동료에게 작품의 진상을 밝혀버린 것이 동기였다고. 물론 별다른 오락거리가 없는 남극에서 그 즐거움을 빼앗은 데 대한 분노가 이유였다고는 하나, 미스터리의 스포일러가 이렇게 위험하다.

인정할 만한 것이다. 쌍둥이 트릭의 변주라는 점에 있어서도 높이 평가할 만하다. 쌍둥이 트릭은 현대로 들어와 알리바이 트릭에 사용하는 것 외에 다른 식으로 변주가 되곤 하는데, 그 가운데 하나는 누가 누구인지 특정할 수 없으면 범인을 체포할 수 없다는 맹점을 이용한 트릭이다. 쌍둥이 가운데 한 명이 범인인 것은 틀림없지만 둘(또는 셋이든 넷이든) 가운데 누가 범인인지를 특정할 수 없는 상황을 이용한 트릭이다. 다른 한 가지 변주가 『마치 박사의 네 아들』에 쓰인 '쌍둥이 형제는 몇 명인가'에 관한 트릭으로 이 또한 간혹 미스터리에 등장한다. 반칙 같은 진상이라고 생각할 독자를 위해 얘기하자면, 작가는 아주 명확한 단서를 첫번째 살인자의 일기에서부터 드러내놓고 있으며, 진상을 파악하기에 충분한 단서를 작품 내내 보여주고 있다. 이 작품을 서술 트릭 미스터리로 분류해야 할지는 잘 모르겠지만 그와 비슷한 속성의 작품으로서, 진상을 알고 난 뒤 단서들에 주목하면서 재독하는 재미는 어쩌면 첫번째 독서의 재미보다 더 클지도 모른다.

놀랍게도 『마치 박사의 네 아들』은 브리지트 오베르의 데뷔작이다. 더 놀라운 것은 오베르가 프랑스 작가라는 사실이다. 프랑스 미스터리는 국내에 폭넓게 소개되지 않았지만, 사실 프랑스는 굉장히 두터운 미스터리 작가와 독자를 보유하고 있는 국가다. 그렇기에 프랑스 미스터리를 한마디로 정의하는 것은 어렵지만 적어도 이 작품이 국내에 소개된 작가와 작품과는 매우 다른 종류라는 것은 분명하다. 이름만 바꾼다면 1980~1990년대 일본에서 몰아쳤던 신본격 미스터리 가운데 하나라고 해도 전혀 위화감이 느껴지지 않는다. 또는, 각종 트릭이 활발하게 탄생하던 1930년대 고전 미스터리 가운데 한 작품처럼 느껴지기도 한다. 이런 작풍의 근원이 어디인지는 알 수 없지만, 분명한 것은 브리지트 오베르가 1992년 『마치 박사의 네 아들』로 작품 활동을 시작하면서 단숨에 주목받는 작가가 되었다는 것이다. 그런 것치고는 우리에게 매우 생소한 작가로 여겨지지만 『마치 박사의 네 아들』이 처음 소개되는 작품은 아니다. 기억하고 있는 독자는 별로 없을 테지만 작가가 세계적으로 한창 주가를 올리고 있었을 1990년대 『철의 장미』라는 작품이 번역 출간된 적이 있다. 오베르의 두번째 작품인 『철의 장미』는 표지만 보면 마치 나치의 잔당을 쫓는 스릴러처럼 보이지만, 실제 내용은 고전적인 트릭과 호기심을 자극하는 설정을 기반으로 독자를 스토리로 끌어당기는 『마치 박사의 네 아들』과 닮은 점이 많다. 그리고 이 작품에도 쌍둥이 트릭이 등장하는데, 역시나 리얼리티나 개연성의 부족은 눈에 띄지만 그런 것들을 덮어버리고 남을 만한 역동적인 서스펜스가 매력적이다. 『마치 박사의 네 아들』과 『철의 장미』 모두 어째서 이런 작가가 이제까지 알려지지 않았나 싶을 만큼, 오베르의 다른 작품은 물론 국내에 소개되지 않은 다양한 프랑스 미스터리를 좀더 읽어보고 싶은 마음이 들 만큼 강렬한 작가의 강렬한 작품이다.

## ‖ 미스터리 책장 전체 목록 ‖

옮긴이 양영란

서울대학교 불어불문학과를 졸업하고, 프랑스 파리 3대학에서 불문학 박사 과정을 수료했다. 《코리아 헤럴드》 기자와 《시사저널》 파리 통신원을 지냈다. 옮긴 책으로 『안젤리크』, 『센 강의 이름 모를 여인』, 『아가씨와 밤』, 『꾸뻬 씨의 핑크색 안경』, 『왜 세계의 가난은 사라지지 않는가』, 『탐욕의 시대』, 『잠수종과 나비』, 『그리스인 이야기』 등이 있으며, 김훈의 『칼의 노래』를 프랑스어로 옮겨 갈리마르에서 출간했다.

마치 박사의 네 아들
Les quatre fils du Docteur March

초판 발행 2024년 8월 6일

지은이 브리지트 오베르 | 옮긴이 양영란

책임편집 김유진 박신양 | 편집 김미혜 한나래
표지디자인 최윤미 | 본문디자인 이주영
저작권 박지영 형소진 최은진 오서영
마케팅 정민호 서지화 한민아 이민경 안남영 왕지경 정경주 김수인 김혜원 김하연 김예진
브랜딩 함유지 함근아 박민재 김희숙 이송이 박다솔 조다현 정승민 배진성
제작 강신은 김동욱 이순호 | 제작처 천광인쇄사

펴낸곳 (주)문학동네 | 펴낸이 김소영
출판등록 1993년 10월 22일 제2003-000045호

주소 10881 경기도 파주시 회동길 210
문의 031-955-2637(편집) 031-955-2696(마케팅) 031-955-8855(팩스)
전자우편 elixir@munhak.com | 홈페이지 www.elmys.co.kr
인스타그램 @elixir_mystery | 트위터 @elixir_mystery

ISBN 979-11-416-0000-6 03860

엘릭시르는 출판그룹 문학동네의 장르문학 브랜드입니다.